ENCOUNTERS

环游世界，遇见有趣的人

朱晓闻 著

推荐语

● **韩斌（Nicky Harman）推荐** 翻译家，贾平凹长篇小说《秦腔》英文版译者

朱晓闻的作品不仅文字优美，还表现出独特和敏锐的洞察力，作为一个世界公民，她对当下生活的看法独具见地。本书读来妙趣横生，魅力无穷。

● **刘子超 推荐** 作家，代表作《失落的卫星》

这本书不时让我想起毛姆描写的那些轻松愉悦的异邦故事。随时翻阅，从不厌倦。晓闻将旅途中的奇遇与思绪幻化成故事，也是我一直梦寐以求的事。

● **钱佳楠 推荐** 作家，代表作《有些未来我不想去》

大千世界最美妙的风景莫过于一个个行路人，看这道风景不易，走进别人的生活也意味着如门一般打开自己的生活。幸而我们有晓闻这样的勇者，借助她的文字，我们可以看看自己未曾选择的人生道路上风景如何。

● **王梆 推荐** 作家，代表作《贫穷的质感：王梆的英国观察》

作为当代艺术领域的国际策展人和青年艺术家，朱晓闻笔墨酣畅地向读者展示了一个五彩斑斓的异域世界，这是平凡视角或许难以企及的。这本书让人反思：人们怎样才能在工作和日常行动上拥有别样的选择，像书中人物一样，随性而活。

● **李梓新 推荐** 传媒人，"三明治"写作平台创始人

晓闻确实是一个世界公民，从上海到洛杉矶，再到柏林、伦敦和曼彻斯特。地理位置的变换对于很多人来说只是炫耀旅途的标签，并没有深入思考，而她真正做到了在地观察乃至自我创作，这本书会给读者很多启发。"有趣的人"才是环游世界最值得探究的风景。

谨以此书献给向往远方的人们

推荐序

聆听寂静

青华向我推荐一本她正在编辑的书,她知道我是国家文旅部研究基地的学者,所以希望我为这本书写一篇序。我没有立即答应,因为我不熟悉朱晓闻,虽应邀为不少书写了序言,但大多是朋友或熟人。收到书稿后,我随手翻了一下,这是一位号称"世界公民"的上海女子写的,书名又非常有意思《环游世界,遇见有趣的人》。我不觉有些兴奋起来,因我也算是一个曾经环游过世界的人,去过将近一百来个国家,曾酝酿将这些游历敷衍成书,但由于手头总有忙不完的事,写不完的文章,于是耽搁至今。收到这部书稿,我不免有些好奇:她有哪些奇遇、哪些历险、哪些趣闻,我想看看。于是,我爽快地答应了青华写序的邀约。

古人云:"读万卷书,行万里路。"这句话是民间流传甚广的励志奋进的座右铭。这代表一个很高的境界,几乎不可企及。其实,细究起来,在古代"读万卷书"是可以做到的,"行万里路"则很难做到。因为早先书就是竹简,按标准一卷竹简由25根竹笺组成,

I

每片竹笺可写25个字，加起来就是625个字。一万卷大约就是625万字，相当于现代人读十来部长篇小说的字数。但行万里路就不得了，那是没有蒸汽机的时代，跋山涉水行程万里很难想象。所以，民间还有一句话叫"读万卷书不如行万里路"，因为行万里路那是追求活的知识，在行程中读山读水读民风读人间百态。所以，我想看看朱晓闻是怎么样在环游世界中读人间百态这本大书的。

作者是个从事视觉艺术的职业人，我从读晓闻的照片开始到读她的文字。说实话，我对文字是很挑剔的，但朱晓闻的文字很快吸引了我。我觉得我与她似乎没有隔阂，没有间距，甚至没有陌生感。她娓娓道来，我细细聆听。尽管一路读来，她颠覆了我的预设和期待，她的浪迹天涯、周游列国似乎并没有体现。在我看来，她所谓的环游世界只不过是在世界一隅踯躅徘徊，所以没有太多的诡谲和迷离，没有巨大的反差和跌宕，也没有令人惊心动魄的奇遇和历险。起先，我甚至有些失望，但慢慢地慢慢地，我被她俘获。我几乎是一口气读完这部并不算薄的书。

她的书写体现出很明显的女性叙事风格，从容而不厌其烦地叙述一个人一个地方一个故事以及一堆细节和一番对话，看似很琐碎、很细腻、很家常，然并不令人腻烦。就像对面坐着一位女性，用很好听的声音，很温婉地柔柔诉说，你不会拒绝也无法拒绝。她很擅长描写对话，而且把这些对话写得很个性也很生动，并且伴有强烈的肢体语言。于是，这些被叙述的人就跃然纸上，栩栩如生起来。当然,她的素描也并不逊色,比如,她描写雪伦画廊里的那位犹太女子贝卡就非常精彩:"胖人本来就难打扮,她却自顾自地穿了一件既不宽松也不合身的碎花长裙,裙子外匪夷所思地罩上一件灰不溜秋的无袖绒线马甲。棕色的假发是用别针固定了一顶湖蓝色礼帽,帽檐无精打采地垂下几缕染成姜黄色的羽毛,像是没拔净的鸡毛刚从汤汁里撩了出来,挠动着刷了漂白剂一般毫无血色的脸庞,随着她眉飞色舞的艺术讲解,烈焰红唇变成了一枚风火轮。我并不讨厌贝卡,只是于心不忍,不愿朝她多看。"这种特有的女性观察的细腻以及善意而调侃的笔触令人叫绝,这是女性独有的视角和优势。

整本书写了9个有趣的人物故事,身份很多元:有在荒漠里潜心修行的禅宗居士,有在海边醉心冲浪的漂泊小伙,有坚守祖传家业的比弗利山庄的中国真丝店老板,有以外祖父为模特的拍纪录片的印度女孩,有拥有多套豪宅的慈善家老太,有在海滩大宴宾客的来自波斯的女富豪……她没有用类似记者的笔调写他们的一生,或者写他们的人生最精彩最炫目的那段经历,她只是像朋友一样写她与他们的日常交往,从点点滴滴的细枝末叶上窥测这些人物的人生。在作者眼里他们都是生活中的普通人,尽管身份有很大的反差,但她都平视他们,不卑不亢,落落大方,即使他们有一些出格或怪戾的言行,她也是波澜不惊地平淡叙述。这是作者的本事,往往生活中写超凡脱俗容易,而写平实凡俗却很难。

我想起我曾读过的《城市的精神》一书,也是9段故事,那是加拿大的贝淡宁与以色列的艾维纳合著的考察世界的学术书，这本书考察的是全球9座城市。而朱晓闻考察的是9个人。虽然一本是写城市一本是写人，一本是学术专著一本是纪实文学，但两者却有异曲同工之妙。因为全球的存在形态主要是城市，而城市存在的主要形态是人。《城市的精神》里有一句话："真正的城市精神，一定是自治、自由与自我的。它不是宏大叙事的行政精神，而是自下而上的市民精神。"这句话是针对9座城市的叙事说的，我觉得似乎也是针对9个人的叙事说的。因为晓闻这本书没有宏大叙事，它都是微澜涟漪，它的切入口也都是涓涓溪流，不知不觉把你引入一番新的天地。正如作者在本书中所说："关于爱的自私与包容、孤独的毁灭与修复、大自然的奇异与惊悚都在我心中打上了巨大的问号。"而实际上，也在读者的心中打下了深刻的惊叹号。

作者的足迹从洛杉矶到纽约到柏林到伦敦，她自称是一位"世界公民"，但我觉得她骨子里还是一位"上海女孩"。我认识很多漂泊在世界各地的上海女孩，她们的目光和上海这座城市一样，始终是瞄着世界，然灵魂深处还是心心念念着上海。我隐约觉得她们在异域他乡一定也会在"日落快来的时候，走出门，骑上车，在重力的推动下，俯冲到长着一大排棕榈树的悬崖口，趴在栏杆上看橙黄橙黄的大圆太阳从从容容地落进海里"，看"天空由橙到粉、由粉到紫、由紫到蓝，无缝衔接，美不胜收。"而在这静谧的时刻，脑海里却不由自主地惦念起上海弄堂口的小店。作者用饱蘸油彩的笔写生了一幅幅油画，很美、很静。

　　书中写到大漠里的一座禅院，其玄关处供着一幅手卷，上书一语："聆听寂静。"读完晓闻的书稿，掩卷遐思，我的心境就是这四个字：聆听寂静。

陈圣来

2022年8月于上海①

---

① 本文作者陈圣来先生系国家对外文化交流研究基地主任、上海国际文化学会会长；东方广播电台创始人并首任台长和总编辑；中国上海国际艺术节中心创始人并历任12届总裁。

朱晓闻　Zhu Xiaowen

（陈海舒　摄于 2022 年 5 月）

自序

一个世界公民的心灵之旅

"读万卷书,行万里路"是我从少年时期就依稀形成的生活理想。如果出生于另一种时空的组合中,我或许很少能有机会以留学、旅行、工作的方式周游列国。恰逢其时是人生美好的机遇,而恰逢其人则是可遇而不可求的机缘。

在海外生活的10多年中,我机缘巧合地去过不少特别的地方,有幸结识了很多有趣的人。我并不是一个热情高涨的旅行家,那些目标明确的旅行计划、野心勃勃的漫长旅程,都不是适合我的感受世界的方式。尽管我也喜欢听那些航海奇遇般的趣闻轶事,但对我来说,它们更像是精彩的娱乐大片,虽然老少咸宜,但似乎也太过一目了然。我更向往的是那些能让我产生深层次共鸣的旅行,或可以说是理想家的逐梦之旅、艺术家的创造之旅、发明家的探索之旅、生活家的感受之旅——更是心灵之旅。

"心灵之旅"在这个时代,听上去像一个自命不凡的词语。放着尘世中这么多实际的问题不去解决,一味讲求心灵,是生活无忧者才能享受的一种奢侈吗?"心灵之旅"确实是奢侈的,不过这个世界上最奢侈的东西并不能用金钱衡量与换取。进一步说,一个人无论追求什么，最后也都是为了心灵上的快乐与满足。我不敢说自己对"心灵"有多么深刻的见解（最深刻的见解往往伴随最了当的表述），但对那些有趣人物的细致观察，倒像是一遍遍实践着我在书本中习得的真知灼见。虽然总结起来也无外乎人的欲望追求、求而不得、得而复失、失而复得、有失有得这些生活的必演曲目，但所不同的是，这些形形色色的人物各有一段传奇，有的令人感怀，有的令人唏嘘，有的令人动容，有的令人纠结……这对我而言是鲜活的，闻所未闻、见所未见的，也是触动我心灵的。与他们交谈，无异于一场场酣畅淋漓的心灵之旅。

人与人的深交，无论时间长短，都是一种缘分。有的人，认识了一辈子，也就像蜻蜓点水、浮光掠影；有的人，不过一面之缘，便让人刻骨铭心、终生难忘。这种极深刻、极特别的体验给了我极迫切、极热烈的创作冲动。通过不同人物的故事，我几次强调了这一感受：

"窗外，闪闪发亮的银河系包围了这座夜色中的小城，于千万点星光中，我们的肉眼总会注意到其中的某一颗，把它认作是最亮的那一颗。"（西奥：新墨西哥的禅修居士）

"雪珠此刻化作了雪花，大片大片地落到车窗上。我把手伸向窗外，接住一朵。为什么千万朵雪花中偏偏这一朵被我接住呢？"（凯特：雪城猫女）

写作者的文字，最终表达的都是自己。透过对这些人物的心灵探索，其实，我也在探索自己的内心与精神世界。这就好像站在两面镜子之间，任由镜中的反射无限循环，每一面都是对真实的写照的写照的写照的写照的写照……

在社交网络无限发达的今天,每个人都可轻易拥有成百上千的"好友",每个人也都可以精心打点自己的数字身份、虚拟形象。人类变得比历史上任何一个时代都更加自恋,而"大数据"对社交网络的分析,进一步保证了我们只在自己想看到的镜像中解读真实,这就好像有一位隐形的策展人,把每天呈现在我们面前的影像和文字过滤为我们想象中的样子。因为,只要根据脸书上的 50 个点赞,"大数据"就会比同事、朋友更了解你;而根据 100 个点赞,就会比你的父母更了解你。

我们是随波逐流,还是超然物外呢?当然,这不必是一个单选题。我喜欢的,是通过科技和网络从更深的层次去了解世界的复杂性,而不是简略、快省地抓住一两个信息要点,用二元对立的思维去评价什么好,什么不好。"好"和"不好"本身,是小动物和小孩都能理解的利弊问题,但他们理解的维度,是立时三刻的,极度简化的。这本书里的每个人物都有其自身的复杂性,正是他们的复杂性,让我感受到生命的幽远神秘,而这一点,又是跨越文化、种族、阶层、背景的。

因为创作与工作的关系(我同时也从事影像艺术和纪录片的创作,并且在欧美多地教学多年),我在近 10 年中陆续结识了许多有趣的人物。他们中,有特别富有的慈善家、收藏家,也有特别贫寒的艺术家、隐居者,还有在家庭悲剧和个人命运中挣扎的、看似平凡实则出众的普通人。我以真实事件为灵感来源,创作出了这些文学人物。虽然书中这些人名字是虚构的,但他们的真情实感和精神生活源于现实,希望可以与读者共鸣。

英国心理治疗师及作家亚当·菲利普斯（Adam Phillips）在《失之交臂——赞美未经历的生活》一书的序言中写道："我们所谓的精神生活，很大程度上是我们未曾经历的生活、错失良机的生活、由于某种原因而失之交臂的生活。"我深以为然。欲望是生命最原始的驱动力，渴望一件不曾得到的东西，远比珍惜一件已经获得的东西更让人全神贯注、百折不挠。我们的精神世界总是不可避免地在欲望和失望之间摇摆，谁不向往年轻时那种仿佛一切皆有可能的豪迈与天真？时间的推移让尘埃落定，欲望变为失望、惊喜、坦然或是压抑，新的欲望总会接踵而至，只要生命延续。我的这本小书，亦可看作是不同人物在欲望的跌宕间起起伏伏的探索之旅。

我非常喜欢德国作家泽巴尔德的一句名言："大事件都是真实的，而小细节往往是捏造的。"对我来说，笼统意义上对人的概括无助于我了解人性，比如一个人的肤色、籍贯、信仰、婚姻状况，这些冷冰冰的系统分类和一个活生生的独立个体之间有什么本质上的联系呢？诚然，人都畏惧自己不了解的同类，好奇变为打探，传闻变为谣言，距离变为隔离，防范变为攻击，这些例子从日常生活到国际时事，层出不穷。但我感兴趣的，是如何不被刻板印象及偏见左右情感，如何在人与人之间建立真正的理解，如何不把自己狭隘的视野当作世界的全部——或许这也解释了，为何本书中的大多数人物都有移民或离散的历史，都经历过某种刻骨铭心的痛失（感情、亲人、婚姻），但依然坚持以自己的方式体验生活。

我出生在上海，有幸在纽约、洛杉矶、伦敦、柏林这些国际化程度很高的地区生活过，多元文化对我来说，早已是生活的必需品，我无法满足于单一的（哪怕是最美好、纯真、善良的）文化环境——整齐划一的双层玻璃窗、安全准时的公共交通、微笑的妇人和摆尾的小狗，这些反而像是《楚门的世界》①里色彩明亮但缺乏阴影的人工道具。法国哲学家加斯东·巴什拉（Caston Bachelard）在《空间的诗学》②中提到，艺术家需要在险境中寻求灵感，而写作本身也是危机四伏的——自我表达的危险、实验语言的危险。或许，从这些身份多元、境遇复杂的人物故事中，我们可以一窥人性在险境中的创造（不仅是现实意义上的，还有精神意义上的），以及人与人之间超越社会角色屏障的互相理解。

感谢闫青华女士向我约稿，感恩在我成长道路上的所有导师与好友。我要特别感谢我的父母、家人30多年来对我无私的大爱。

朱晓闻

2021年12月修改于德国柏林

★ 本书中所有脚注，均为作者注。
① 美国喜剧电影，金·凯瑞（Jim Carrey）主演，讲述了一个在电影棚搭建出来的"美好世界"里成长起来的青年逐步发现真相的故事。
② 巴什拉在《空间的诗学》一书中，将现象学的理论融合到对建筑学的研究中，开展了对于钟爱空间的系统性分析，激起对建筑的许多深刻想象。

目录 Contents

推荐序　聆听寂静

自　序　一个世界公民的心灵之旅

上　卷　浮生加州

003　第一篇　玛雅：洛杉矶慈善家的3座家园

029　第二篇　托比：洛杉矶海港的冲浪者

061　第三篇　文森特：沙漠之狐

093　第四篇　雪伦：来自伊朗的犹太公主

125　第五篇　西奥：新墨西哥州的禅修居士

下 卷 孤独纽约

175　第六篇　凯特：雪城猫女

203　第七篇　艾玛：挽歌

225　第八篇　莎拉：纽约传奇

259　第九篇　乡绸：比弗利山庄的中国真丝大王

293　跋

上卷・浮生加州

第一篇

玛雅：
洛杉矶慈善家的 3 座家园

1

玛雅是我在洛杉矶的一位忘年交。我们初识的时候，我25岁，她75岁。

玛雅有3个"家"，一处背山面海，云烟缭绕，花开四季；一处高耸通透，俯瞰全城，星光璀璨；一处闹中取静，一汪温泉，一片竹林。

她居住时间最久的家，是位于帕罗斯维德斯半岛上面朝大海的邸宅。这片洛杉矶西南部的富人区三面环海，以如临仙境的风光、广袤奢侈的马场、警卫森严的奢华住宅和私人海滩而闻名。这里的富人多是20世纪后半叶靠企业或房地产发家致富的，多为白发苍苍的老者，很多人在半岛上住了大半辈子，无论衣食住行还是文化娱乐，都在半封闭式的社区里自给自足，不问世事，以倨傲的态度对外界的一切表示深切的怀疑和否决。

因为和邻居们格格不入，玛雅只有一半的时间待在这个家里。她精力旺盛，热爱户外活动，根本不像是个年过古稀的老人。即使在家待着,她也常常在半山上的花园里辛勤劳作着。这里不仅种着数以百计的玫瑰、各色瓜果蔬菜,还有金鱼池、紫藤架、仙人掌园,每一样都够看、够瞧的,更不用说亲手培植和养护了。

喝着用园子里新鲜蓝莓冲泡的果茶,玛雅指着半山对面一幢占地庞大的豪宅说道:"你知道对面这家人是干什么的吗?他们是在印度贩卖二手医疗仪器起家的。在美国低价收购废旧仪器,转手卖到印度发了大财。真是缺德!"玛雅身上唯一显得苍老的,是她的声音,这是经历了四分之三个世纪,从生老病死、人事变故中摸爬滚打过来的声音,随着喉咙的震动而微微发颤,但语气是不容置疑的。

"太过分了!这不仅违法,也有违人道。"我愤然道。我经常听玛雅批判她的邻居,但这一家的行径尤其出格。

"你知道印度大部分地区的医疗条件是怎样的吗?"玛雅侃侃而谈,"我在1986年、1992年和1995年去过3次印度,那时我通过'国际扶轮'①捐款给一个慈善组织,他们为患有先天残疾的贫民区小孩做手术,这样可以保住他们四肢健全,就不用等病情发展以后截肢了。但是光捐钱我不放心,我一定要亲眼看到他们把小孩治好。所以10年里,我去了3次印度。"

玛雅语速虽慢,但听她讲话不能开小差,不然就要错过重要细节。她一边说,一边从雕花的桃木橱柜上拿下一本厚厚的蓝色丝绒

---

① 国际扶轮,也被称为国际扶轮社,是世界上历史悠久的一个服务性社团组织。

相册。不知道老太太有没有学过档案管理学，但她的收纳本事绝对一流。年代、时间、地点、事件、重点，什么都是一目了然。我翻看着年轻的玛雅和术后儿童的合影，不觉得她们之间需要某种特别的联系，只要其中一人是需要帮助的，另一人就会毫不犹豫地伸出援手，尽管她们是语言不通、背景悬殊的两个陌生人。

"喝好了吗？怎样？我们去店里接托马斯吧，他快下班了。"风风火火的玛雅已经站起身等我，她有时像个女军官那样分秒必争，这是她极度爱惜时间的表现。

我坐在玛雅油电混合的雷克萨斯SUV里，开车的当然是她。

"托马斯新进的一批音箱到货了，他今天一定在店里左试右试，又得乐不可支了。"玛雅一提到托马斯，就难以掩饰挚爱之情，不知道的人还会以为他们是一起过了大半辈子的神仙眷侣。

玛雅把车开在了沿海的公路上，我想，她知道我第一次来半岛的时候就被这碧海蓝天的美景震撼住了，所以每次开车载我，都会特意绕到这条道上。

我是一个在钢筋混凝土的丛林里长大的都市人，对大海的印象不过是蓝的、平的、广阔的，或许再加一片黄白的沙滩，几棵稀疏的棕榈树，一颗大圆太阳，就是度假标配了。像这样开在宽直的公路上，随着坡度的递增会感到身体不断倾斜，而碧蓝的海平面犹如《盗梦空间》[①]里被折叠翻转的地平线一般，随着下坡

[①]《盗梦空间》是一部美国科幻动作惊悚片。

行驶时的视觉变形而充斥了整个眼帘,如梦如幻,好像坠入了大卫·林奇的《蓝丝绒》[①]里,这一瞬间被无限拉长。

"你看,这就是我和托马斯结婚的教堂。"玛雅的声音把我拉回到现实。

抬头往山上望去,已经成为风景名胜的玻璃教堂在落日余晖中折射出钻石般的光芒。我想象玛雅和托马斯在这座小巧精致的教堂中举行婚礼的情景——新娘端庄美丽,爽快明朗的浅金色短发、依旧高挑的身型、笔直的腰杆,怎么也不会让人看出年过古稀;而新郎对自己的身材要求显然十分放松,他并不显得比新娘年轻,但只要一开口,就会用其独特的幽默将人逗乐,谁让这位博学多才的老爷爷依旧充满了童心。

我正胡思乱想着,车已经开到了托马斯的店门口。

这日和往日并没有什么不同。托马斯的二手书籍唱片店开在市区一条并不兴旺的商业街上,无论从店外还是店内,看上去都显得琳琅满目,热闹非凡,唯一冷清的,是寥寥无几的顾客身影。

店主毕生的书籍及音乐收藏都在此处,一想到这里的每一本书都被他读过,每一张唱片都被他听过,每一张影碟都被他看过,就仿佛置身于一座私人时间博物馆里,而编织起这些时间的,就是托马斯的热情、兴趣、精力和耐心。

[①]《蓝丝绒》是由大卫·林奇执导的美国悬疑电影,成功结合了黑色电影与超现实主义元素。

"我的女孩们,你们今天过得好吗?"高高胖胖的托马斯戴着一顶爵士礼帽,摇摇摆摆地从狭小的柜台里挤出来,他的快乐让人还没触及到他,就如同被拥抱住了。

"我们今天做了好多事情,但还有更多的事情要做。"玛雅的这句话可以用来概括她的每一天。

"玛雅给我看了她新买的几幅画,我觉得非常好。我们还一起摘了蓝莓,泡了果茶来喝。"我汇报着。

玛雅和托马斯亲热地拥吻了一下,真是旁若无人。老太太接着说道:"你知道比利已经连房租都付不起了吗?"比利是一位老画家,常年独居,玛雅把自己公司的一个门店免费挪给他做工作室,但是法律规定门店不能住人,他只得继续蜗居在自己的小公寓里。

"哎,可怜的比利,你知道,他没有医疗保险,这么多年积了一身的慢性病,从来也不去看,非到受不了的时候,才去挂个急诊,但是诊所的医生能干嘛呢?只不过给他开点消炎止疼药,根本治不好。"托马斯一个劲儿地摇头。

"可不是,而且你知道他的个性是不愿求人的,现在他毛病太多,连视力都越来越差,我今天上午去看他,他说不知道自己还能画几张画。我听着伤心,就一口气买下好几幅,我给他现金,希望他起码能把欠的房租先付了。"

听着玛雅的话,我眼前浮现出老比利干瘦的背影和沾满颜料的双手。其实我说不上他的抽象画有多好,但我夸它们好,就让玛雅听着也开心。她已经收藏比利的画十几年了，而比利只是她以藏家身份帮助的当地众多困难艺术家中的一位。

"好吧，那我什么时候能看到你的新收藏？正好6点了，我也该关门了，今天客人还是不多，但是有一位先生对我的整套戴夫·布鲁贝克①黑胶唱片很感兴趣。"托马斯说。

"你可别看别人喜欢就半卖半送了，做生意哪有你这样的。"玛雅虽然嘴上这么说，但看到丈夫怡然自得的样子，并没有十分坚持自己的生意经。

托马斯是一位有着深厚学院背景的电影和音乐评论人，多年以来在纽约过着半教书、半写作的生活。也就是在3年前的一次聚会上，丧偶的托马斯遇见了离异后单身多年的玛雅，两人迅速坠入爱河。据玛雅说，托马斯爱上她的时候，她根本没透露自己的财政状况，而对托马斯来说，打扮得体而朴素的玛雅看上去更像一位退休的艺术教师，而不是什么房地产富商。托马斯刚到洛杉矶的时候，甚至打算重新找份教书的工作，以负担婚后两人的开支，直到这时，玛雅才向托马斯展示了自己在半岛上的豪宅。托马斯说，他至今也不知道玛雅究竟有多少房产，他也不感兴趣，只希望妻子不要太操劳了，有时间好好享受和他的二人世界。

托马斯一边小声哼着维瓦尔第②，一边从店的里间开始一一

---

① 戴夫·布鲁贝克（Dave Brubeck），美国爵士钢琴家、作曲家。他是美国爵士乐先锋，被人们称为爵士传奇音乐家。

② 安东尼奥·维瓦尔第（Antonio Vivaldi），意大利巴洛克时期的作曲家、小提琴演奏家。

关上灯和音箱。这家店看似不大,实则因为东西实在太多,除了出售的货品,还有大量店主的终身收藏,包括各色绝版的电影海报、乐谱、古董留声机、电影道具、乐器,甚至和音乐相关的各种小雕塑、小摆设、小瓷器,每一件都有故事,每一个故事都特别有趣,光是站在那里听托马斯讲这些故事,就会一不留神听上个把小时,仍感到意犹未尽。

托马斯一边关上正在播放的维瓦尔第歌剧《巴雅泽》①中的咏叹调,一边详详细细跟我解说着新到音箱的好处。这时,玛雅突然打断我们说:"这音箱你花多少钱进货的?我们卖得出去吗?我们的客人常常连几张二手唱片都要讨价还价。"

托马斯挠了挠鼻子,笑着说:"这是我研究了好几天发现的一家已经快经营不下去的音箱厂家的商品,因为有很多道制作工序他们坚持手工打造,但价格相对来说倒是公道的。"

玛雅一脸怀疑的表情,似乎想忍住不说,但还是忍不住说了:"还好我们不用付房租,也没有请工人。哎,我真希望有更多的人跟你一样,喜欢把钱花在这些看上去没用的东西上面。"

"哈哈,是谁今天一大早就买了几幅'没用'的抽象画呢?"托马斯笑得两边肩上的肉都在颤抖。玛雅一副拿他没辙的样子,也忍不住"噗嗤"一下笑出声来。

---

① 《巴雅泽》(Bajazet),维瓦尔第创作的歌剧。

《面朝海港的公寓》 摄影 / 朱晓闻

2

我在洛杉矶的住处,是一套复式的高级公寓,楼上有两间卧室、两个卫生间、两个大小可以用来当卧室的衣帽间,楼下有宽敞的客厅、厨房、第三个卫生间,以及一个面朝海港的大露台。所有家具一应俱全,我实在想不出自己还需要什么,而我刚到的时候,只有两只从纽约上州带来的行李箱。这间公寓的房东是玛雅,而房客只有我自己。虽说是房东和房客,可除了房租免费,连水电费都一概全免。不仅如此,玛雅还帮我安排了在当地社区的大学做访问教授,每周上两天课,其余时间我可以自行创作。

玛雅和我非亲非故,她为我做这样的安排全是因为她资助的一个艺术家驻留奖学金。说起来,玛雅这些惊人的慷慨之举,都和她的出身与经历不无关系。20世纪40年代,玛雅出生在纽约上州一片贫瘠的农场上。她的父亲以屠宰动物为生,小玛雅对童年最深刻的记忆就是每晚伴随着杀猪的惨叫声惶恐不能入睡。然而,即使从事这样辛勤劳作的职业,父亲依然无法喂饱家中的每个孩子,年幼的玛雅常常吃了上顿没下顿。她上小学的时候,父亲心脏病突发过世,从此以后,她就常常连上顿都吃不到了。

对于母亲如何靠一己之力养大了5个子女,玛雅没有多说,但她十分庆幸的一点,就是母亲从来没有放弃对他们的教育,并且一直供她念到大学。凭借出众的才智和努力，18岁的玛雅获得了纽约州的私立名校雪城大学（Syracuse University）提供的全额奖学金。正是凭借这份奖学金，她得以念完大学，并成为一名艺术教师。

"如果不是雪城大学的奖学金，我根本不可能上大学接受高等教育。我自己学过艺术，就明白奖学金对艺术教育有多么的重要。如果我们要求艺术家一毕业，就像医生、律师那样赚到很多钱，那么我们的艺术教育就是失败的，也是可悲的。"玛雅对于艺术和教育的关系有自己的一套坚持，多年来，她对艺术教育的支持和投入简直不计其数，而我获得的奖学金只是她资助的众多项目中的一个而已。

我一直对玛雅怎样从艺术教师变为房地产商这个过程很感兴趣。她的公司就在市中心，里面挂满了艺术品。玛雅每天都会坚持到公司，我不知道她是否还有很多事务需要处理，因为她实际上已经"退休"多年了，但对她这样的人来说，忙碌的状态并不会因为职位的变化而停止。

有一次，玛雅在自家好莱坞半山上的豪宅里开了个慈善酒会，这座建筑出自洛杉矶著名建筑设计师昆西·琼斯的手笔，4面都是晶莹剔透的落地玻璃窗，仿佛高山上的一颗亮钻。现在，玛雅的社交活动主要放在这个"家"里，我第一次造访，就明白了其中的缘由。和半岛上园艺繁茂、家庭气息浓厚的住宅不同，这幢

| 第一篇
玛雅：洛杉矶慈善家的3座家园

建筑本身就是一件稀有的艺术品。穿过丝柏①矗立、喷泉萦绕的前庭，走进住宅内部，黑白相间的菱形大理石地砖首先映入眼帘，与3座层层递进的水晶吊灯上下映照，在光滑的水牛皮沙发表面反射出璀璨的光晕，正中的水晶灯，形似一座倒挂的结婚蛋糕，下方是同样晶莹剔透的椭圆形水晶餐桌，配套着镀金竹节形框架的高背座椅，表面的织物柔若无物。4面墙上，则挂满了名家创作的艺术品，仅仅欣赏那些画框，也能感觉这些收藏价格不菲。不过，托马斯悄悄告诉我，这其中也有不少玛雅资助过的艺术家的作品。玛雅根据自己的品味，把老比利的抽象风景画挂在了大卫·霍克尼②的风景画旁边，让人猜不透哪幅画应该更值钱。

我也应邀出席了这个酒会。其实自从我来到洛杉矶，玛雅总是盛邀我参加各种聚会，有时候，她觉得聚会上来的人可能会和我谈得来；有时候，她觉得酒会上的东西会很好吃，这样我就不用操心晚上该吃什么了。

酒会上的玛雅比平时多戴了几副首饰，而衣着却跟往日没什么不同，浅灰色的丝绸长衬衣，深灰色的亚麻长裤，一根银链当作腰带，走起路来步伐稳健，每个角落的宾客都要招呼到，既不冷落谁，也不和谁闲谈太久，但始终都是所有人目光的焦点。

当晚，玛雅的主要目的是为一所社区大学筹款，作为他们新

---

① 丝柏，一种洛杉矶常见的柏科柏木属裸子植物。
② 大卫·霍克尼（David Hockney），英国著名画家、版画家、舞台设计师及摄影师，在洛杉矶生活多年。

落成的艺术中心的装修费。其实，这座艺术中心的大楼正是玛雅捐赠的。说来话长，玛雅在这所社区大学的校董位置上坐了很久，学校发展遇到了诸多问题，其中一点是招生困难。玛雅认为，如果在市中心增加校区，就更容易吸引各地的学生过来就学，于是，她通过多方考察，在市中心购置了一幢大楼，特地捐给学校，作为艺术中心及授课点。可是费了九牛二虎之力，房子买下来了，审查通过了，捐赠手续办好了，新的门牌都换上了，学校领导却在这时候说，他们没钱装修。玛雅是想授之以渔，而不是授之以鱼，但是看着捐赠过去的大楼迟迟也不开工，学生们还是在原来的校区活动，她心里着急，忍不住还是举办活动来为学校募款。

那天的宾客里，多为玛雅的好友，也有学校方面的嘉宾，他们中有政界、商界、教育界、艺术界的各界人士，甚至玛雅的3个儿子和他们的家人也都来了。玛雅的大儿子是市议员，正在竞选市长，二儿子是成功的商人，最小的儿子是著名的医生。大多数人看上去都穿着讲究，一本正经，仿佛不是参加朋友的酒会，而是什么重要的颁奖典礼。相形之下，托马斯还是和平常一样，穿着颜色鲜艳的T恤，戴着爵士礼帽，不同的是在T恤外面罩了一件黑色的西装马甲，脚上也蹬了一双皮鞋，但他和我目光相交的时候，立刻俏皮地眨了眨眼睛，并隔空做了个碰杯的动作。

在大家差不多都喝开了、谈开了的时候，只听一串清脆的银器敲击玻璃杯的声音，玛雅已然站在屋子中央，做好了发言准备。窗外，是洛杉矶星光熠熠的银河般的夜景；屋内，是众人在热烈

第一篇
玛雅：洛杉矶慈善家的3座家园

气氛中灼灼的目光。

"各位，首先我要衷心地感谢你们来参加今晚的酒会。"

"谢谢你的邀请，玛雅！"宾客中立即有人高声回应。

"当然，这不仅是一个酒会，也是一个募款活动。"

一些人会意地笑出声来。

"你们中很多人都知道，我出身寒微，我小时候最开心的事，就是一家人偶尔可以在一起吃顿饱饭。也有很多人知道，我的大学是一所非常著名并且昂贵的私立学校，如果没有奖学金，那么像我这样的贫寒子弟是做梦也不可能去念名校的。正是从大学开始，我的人生像是有了第二次机会，我发现自己可以勇敢地想象那些我从来不敢去想的未来。而想象力，是一个物质贫瘠的人最大的权力。"

所有人都鸦雀无声。

"大学毕业以后，我和当时大多数的年轻妇女一样，结婚、生子。一转眼，我已经是3个孩子的母亲，今天，让我骄傲的孩子们都在这里，即使我已经年过古稀，还是每天都会在我的孩子、我孩子的孩子身上，感受到那种无可替代的生命活力。曾经，我以为把孩子带大之后，我的主要任务就完成了，但有的人偏偏天生劳碌命，詹姆士一定知道我这句话的意思。"

詹姆士是一位著名的社会活动家和慈善家，他比玛雅更年长，但还是日复一日坚持着四处奔走，为慈善事业忙碌。这时，他向玛雅浅浅一笑。

"我在42岁的时候,又回到学校,念了法律学位,当然,那个时候我已经在为离婚做准备了。"

众人笑。

"一边念法律,我一边对房地产发生了兴趣,你们知道,我们那是赶上了好时候,但我们也抓住了机遇。所以,我是一个中年才创业的商人。不过很幸运的是,我并没有走太多弯路。从40多岁到现在,我一直工作着。我想,我的工作让我没有时间变老,你们说对不对?"

"玛雅你永远是最年轻的!"宾客们应和着。

"但我还是老了,衰老是你每天都会感到一点点的迟缓,一点点的吃力,所以你更想争分夺秒,不要浪费时间,因为我们需要做的事情实在是太多了。今天下午,我的孩子还在问我,什么时候考虑正式成立一个基金会,请专人管理基金,帮助需要帮助的机构和个人。但是你们知道吗?我怕我都等不到基金会正式成立、一切都上了轨道的时刻。我是在农场长大的,我想我的血液里还是有亲手劳动的细胞,我亲自从艺术家那里购买作品、给他们奖金,为大学买楼,看着它建成、开课,就好像我亲手在花园里种玫瑰、种蓝莓、喂金鱼一样。这并不是说我不信任园丁,只是我实在太想去做园丁,而不是做付钱给园丁的那个人。一个人的精力、财力都是有限的,我做的事情越多,就越深切地感受到这一点。我的丈夫托马斯总是那么支持我,但我知道,至少今年来说,我还欠他一个古巴游。"

| 第一篇
玛雅：洛杉矶慈善家的3座家园

托马斯微笑着在点头，仿佛与玛雅的目光隔空相交。

"我告诉自己，不要以为你还只有40多岁，还可以学一门新的专业，接受很多新的挑战，你要客观地看待自己能够支配的时间。所以，我现在决定，先把手头的事情做完，再考虑去做新的事情。很多人知道，关于这座艺术中心的构想从两三年前就开始了，我依然很确定它的潜力，现在万事俱备，我们只需要一些东风，就可以为这艘小船扬帆。我希望可以尽快看到它扬帆，这样我也可以不必再为这件事情烦得失眠了。"

宾客们总能在合适的时候发出会心的笑声。

"关于具体的建筑规划，请大学发展部的主任来为大家介绍吧，我希望你们可以认真听一听，仔细想一想，这是不是一件对社区有利的大好事，你愿不愿意成为其中的一员。谢谢大家！"

玛雅讲完以后，众人的掌声令人有置身于颁奖典礼的错觉。

3

玛雅的第三个家，是她和托马斯两人的小家。毕竟，豪宅里充斥着玛雅在认识托马斯之前的历史和回忆，而只有这套位于圣莫尼卡①海滩附近的小公寓，更像完完全全属于他们的二人世界。

---

① 圣莫尼卡（Santa Monica）是美国加利福尼亚州洛杉矶县的一个城市，位于太平洋沿岸，洛杉矶市以西。

我想，如果玛雅确实如托马斯以为的那样，是一位退休教师，那么他们的婚后生活，可能正是这样的一个版本。

虽说是套小公寓，但门外就有一个人工的露天温泉，地上铺着鹅卵石的小径，还有一片茂盛的竹林，这对缺水的洛杉矶来说不得不算有些小奢侈。

我问托马斯，知不知道中国文人所说的"宁可食无肉，不可居无竹"，他忙说，肉不可不食，不可一日不食，引得我大笑。

这间公寓里，没有电视机，也没有挂什么艺术品，十分幽雅清淡，颇有宁静致远的禅意。托马斯说，这里是他写作的地方，因为没有让他分心的东西。我说，这就是中国文人讲究的"心境两忘"。

"洛杉矶的阳光虽然美好，但有时也太强烈了。毕竟，我是东海岸来的，习惯了四季变化。"托马斯泡了一壶咖啡，和我坐在竹林前的两把藤椅上，看着温泉缓缓蒸腾的雾气聊天。

"我也习惯四季，但是比起纽约上州那种凛冽的寒冬，我宁愿选择刺眼的阳光。"我说。

"寒冬也有寒冬的好处，不出门，围着火炉，一壶咖啡，一本书，留声机里放着音乐，美好得忘了时间。"

"那你想念纽约吗？"我问。

"住了一辈子的地方，大多数的朋友也还在那里。"

"那这里呢？有新朋友吗？"

"这里有玛雅,她真是世界上一等一的好人,也是可爱的人。"

"除了玛雅呢?"

"我有我的书、音乐、写作,店里也够我忙的了。"

"没有新朋友吗?"

"我们在半岛上的家,那里的人我可受不了,他们太保守,思想太落后了,你每次经过那些最近重新装修的大房子,会有什么感觉?"

"金光闪闪的,唔,没有什么品位吧。"

"何止没有品位,简直品位粗俗。他们不懂美学,自以为关心政治,但其实对这个世界的理解落后了好几十年。"

"我上次和你们一起去看话剧,见到观众都是白发苍苍的老者,感觉平时不太出家门的,那天都特意盛装出席,那个剧在我看来有些种族歧视,但观众们笑得特别开心,你说的是这些人吗?"

"你的观察细致、准确、到位,哈哈。"

"我那时就在想,这样的话剧,恐怕只有在特定的社区才能受到欢迎吧。"

"的确,那个剧院多年来都是靠附近居民的资助才能维持下去,所以他们也总是上演一些迎合白人优越思想的剧种。"

"你觉得玛雅对此有什么看法?"

"这是她一生中生活时间最长的社区，虽然她也说天天在那里的话会受不了，但当一些东西成为习惯的时候，把它去除反而会不习惯。"

"不过好在你们有3个不同的家，哪种生活过厌了，可以随时换不同的生活。"

"我是个简单的人，在纽约，我只有一间一室一厅的公寓，住了几十年，也没有觉得需要换一种生活。"

"如果不是玛雅，你会搬来洛杉矶吗？"

"你知道，我热爱电影，洛杉矶有很多我向往的地方，我喜欢那些奇奇怪怪的去处，它们跟我喜欢的电影有着千丝万缕的联系，但老实说，以我们目前的生活节奏根本没时间去体验。玛雅有这么多的事业，虽然她已经70多岁了，这说给谁听，谁都很难相信的。"

"对了，上次募捐的那个艺术中心怎么样了？"

"资金还是没到位，这真让人头疼。玛雅花了这么多精力，她很失望，但她又不会放弃。"

"我其实一直都有一个问题，你觉得她这么做是为了什么？"

"你指艺术中心？"

"不仅仅是艺术中心，所有的这些，包括资助我、帮助别的艺术家、捐钱捐楼给学校，还有各种吃力不讨好的募捐，各种慈善活动、社会活动。"

"我想，她不为了什么。"

"不为了什么？"

"对啊，她已经过了这么丰富的一生，可以说，她什么都有了，什么都经历了，她只是每天都在想，自己还能为这个世界做些什么？有什么是她立刻需要做、可以做的？"

"因为要做的事情太多，所以就挑最重要的先做？"

"难道我们不该都这样吗？"

"那对你来说，什么是最重要的？"

"玛雅，她对我来说是最重要的。"

"那我就知道你为什么留在洛杉矶了，即使不喜欢身边的很多人，但还是快乐地生活着。"

"他们也不喜欢我呀。喜欢和不喜欢都是相互的。"

"那玛雅也算是这里的一朵奇葩了。"

"可不是嘛。"

因为玛雅常常处在刚刚抵达或是即将离开的状态中，托马斯不得不根据妻子的动向来调整自己的生活节奏，因此他说服玛雅让他开书店的想法实在太明智了。因为一周有4天要看店，所以，当然就不可能每个活动都陪玛雅参加。在店里，托马斯可以安安静静地阅读自己喜欢的书籍，和偶尔经过的顾客谈论有关电影、音乐、文学的话题，见到有人真心欣赏他的收藏，就恨不得全套奉送。而下班后的托马斯，更愿意到这个小小的、充满温情的竹林之家来，在落日余晖中静静地泡上一壶好茶，把他一天所思考的东西顺着思路写下来。有时候，他也会就着钢琴琴键作曲，但他从来不发表自己的创作，对托马斯来说，这更像是一种修身养性。和玛雅在一起是热闹而积极的，每件事情都有明确的目的，受着某种光明理想的指引，但一个作家的内心是离不开孤独、寂寥、反思和忧郁的。这种秉性是托马斯改变不了的与生俱来的气质，这恐怕也是与玛雅互补、令她倾心的原因。

我很少看到有人能以如此包容豁达的态度接受自己与周围环境的格格不入，多数人在单一的生活中已经倍感辛劳，而他却像一个指挥家那样，把各种不同的曲调、节奏和情感调配得繁而不杂，迷而不乱，气象万千，让作为观众的我顿觉豁然开朗，一片澄明。

4

我有好一段时间没去玛雅家了，倒是经常路过托马斯的书店，他总是请我喝各种进口汽水饮料，拿出他新收藏的好碟好书与我分享，有时候我真怀疑他的收藏速度是否远远超过了销售速度。

托马斯说，玛雅的健康状况大不如前，她发现自己很难再操办动辄几十人的慈善酒会了，而她现在也不得不雇起了园丁，照看她那上百棵玫瑰、各色果蔬、金鱼，还要修剪紫藤架子。玛雅有时在园子里站的时间长了，就特别想坐下休息一整天。她参加的那些协会、董事会、俱乐部的活动可没有减少，但玛雅渐渐地就不能兼顾了。她不想让别人觉得她病了或是老了，但她身边的朋友确实一个接一个地病了、老了、过世了。

托马斯说，玛雅有一位认识40余载的老姐妹过世了，这对她打击特别大，让她一个星期都打不起精神，而心情刚刚平复一些，就找来律师要修订遗嘱。

托马斯说："或许她想到自己很有可能会先我而走，所以想把事情都安排妥当。我知道，我们在圣莫尼卡的公寓她是会留给我的，但我跟她说，我不需要很多钱，我从来就没有需要过很多钱，而这个世界上有太多更需要它们的人。"

我问托马斯："我什么时候能去看看玛雅呢？"

托马斯说："随时都可以啊。你去看她，她会很开心的。"

我去探望玛雅的时候，她正一个人静静地在厨房里喝茶，她高兴地起身，但是拄着拐杖，缓慢地向前移动了一小步，吻了吻我的两颊，就又坐下了。

那天，玛雅说了很多关于她那位去世朋友的故事，零零碎碎的，都是她本人觉得深切，而对旁人来说难以感同身受的细节。

她的精神比我想象的要好，并没有明显的病容，但也不像之前那样的活力四射。我突然觉得，玛雅从一个"仙人"变回了"凡人"。大多数人的老祖母不就都是这个样子的吗？

"有时候我会觉得累，不过最近觉得累的时候特别多。我的小儿子刚生了个女儿，真是让人心都要化了。我看着3个儿子，觉得他们都像父亲，而没有一个特别像我。有时候，我想，如果我生了女儿，会不会比较像我呢？"

"他们像父亲不是一件好事吗?"

"对他们来说或许很好,他们都很成功了,但他们都生活在一个很坚硬的外壳里,他们的概念是很固定的,这对他们自己来说是有利的,但对不是他们这个世界的人来说,有时候是冷酷的。"

我没有想到玛雅会用"冷酷"来形容自己的孩子。

"当然,我很爱他们,胜过一切。"

"托马斯呢?"

"我也爱他胜过一切。"

"我觉得你爱一切都胜过你自己。"

"我也爱我自己,如果连自己都不爱,是没有办法去爱别人的。但是我知道我太幸运了,我不敢独自承担这种幸运,我总是认为,我来到这个世界上,是有某种使命的,我就不敢不尽力完成这个使命。"

"能够感受到生命的意义,本身就是一件很幸福的事吧。"我说。

"但是我做的还是不够多,我以为我总是还有两三年可以积极做事,但这些事情谁又能真的知道呢?"

"或许,你休息一段时间,和托马斯一起去旅行,去古巴,回来以后,就会有新的能量?"

"我们会去古巴,我答应过他的。"

"我能够为你做些什么吗?"

"亲爱的孩子,你现在这么年轻,这么健康,你都不知道我情愿舍弃一切来变得年轻健康，你应该真正好好享受生活，去所有想去的地方，探索所有未知的世界，不要浪费青春，辜负年华。"

"我以为你会教我多多助人，多作贡献呢。"

"每个人的使命是不一样的。我认为我的使命是帮助别人，但是你必须要明白自己的使命是什么。如果你不好好探索生命，可能就难以明白。"

我的使命是什么呢？好像从来没有这样思考过。我又问玛雅："你会什么时候去古巴？"

"等我好一些了，我们就会去。我非常期待。但是我要先把好莱坞的那幢房子卖了。"

"啊？为什么？"我不免吃惊，那座艺术品一般的玻璃宫殿仿佛正从远方闪烁出光芒。

"捐给学校的房子还没动工，我不想他们浪费这么好的资源。我会把那座房子卖了，用一部分钱给他们装修，但他们还是要能够找到钱把设备全都装好，才能开学。"

"你也真是用尽了心思。"

"这些事并不需要太多心思，需要心思的是人，但是没办法，为了把事情做成，有时候必须去应付一些人。"

"你会想念那座房子吗？里面的画呢？"

"我的房子有很多，当然自己住过的是不一样的，我肯定会怀念，但是它的使命已经完成了。那些画一定会找到合适的新地方。我正在说服托马斯，在我们的公寓里和他的店里都可以挂一些。"

"它们会和他的电影海报打仗的。"

"它们可以对话。"

我问玛雅,在她把好莱坞的房子卖掉之前,能不能让我进去拍一些照片?她不久之前的那场演说还在我脑海中涌动,我不知道自己的镜头可以记录下什么,或许只是我自己记忆的留白,也或许是对某一种逝去的怀念。

玛雅突然兴奋起来,说:"这幢房子在70年代的时候就上过很多建筑杂志,我这里有剪贴本,拿给你看。"

蓝色的剪贴本,和她在柜子上摆成一排的蓝色相册一样,好像属于某座国立图书馆的永久馆藏。

我翻看着这座带有南加州独特的"现代主义生活样本"风格的通透建筑——这是混凝土板和玻璃幕墙共同筑成的诗意空间,不免回忆起自己曾置身其中的那个夜晚,而这已是历史的一部分。

看完之后,我突然觉得没有必要再去记录一遍刚刚过去的历史,就让它成为心中的文字缓缓流淌吧。

玛雅在不久之后,和托马斯一起去古巴旅行了,在度过了一段充满灵感的时光之后,回到洛杉矶,她的书架上又多了一本蓝色的相册。

而托马斯则在哈瓦那淘到了很多他心爱的古巴爵士乐唱片,在他畅游于音乐之间时,玛雅则继续奔波于各个协会、董事会、俱乐部之间。她说自己的听力正在退化,腿脚也更不方便了,但她没有停止各个项目,特别是帮助社区大学开发新校区的规划。

第二篇

托比：
洛杉矶海港的冲浪者

1

圣佩德罗（San Pedro）是洛杉矶南部的海港，也是北美最大的港口。从我住所的露台落地窗向外远眺，隔海相望的集装箱层层叠叠，似堆积如山的乐高积木。这便是全美国最主要的海路进出口中心。

南加州的海滨小镇各具风光，不同小镇的居民，哪怕只是隔了前后十几分钟的车程，也会认为自家海滩之美举世无双，虽然在游客看来，这些海镇风光的旖旎之处大同小异。

圣佩德罗也有自己的海滩，叫卡布里洛（Cabrillo Beach）。它不怎么有名，在南加州随处都可摄人心魄的景色中显得毫无特色。我常常骑着自行车，顺着港口边的公路上坡下坡，经过有着典型"装饰艺术"①风格的邮政大厅，其年久失修的立体外墙装饰和风尘仆仆的港口遥相呼应——两者都是货物流通的中转站，华丽的设计在缺乏呵护的风吹日晒中尽显颓唐之色。

经过邮政大厅之后，会有一段长长的下坡路，我迎着海风向下滑行，不时地需要避开大模大样的海鸥们——它们自以为是港口的主人，谁都不放在眼里。公路两旁的棕榈树自顾自高耸着，像瘦高个儿顶着一头硬邦邦的直发，它们二字排开，为我开道。我喜欢飞快地穿过这条宽阔的通行道，红绿灯是可以忽略的，因为根本不会有突然窜出的车辆。

离海越来越近的时候，会先闻到一股死去的贝类和搁浅的海藻在沙滩上被慢慢晒烂的气息，腥臭中夹着暖暖的咸味，像是太阳在为尸体杀菌。有一回，我看到一团刚被冲上海滩的新鲜海藻，柔软的肢体仿佛还在呼吸，便忍不住将它装在自行车篮子里带回家，放进注满水的浴缸，只是想观察一下它在水中的形态，但不出半小时，近似于鱼类腐烂的气味扑鼻而来，我赶紧放了水，把海藻扔进了垃圾桶。

---

① 装饰艺术（法语为 Art Decoratifs，简称 art deco），又称装饰风艺术，其渊源包含多个时期、文化与国度。从纵向的角度说，装饰风艺术似乎继承新艺术而来；从横向上看，它又和在两次世界大战之间蓬勃发展的现代运动并行发展并互相影响，尽管两者存在着本质分歧。一般说来，现代主义设计带有精英主义的、理想主义的、乌托邦式的立场，强调为大众服务，尤其是强调为中下阶层的劳动者服务，对装饰本身兴趣并不大，甚至怀有痛恨的态度。装饰风艺术却继承并维护了长期以来为赞助人服务的传统，其设计面向的对象是富裕的上层阶级，所采用的材料是精致、稀有、贵重的，尤其强调装饰的别致优雅，与上层阶级的品位相符合。［来源：维基百科］

第二篇
托比：洛杉矶海港的冲浪者

等我骑着车，能看到一大片海的时候，其实还没到海滩，这里有一片停泊着数百条快艇的码头，放眼望去尽是富人们奢侈的玩物——即使不懂快艇，从那些精准打磨的流线型线条和精心设计的船头字体也可见一斑。这片码头背后，是高高凸起的帕罗斯维德斯（Palos Verdes）半岛，可想而知，这些船的拥有者大多是半岛上富裕的居民，而非圣佩德罗以港口为家的工人阶级。

每次穿过码头上的观景平台，都会看到三三两两在快艇上收拾的船主。他们或是准备出海，或是出海归来，一律都是白人男性，皮肤晒得像地中海人那样泛着古铜的黝黑色，戴着雷朋眼镜或是类似的遮住三分之一脸的蛤蟆型太阳镜，有几分电影里角斗士那样硬派的面容身姿。即便在瞬间的对视中，也可感到他们全身散发的某种不可轻犯的权威，而这离不开他们全身涂抹了圣巴巴拉① 特产的有机防晒油之后，在南加州的阳光反射下形成的独特光晕。有时，加州阳光真有如电影灯光的戏剧效果，令表演欲强烈的人尤其可以强调自己不容忽视的特征。

穿过富人们的快艇码头之后，才终于来到了卡布里洛海滩。这并不是一片令人心旷神怡的胜景。它有沙子，有太平洋，也不缺棕榈树、海鸥和太阳，甚至还有一条拓展出去的狭长的人工码头。如果夕阳西下，和人携手走在消失于海水中央的码头上，拣

---

① 圣巴巴拉（Santa Barbara）是美国加利福尼亚州圣巴巴拉县太平洋沿岸的一座富裕城市。

一块大石头并排坐下,被拍岸的海浪溅得水渍点点,也是浪漫宜人的。但目光所及,钢铁筑成的运输港口粗粝而机械,那种以几十米为动作幅度的巨型吊臂,即使没有明显噪声,也显得比工厂更为喧嚣,让卡布里洛海滩在同样的沙滩、大海、棕榈树、海鸥和阳光下,成为繁忙港口的一处后巷。如果你想一览繁忙的港口作业,欢迎来到卡布里洛海滩。

不过,这些都是我在遇见托比之前的主观印象。

《海藻遗体》 摄影/朱晓闻

2

第一次遇见托比，是在朋友佩特拉的画廊里。我正和佩特拉聊着天，突然一阵风似的进来一个高个青年，头发又蓬又松，顶在他高及屋顶的头上，好像速写画到一半时间不够了，随便往没画完的头上涂抹几圈了事。

他很匆忙，放下一大本画夹，用特别加州的美式口音对佩特拉说："没钱停车了，照片先放下，我回头再来找你！"

话音未落，一阵风似的出去了。

佩特拉说："他怎么不跟我借几个硬币呢？"

"他是艺术家？"我看到艺术家都很好奇。

"摄影师，他一直想让我帮他办个展览，可我的展览都已经排到明年底了，他的签证最近又要过期了，不过我答应帮他挂着卖一些。"佩特拉是德国人，企业家出身，人很实在，和那些空话连篇、满脸夸张的画廊老板颇为不同。

"能看看吗？"我的手指已经搭在画夹角上，随时准备自己翻开。

"请便呀。"佩特拉对托比的照片显得很随意。

我翻开黑色硬板纸做的画夹，这是最便宜的那种，一般外出画速写用的，我不会用它来装照片，不能固定，也怕磨损到边边角角。

托比的照片直觉感很强，构图有的十分规整，黄金比例；有的左看右看总有那么一点别扭，让人很想帮他转动个0.5度，切掉一丝边。这应该就是摄影爱好者对细节的随意了。

但是一张张翻下去，我突然能感觉出他的幽默，也对这个人越来越好奇。

托比拍摄的对象主要有两类：圣佩德罗的车、圣佩德罗的人。

洛杉矶有大量拍古董车的摄影师，因为这里有大量的古董车：天气好、公路直，车若保养得好，开个几十年没有问题。托比不单对古董车感兴趣，房车、小货车、面包车、跑车、DIY改装车，只要有那么几个能代表本地文化的特点，或是展现车主独特个性的地方，托比都会拍。而且他拍的都是停在车主房前的车。对大多数美国人来说，车就是第二个家，那些无家可归的人在失去住宅之后，往往都会尽量在车里过日子，实在支持不了，才会沦落街头。所以，第二个家在前景，第一个家在背景的照片，就有很多微妙的细节可以分析。阳光是另一个看不见的主角，画面里的阳光温暖、均匀、色泽丰富，是自动成像的滤镜，将最平凡的事物也变为生活中的一隅亮点。托比没有玩弄任何摄影技巧，而是极平实地用镜头将圣佩德罗的车记录下来——在不平的坡上，就让它不平；有蹭破、花脸的表面，就让它蹭破、花脸。所以乍看起来，这些照片并不惊人，但是作为一个系列，可以分析出很多既代表洛杉矶又和洛杉矶市区颇为不同的风土人情。

至于托比拍摄的人像，一律是黑白的半身像，没有一个是你闭上眼睛就可以想象出的刻板印象。左右装上獠牙、臂上刻满刺青的中年人既可能是摩托车帮会[①]的道上人物，也可能是普通的酒保；真发和假发搓在一起编成雷鬼头[②]的黑人女性既可能是嬉皮士音乐家，也可能是慈善商店的店员；一张戴着眼镜的亚洲脸孔，既可能是银行职员，也可能是极限运动爱好者。实际上，这些都是他拍摄的汽车车主，反而更引发观众对车主职业的猜想。

我看得津津有味，已经在脑中构想起这些照片可以怎样展览摆放，它们一定会受到当地居民的欢迎，虽然我不知道这里有多少人能够买得起艺术摄影作品，或是有收藏艺术品的概念。

"你其实可以跟托比聊聊，"佩特拉说，"你不是最近刚办了艺术家签证吗？或许他也可以办你这种签证，那样就可以留在美国了。"

艺术家签证是美国"特殊人才签证"的一种，需要经过严格审批，获得签证的艺术家可以在美国自由创作、生活、工作。虽然听上去很严格，需要具备"超凡才能"，但其实只要准备充分，符合条件，也并非只有获得了奥斯卡奖的明星大腕才能获得签证。

"我刚才听他的口音，还以为他是土生土长的加州人呢。"

[①] 美国摩托车帮会，它属于第二次世界大战后在美国兴起的一种摩托车次文化，随后蔓延至其他国家。

[②] 雷鬼头是一种发型，把头发紧紧缠在一起，起源于非洲，水手也很喜欢。近现代作为一种文化扩散开来，和雷鬼音乐相关。

"他才来一两年,是土生土长的德国斯图加特人。"

"那不是你的老乡?"

"谁让我们斯图加特人热爱艺术。"

佩特拉一向擅长自嘲——以汽车工业闻名的斯图加特有大量的工程师和奔驰、保时捷的公司职员,并没有什么特别浓厚的艺术氛围。

3

后来,我和托比渐渐地熟络了。圣佩德罗就这么些地方,这么些人,我只能和几个艺术家打打交道,而其中年轻又见多识广的,托比算是一个。

托比总是穿一条膝盖磨破洞的牛仔裤,一件大号 T 恤,或是外面再套一件米色的半旧夹克衫,印象中从没见他穿过第二套行头。乍一看,算上他那头永远蓬松的半长发,好像从 20 世纪 70 年代伍德斯托克音乐艺术节①穿越过来的嬉皮士。不过他还真是土生土长的德国斯图加特人,他父亲是当地一位小有名气的作

---

① 伍德斯托克音乐艺术节(Woodstock Music & Art Fair),在纽约的牧场举办,它被广泛认为是流行音乐史上非常重要的事件。《滚石》杂志称它是摇滚乐史上 50 个重要转折点之一。

家,母亲是杂志编辑。父母都酷爱旅行,又只有他一个孩子,托比从小就被带到南美、北美游了个遍,渐渐激发了他浪子的脾性。

9岁的时候,父亲送给托比一副儿童冲浪板作为生日礼物,也不知是从哪里旅行带回来的。当时托比摸着光滑的冲浪板,大约对如何使用它还没有什么概念——德国除了北部的汉堡,别说是大海,连海鲜都很少见。

托比第一次站在冲浪板上,是在德国慕尼黑,原来慕尼黑有一条河,因为河水湍急形成小型水浪,是很多德国孩子学冲浪的第一站。托比说,他第一次在湍急的水流中站上滑板的时候,就好像一只两栖动物突然发现自己既可以在陆地生活,也可以在水中生活,全然进入了一个新的世界。

"那后来呢,你怎么在德国继续学冲浪的?"我和托比聊这个话题的时候,正坐在他家对面的"冲浪咖啡馆"里。这里和全加州的"冲浪咖啡馆"都差不多,距离海边不过几个街区,老板是冲浪者,大多数的回头客也是冲浪爱好者。

"当然要去见识真正的海浪。后来我爸就带我去意大利冲浪,我那时不到10岁,我的教练也就十六七岁,但他已经是很顶级的冲浪者了。"托比的口音乍听起来确实像加州本土口音,但仔细分辨,还是可以听出一些德语的来源。

"然后你就一发而不可收了?"我喝着冰柠檬汽水,金色的鲜榨果汁混合着小苏打水,泛出层层泡沫,在碎冰之间浮动,像张开的小口。

第二篇
托比：洛杉矶海港的冲浪者

"然后我就差点淹死，"托比咬了一口三明治，轻描淡写地说道，"不过，这是冲浪的一部分，就好像你玩滑板不可能不摔跤，摔断了腿，断了几次，都是正常的。当时，我还好被一起冲浪的成年人给救起来了，把我搭在冲浪板上，推回到岸边。我爸在沙滩上看报纸，等我回到岸上，把胃里的海水吐完，精疲力尽地回到他身边时，他根本不知道我差点就回不来了。"

"9岁的时候，就这么视死如归了？"

"谁想死了，我是怕被剥夺冲浪的自由，真的，这是我从小到现在唯一的信仰。我要是不冲浪，我就不是我了，我也不知道我会是谁，我也不在乎我不冲浪能是谁。"

"冲浪真的这么神奇吗？我只看过几部关于冲浪的电影……"

"冲浪的电影都是笑话，就像战争片，你说战争片和战争能是一回事吗？冲浪的美妙不能用语言形容，也不能用视觉形容，怎么说呢，这真的是需要亲身经历的。"

"你有试过用镜头捕捉冲浪的瞬间吗？"

"没有。冲浪的时候我是全身心的，也不用拍照片，只要在冲浪，我就觉得自己活得特别彻底。"

"好吧，你信冲浪教。那你的摄影呢？拍照对你有什么意义？"

"拍照嘛，能出书，能办展览，能赚钱支持我冲浪，还能结识各种不同的人。不过我还是挺捉襟见肘的，我现在拿的是记者签证,原则上只能给欧洲的杂志报社摄影,我要是在美国打工被发现了,就得被遣返。"

"你可以办我这种签证,艺术家签证,随便你冲浪还是摄影,都可以正常工作,而且时效3年,3年后很容易续签。像你出的书,办的展览,很多作品见报,都是申请签证的证明,再找几个有点名气的教授、策展人给你写推荐信,应该问题不大吧,我可以把我的律师推荐给你。"

"律师费很贵吧?"

"3000多美金。"

"哈哈,我要是有3000美金,我就天天冲浪,可以先把夏天过完再说。"

托比三口两口地把三明治吃完,否决了我的建议。确实,3000美金对他来说可能是笔巨款。他的小面包车是500美金不到买来的,开开就坏,坏了总是自己修,永远在路上颠颠簸簸的。但只要里面能塞进他的冲浪板,能开到海边,他就心怀宽广,自得其乐。

4

托比最常冲浪的海滩,就是卡布里洛海滩。这里离他家最近,小面包车开过去,拐个弯就到。

我那时每周在大学教两天课,剩余的时间全在创作或是思考创作,经常以寻找灵感的名义四处闲逛。有时托比给我一个电话,或者我给他一个电话,我们随时可以出来溜达。但是托比对去圣佩德罗以外的地方兴趣不大,除非是去别的海滩冲浪,而且他也不喜欢坐我的车,虽然我的二手克莱斯勒明显比他的小破面包车可靠得多。

我们在卡布里洛海滩上走着,我说这个沙滩唯一的好处是人不多。托比不以为然,他说,这里最常见的就是一大家子墨西哥人,拖儿带女,搬来沙滩椅,支起烧烤架,撑着两顶大阳伞,把全家都罩在下面,他们烤的墨西哥肉卷香气扑鼻,小孩子在海边飞奔着踢球,口哨声此起彼伏,一家人其乐融融,才不像什么曼哈顿海滩[1]、亨廷顿海滩[2]那样,挤满了游客和模特身材的富有白人,光各色跑车就把停车场挤得水泄不通,海滩附近全是价格不菲的

---

[1] 曼哈顿海滩(Manhattan Beach)是美国加利福尼亚州洛杉矶县下属的一个海滨小镇,是著名的旅游景点,众多名人、富豪都在那里购置了别墅。

[2] 亨廷顿海滩(Huntington Beach)在美国加利福尼亚州橙县,位于该县西部,临

商店、饭馆，不花些钱还根本坐不到一模一样的沙子上，面朝一模一样的大海。

"我就情愿来我家门口的海滩，和墨西哥小孩一起踢会儿球，然后去冲浪呢。"

这还只是卡布里洛海滩众多好处的"此其一"。

此其二呢，原来我一直没有发现，海滩旁边有一家社区水族馆，里面养了各色海底生物，对游人免费开放，二楼还有一间图书馆，收藏了特别全的海洋学、海洋生物学图书，在一排排书架背后，是正对海滩的大玻璃窗。托比说他写作的时候，经常会来这间图书馆，面朝大海，看海鸥飞过，让思绪如海浪般起伏。

此其三，在目光所及的海滩边缘的石崖后面，其实别有洞天。只需踩在大块光滑的石头上，扒着潮湿的崖壁，绕过石崖正面，走到它的后方，就还有一块看不到任何脚印的光滑无比的小沙滩。"只要在涨潮前记得回来，整片沙滩都是你自己的。"托比说。

我被托比拽着、拖着走上了这片没有人迹的沙滩，因为和背后的风景完全隔绝，既看不见海滩上的人，也看不见港口的工业区，还真有"天地之间悠悠我心"的意境。

这时，托比说他要去冲浪了，就带着滑板下海游向了远方。

那天的浪不算大，我可以远远望见托比熟练地在海浪间上下。他的身旁，有两三个更远的点，是其他冲浪者在和海浪亲密拥抱。

5

一天，我上完课发现一下子有3个未接来电，全是托比的。我赶紧打回去，因为他没事不会连着打那么多电话。

"嗨，你怎么了？"

"哎，我冲浪的时候扭伤了背，这次还挺严重的，我刚才怕自己没法开车到医院，所以打电话找你，不过我现在已经到医院拍过片子了。"

"啊，真对不起，上午连上两节课，手机一直静音。医生怎么说？你现在一个人吗？需不需要我过去？"

"反正就是新伤碰上旧伤，也不能怎么样，得慢慢恢复，要做复健。房东已经把我送回家了。"

我一直觉得托比的哥们还挺多，因为他时常提到这个朋友、那个朋友的，想不到他出事时会先打我的电话，然后就找房东了。好在他房东和他住在同一幢楼里，是个整天在家的单身老头。

我还是立即开车去了托比家。他可怜兮兮地俯身卧在床上，脸上满是掩饰不了的痛苦神情。

我只能问他要不要吃喝，再去对面的小超市里给他带回了水果、面包、奶酪和火腿片。这家小超市是一个巴基斯坦移民开的，据说开了40年，赚得盆满钵满，在帕罗斯维德斯半岛上都买了豪宅。店铺看上去很不起眼，不过卖些罐头速食、饼干面包、小吃零嘴之类的，不过进去之后才看到里间是外间的整整一倍，所有你喝过没喝过、见过没见过的酒精饮料应有尽有。因为靠海的居民区里，超市兼酒店仅此一家，而去海边买醉的人可就远远不止本地居民了。我开车经过，时常看到无视法规的篝火派对，当然空酒瓶更是四处滚散。我一直对托比说，这家超市坐地起价，东西又贵又差，蔬菜水果都不新鲜，不如过十几条街去大一些的超市采购，或是周末的时候去农贸市场买一大袋蔬果带回家。不过他这个人，除了对冲浪和创作上心，生活上的事就太不拘小节了。

我买了一大袋子东西回来，在厨房里给他做三明治。说是厨房，不过就是这间屋的一个小角落。美国大房子多，而像这样局促的小公寓也不少。但他对此毫不介意，一个心系大海的人，或许本就不会在乎床头多宽这样的事吧。

做了三明治，煮了咖啡，我端给托比吃喝。他一脸的倒霉相，不知是在操心不能工作，还是担心不能冲浪。

我坐在托比床边的半个办公椅上。说是半个，因为另外半边早就坏了，或者原本就是个坏的，被他从路边捡来的。这是除了厨房一角的两个塑料高脚凳之外，室内唯一的椅子。书桌是用4个空塑料箱子一边两个搭起来的，桌上一台苹果电脑，看上去是除摄影器材之外最值钱的设备。这个家虽小，东西拼拼凑凑的并不显得破烂,因为该结实的地方还是结实,容易凌乱的地方都理得整整齐齐,像是随时能找到需要的东西——当然,没有什么是多余的,但也没有什么是欠缺的。我环顾四周,看到他的冲浪板居于房间正中,虽然唯有这样才放得下,但其显著地位不言而喻。桌前的黑色粗体字日历、窗边的黑白摄影作品、床头一面印第安人手编的黑白羽毛配绿松石挂饰,就是这个小家全部的装饰了,我觉得挺恰到好处,是一个号称不讲究品位的人无法掩饰的品位。

托比故作坚强,但他也如实相告:他的签证快到期了,得想办法延期或是换一种签证,需要钱;这次扭伤还伤到了脊椎,必须做好几个疗程的复健,需要钱;他计划好了要开展览,需要钱;他原本要给一家杂志拍摄自驾穿越美国的公路纪实摄影,现在不知道还能不能成行,这当然又是为了钱。

我问他,我能不能帮上一点,他斩钉截铁地说不行,我便不敢再问。他不想让我久坐,我看他除了不能翻身,表情略痛苦外,别的倒还好,就叫他好好休息。

临走的时候,托比勉力回头对我说:"Danke[①]!"

[①] 德语:谢谢。

6

后来，我和佩特拉商量了这件事，因为想来想去，这里也没有别人能给托比帮上忙，不知道他会不会和父母要钱，但以他的性格肯定是不到最后不向任何人开口的。佩特拉说，她给托比办展览，不收任何费用，出售作品的收入除去画廊的成本，全部给托比用于治疗，而不像平时那样，和艺术家五五分成。我说，我可以帮忙打印、装框、上架，我还可以帮忙安排展览开幕，跑腿什么都行。

托比的杂志拍摄不得不延后了，不知这是否意味着他就失去了这单生意，因为很难说他到底需要多久才能康复。至于他的签证问题，他没有再说，我也就不知下文了。

托比一边做着复健，一边百无聊赖地整天躺在床上。有时，他打电话跟我闲聊几句，但不怎么想让我去看他，他说他死不了，就是这样活着挺窝囊。我说"你就等时间治愈你吧"，他说："但是不能冲浪的日子真的好像行尸走肉啊。"

这样过了几周之后，托比勉强可以直立行走了，他僵直着上半身，一瘸一拐地走进佩特拉的画廊，一只手忍不住要扶着腰，蓬松的头发看上去比平时更乱更长了，这下简直就是沦落街头的嬉皮士。我和佩特拉命令他靠墙歇着，然后两个人指手画脚地把选好、印好、装裱好的照片一幅幅挂到墙上。我们想尽量多地往墙上挂托比的照片，于是用沙龙式的摆法，上上下下参差不齐，倒也显得错落有致。

|第二篇
托比：洛杉矶海港的冲浪者

托比大概是第一次看到这组照片印成大幅的画面整体挂在墙上，一边喝着啤酒，一边颇为得意地频频点头。

"喂，你在吃那些药期间，可以喝酒吗？"我自己开了一瓶啤酒来喝，转头对托比说道。

"我已经很没有人生乐趣了好不好，你还不让我喝酒？"

"好吧，希望你开幕那天能直着走进来。"

"不然我躺着也得来呀。"

我和佩特拉都笑了。

展览开幕那天，不大的画廊里三层外三层地站满了人，甚至门口的马路上都站满了。托比叫来了他在长滩①的朋友，在门口卖起了手工冰淇淋，一美元一个，供不应求。托比靠在接待台上站着，上前和他讲话、祝贺的人络绎不绝。我看他站得勉勉强强，过去拍拍他，轻声说，实在不行，躺着也行，他笑着捏了捏我的肩。托比很少表达感情，这就相当于别人拥抱的意思了。

那么热闹的开幕，看的人多，买的人少，人去楼空之后，我和佩特拉一接头，她自己买了两幅，我买了一幅，我游说朋友玛雅买了一幅，另外，托比卖掉了几本签名的摄影书，这就是全部了。本来，来看展览的大多都是托比拍摄过的当地居民，他们特别兴奋地呼朋引伴，带来了各自的亲朋好友，对自己在画框里的

---

① 长滩（Long Beach），一座位于美国西岸加州南部的城市。按照人口排名，长滩是洛杉矶地区的第二大城（拥有大约 50 万人口），仅次于洛杉矶，是加州第五大城。

049

肖像和汽车指指点点，异常满意，但他们都不是会收藏作品的人。也有若干个托比的媒体朋友，他们会写评论、发博客，希望会在未来几天再吸引一些人来参观吧。

收拾完之后，托比坚持要先送我回家，其实我家拐个弯就到了。夜深了，托比还沉浸在兴奋之中，我问他要不要上楼喝杯茶，他说，如果他的背没伤，他一定不会拒绝，我假装一拳挥在他胸口，说道："你想多了吧？"

我们还是拥抱了一下才各自散去。虽然我觉得有些朋友之间，这种俗套的礼节完全可免。

7

展览还没办完的时候，托比突然向我和佩特拉宣布他要回德国一段时间。我们很吃惊，但这并不完全在意料之外。

托比说，他陆续收到了医院寄来的账单，数目惊人，如同天方夜谭。比如，他去医院急诊室那天，仅仅是照了个X光，医院就要收他2000美金，此后去诊所复健的费用也令人咋舌。佩特拉来美国20多年了，经验比我们都丰富。她说，美国的医疗系统缺乏逻辑性，诊费因人而异、因保险而异，比如你有个很好的医疗保险，那么同样的治疗，账单上的费用并不高，而如果你的医保不好，甚至没有，随便看个病就有可能债台高筑。这让我想起在研究生院的时候,有一位助理教授常年关节炎,拖着不去治疗,据说就是因为学校不提供医疗保险,他看不起病,每次发作只能吞几片止痛药了事。

佩特拉建议托比尽快给医院打电话,讨价还价,因为只要他的主动沟通被记录在案,就不会因为故意赖账受到更严重的罚款,他应该和医院说明自己的情况——外国人,没有工作签证,又是自由职业,收入不稳定,他也想付诊费,但实在付不起,能不能根据他的情况,给他打个折,再让他分期付款。毕竟,医院也是为了收钱,不是为了让病人破产或是一分钱也收不回。

我在一旁听了,真学到不少。原来在美国,还能和医院讨价还价。不过 2000 美金一张 X 光片,也太黑了。

总之,托比没法承担在美国的医疗费了,他情愿花一张机票钱飞回德国,各种治疗都是免费的,而且德国的医疗设施比他在美国能负担的不知好了多少倍,除了传统西医,也有和针灸、推拿,甚至瑜伽结合的复健,应该对他更有帮助。

没有来得及告别,托比就匆匆飞回德国了,或许他真的太需要回家了。自从来了美国,他还没有回去过过圣诞节,也没有见过父母。人在父母面前都是孩子,地球的另一头,托比的父母一定热切盼望着游子归来。

8

渐渐熟悉了圣佩德罗的一切之后,我也常常独自一人去渔夫码头吃海鲜烧烤,夹在老幼众多的墨西哥家庭之间,听他们讲语速飞快的西班牙语。我会骑着自行车,沿着邮政大厅的马路一路下坡,绕过满是游艇的码头,骑到靠近悬崖边上的一家"旮旯小店"①。这家店是托比的最爱,在毫不起眼的街角驻扎了不知多少个年头,有点像我小时候学校旁边弄堂里面那种什么都卖的小百货店,棒棒糖、冰淇淋、塑料玩具、假珍珠项链、冲浪丙烯画的复制品、印着火烈鸟的救生圈等应有尽有。我会把自行车靠在街边,进去买一个现炸的甜甜圈、一杯现泡的咖啡,坐在靠窗的位子等候日落降临。日落快来的时候,甜甜圈也吃了,咖啡也喝了,走出门,骑上车,在重力的推动下,俯冲到长着一大排棕榈树的悬崖口,趴在栏杆上看橙黄橙黄的大圆太阳从从容容地落进海里,天空由橙到粉、由粉到紫、由紫到蓝,无缝衔接,美不胜收。

悬崖下,海浪拍打着的就是卡布里洛海滩。没有托比冲浪的海滩,当然还是跟平常一样,但对远在德国俯卧着养伤的托比来说,恐怕是全然不同的。

---

① 原文:corner shop。

9

托比归来,毫无征兆。

他突然就回来了,好像从未离开过一样。

虽然不是活蹦乱跳的,但也不是一副残障人士的模样了。他的头发剪了,谈不上有什么造型,但还挺清爽,皮肤养白了,人也养胖了,套着一件簇新的T恤,还是那条膝盖破洞的牛仔裤。

我们在"冲浪咖啡馆"里吃了午饭,并排往海滩走去。托比说他的伤没完全好,但是好到可以回来了。他没有提冲浪,我也没问。

我们抄了一条走向海滩的近路,一道窄窄的石头楼梯往下纵深着。托比说,这段楼梯特别有名,在很多电影里都出现过。我可看不出它哪里特别,随便点着头。

"托比,我带你去一个地方吧。"我突然提议。

"什么地方?"

"第一,这个地方不远;第二,你没去过;第三,你要坐我的车去……"

"好啊,我去。"托比答应得很爽快。

我让他回家拿上相机,我自己已经带了相机,我们就出发了。

到这个地方去,需要经过连接圣佩德罗和长滩的文森特·托马斯大桥，好莱坞大导演托尼·斯科特①不久前在这里跳桥自杀，让此桥闻名全国。它的造型有一点像旧金山的金门大桥，不过是绿门，并且连接了北美两大港口。每次从桥上驶过，都会让我想到上海的南浦大桥和周边蔚为壮观的集装箱码头。

　　托比应该没想到我会带他去一个工业码头，我们过桥之后，我直接往圣佩德罗和长滩之间的终端岛（Terminal Island）开去，这里有说不上是废弃的还是没造完的厂房，巨大的白盒子一般，可以装下至少50辆货车，每一面只有一扇通风口，密室入口般隐蔽。空置的集装箱到处都是，上面被喷漆涂涂画画，但又算不上涂鸦。每一条路旁都有铁丝网，但每一面铁丝网上都可以找到破洞，或大过一只手，或大过一侧身体，至于另一面有什么值得探究的东西则难以看清。

　　我独自来过这里好多次了，这是我自己发现的一座孤岛。偶尔会看到几个渔民提着鱼竿路过，但他们并不朝你看，仿佛你的存在对这里没有任何意义。我在岛上把能开的路都开遍了，也走过很多不知道出路在哪里的小道。我一直很想在夜晚进岛，但我的胆子可没那么大。托比回来了，带上高高壮壮的他，应该问题不大吧？

　　我把车停在已经熟悉的一块空地上，这里没有人来。路的两

---

① 托尼·斯科特（Tony Scott），英国电影导演、电影监制，也是电影导演雷德利·斯科特的弟弟。代表作有《壮志凌云》《全民公敌》。2012年8月19日周日中午12点30分左右，他于洛杉矶圣佩德罗的文森特·托玛斯大桥跳下，自杀身亡，享年68岁。

旁都有高高的铁丝网,上面插着早就褪色开裂的警示牌,顶天立地的手写字体不容分辩地告示着:不得入内。有些牌子已经开裂得无法辨认,好像动物尸体上被太阳暴晒后起皱突兀的裂纹,仅存的部分红色字体仿佛晒干的血迹,在黄昏的暮色中略显狰狞。

我带托比先到了一座废弃的鱼市仓库前,风吹起仓库门口厚厚长长的塑料门帘,"啪嗒啪嗒"地拍打着门框,仿佛渔民穿着雨靴走在湿淋淋的甲板上。不知这座鱼市废弃了多久,似乎还是可以闻到鱼腥味,不禁让人起疑。

我一边踱步,一边随时举起相机拍照。我感兴趣的画面非常具体,又非常抽象,如果可以用语言形容的话,可能就是"诗意兴起的瞬间"那种感觉吧。

此时天色还亮,不需用闪光灯。下车后,我就没再跟托比说一句话,他也没问一句话。他也在拍照,不过他似乎和我面向截然不同的方向。

穿过废弃的仓库,微弱的路灯光线把我们引向一条分叉出的小径。一排商店似的砖房在路的尽头一字排开,但它们什么都没有。黄得发白或是白得发黄的墙上,一个字、一张标签也没有。玻璃窗里一片黑洞洞的空旷,唯有房顶的一只灯箱隐隐泛着绿光,但是灯箱里面也是什么都没有。

"哐"的一下,托比一定是踢到了什么东西。"一个不锈钢碗,像是喂猫的。"他的声音隔墙传来。

猫呢?一只都没看到。这些狡猾的生物。

此时，天是黑下来了。但洛杉矶的天，几乎没有漆黑一片的时候，即使到了晚上 10 点，也是深蓝丝绒般泛出光泽。

我开始用上闪光灯，"咔嚓、咔嚓、咔嚓"，我很沉浸于这种不是节奏的节奏，仿佛看到自己同时在多个不同的空间里与声波对话。

突然，肩上被托比拍了一下，这时我正顾着拍一面蓝色的塑料布，它在一块白色的网罩下面，被整个地罩在一座小山丘上，我不知道山丘里面是什么，猜测应该是和渔船有关的浮标之类的东西，这座山丘的旁边，莫名其妙地出现了一只瘪掉的足球和半张折成某种角度的油纸。这些东西可以概括为"垃圾"，但我会忍不住去猜想它们的前世今生。

托比拉着我走到这座小山丘后面，我才看到成百座同样的山丘，在夜色中连绵不绝，简直像沙漠中的丘陵，又像一块巨型的墓地。

我一时不知所往，托比已经三两步登上一座山丘的顶端，以他的高度俯视全场，好像一个终于抵达胜地的探险家。我不禁又"咔嚓"一下。

回去的路上，我们讨论不出这片"丘陵"的定义，不过我们都觉得这并不重要。我很高兴向托比介绍了这座怪异的人工岛，因为他居然说，这是他在圣佩德罗最喜欢的地方之一。

《托比》 摄影/朱晓闻

10

我不知道托比是什么时候又开始冲浪的,但是当佩特拉告诉我,托比再次受伤,而且这次更加严重的时候,我猜想他一定是旧伤未好,就再赴前线。

我连打两个电话,他都没有接。但是不久之后,我收到了他的短信:

"我只是很想冲浪,这比起大多数人的人生愿望要简单多了吧?"

我能想象他的低落,我想了许久,回复他道:

"如果这是你超越一切的愿望,那恐怕并不简单。"

"我曾经以为,为了冲浪,我可以放弃一切。但放弃一切之后,我就能永远拥有冲浪吗?我不能,我只会失去一切。"

我很想为了安慰而告诉他,他不会失去我,但这行字打出来,又被我删掉,最后,我只能说:

"一切都会变好的。"

"一切都会变好吗?"

"一切都会变好的。"

此后不久,我就去了东北部旅行。我在纽约和多伦多分别办了两场摄影展,展出了在终端岛拍摄的作品,其中就有那天晚上和托比一起去拍的照片。我把托比站在"山丘"顶端俯视全景的照片放大到真人大小,深蓝色的夜和深蓝色的遮布连成一片神秘的海洋,托比像瘦高的棕榈树一样矗立其间,而我是夜行中偶然经过他这座孤岛的航船,我离他孤独的背影越来越近,近到可以一起呼吸,又渐行渐远,终于还是彼此消失在梦境般的汪洋中了。

在纽约的时候,我给托比发了一封邮件,他没有回复。到了多伦多之后,再发一封,他还是没有回复。我在多伦多参加了一个艺术家驻留项目,等我回到纽约的时候,前后已经3个月了,我终于给佩特拉发去一封邮件,问到托比。

她回复我说:"托比恢复得不错,不久之后就可以冲浪了。"

第三篇

文森特：
沙漠之狐

1

冬日的一天，我和佩特拉一起去沙漠短途旅行。我对南加州的沙漠向往已久，只是一直在等待气候较为温和的时候。

佩特拉的二手奔驰车在笔直起伏的公路上开了一个多小时，道路两旁的沙土愈发占据视野，平时生活在都市里的人或许感觉不到洛杉矶其实离沙漠这么近。我们沿着62号公路驶向洛城150多英里（约241千米）外的约书亚树沙漠。这里的国家公园以其独特的地形和植被闻名于世，近年来可谓游人如织。但我俩并不奔着那些旅行景点而去，此行却是为了造访沙漠里的一个艺术节。

佩特拉曾经有两年时间在拉斯韦加斯经营一家非营利艺术中心，那段时间，她老是往附近的沙漠跑，其中就包括特产约书亚树的莫哈韦沙漠①。约书亚树是一种外观介于松树和灌木之间的短叶丝兰,茎秆被枯叶状的纤维层层覆盖,像是长满了长毛的野人,树叶四季常青,远看好似一座座头顶茅草房的荒漠瞭望台,稀稀朗朗地耸立在大漠之上与巨砾之间,在旷寂的天地里互相关照又各不相干。

虽然是第一次亲眼所见,但之前毕竟在影像中领略过无数次了。摄影师通常喜欢营造某一棵约书亚树就着广袤背景这样极富戏剧性的构图,在巨岩、矮灌、彩霞或是星空背景的衬托下,那棵被选中的树往往显得超尘脱俗。而当你身处其中,放眼远眺,就会发现,处处皆有约书亚树,树树皆有不同,每个人都能找到自己认为独特的那一棵。

我对即将来临的艺术节不甚了解,满心好奇,不知道它将和眼前这片光明、荒芜而又暗藏生机的景象怎样融合。

2

开了两个多小时后,佩特拉离开公路,转进了一条泥沙小道。又往前开了一段后,道路两旁开始出现三三两两的破败小屋,看

---

① 莫哈韦沙漠(Mojave Desert)是个位于美国西南部、南加利福尼亚州东南部的沙漠,横跨犹他州、内华达州南部及亚利桑那州西北部地区,占地超过2.2万平方英里(约5.7万平方千米),是典型的盆地地形,有特殊的西部沙漠景致。

第三篇
文森特：沙漠之狐

不出是否有人居住。

"我们到了吗?"

"没有呢,先停下来休息一下。"

不知道佩特拉卖的什么关子,不过既来之,则安之。

车又开了一段,拐了个弯,这下道路更窄了,地上全是沙子,感觉不到硬邦邦的泥地基了。两旁的破屋残墙也渐渐消失,仿佛我们离文明越来越远,离未知越来越近。

我油然而生一种异样感,既不是不安,也不是兴奋,而纯粹是一种"初见"的异样感。当人面对未知事物的时候,应该先是头脑一片空白,然后才会受周围环境的影响,开始表现出好奇、亲近、厌恶、恐惧等种种不同的情绪吧。

"到了,下车吧。"佩特拉把车停下,她的小狗梅格刚才一直趴在我的膝盖上,这会儿兴奋地一跃而起,仿佛到了久违的游乐场,忍不住发出"嗯嗯"的高音,叫得上气不接下气。

我下了车,眼前一条小径不知通向哪里,我跟在佩特拉和梅格后面,想象平地上会突然生出一座房屋、一堆人。

然而,并没有房屋,也没有人。事实上我们到达了一块墓地,或者说坟场,因为我终于在一块块凸起的"小坟"上认出了标注名字和年月的字母。这些"小坟"形态各异,材料杂乱,间距不同,五颜六色,简直不像是缅怀故人的墓地,更像是一些大孩子们的恶作剧,或是来自某种截然不同文化的产物。

离我最近的,是一堆用废旧轮胎垒起来的半人高的"冢",

轮胎上喷绘了五彩卷云般的抽象图案，像涂鸦，又像印第安人的图腾。仔细看，凹凸的花纹里居然还嵌入铜丝作为装饰。光这一堆东西，完全可以搬进美术馆的白色展厅里，声称是当代艺术大师的作品也不为过。不过在"冢"的顶端，插了一面同样是手绘的小旗，上面写着一个人名和生卒年月，奇怪的是旗子的色彩还很鲜艳，不像是在沙漠的太阳底下暴晒了几年的样子。

佩特拉已经走远，我朝着她的方向踱去，不得不注意到另一座颜色鲜艳的"坟墓"。这座"坟"的底座是什么已经看不出来，金字塔型的"坟"上贴满、插满、站满了几百件纯粉色的摆件和玩偶，光是大大小小的粉色芭比娃娃就数不过来了，还有各种材质和尺寸的粉色独角兽、粉色 Hello Kitty、粉色天线娃娃、粉色心脏、粉色玩具手机、粉色童鞋……在金字塔的顶端，一面贴满金粉的粉色威尼斯面具似笑非笑，走到侧面一看，这里也有一张面具，再看，原来四面都有，被长长的粉色翎毛簇拥着，在沙漠干涩的风中抖动不止。

"佩特拉，这里是什么？是艺术现场吗？"我追上佩特拉，必须打破砂锅问到底。

"嗯，艺术家为自己建的墓地。"她没有多说，一直往前走。

我跟着她穿过更多奇形怪状的"坟墓"，最终停在一张好像从海底打捞上来的课桌面前。当然难以解释课桌为什么会沉到海底，只是这张桌子确实有饱经盐霜侵蚀的痕迹。课桌上放着一台大半按键已经消失的打字机，剩下的按键一个个都是圆形的金属片，大概世界上最早的打字机就是这副模样吧。

打字机褪色干裂的木头底座上，贴着大小不一的耶稣十字像，有黑白的插画，也有立体贴金的印刷品，显然来源各不相同。佩特拉从随身皮包里掏出一张手掌大小、半透明的贴纸，贴在了木板上的空白处，这样便又多了一幅耶稣像。

"好啦，别跟我打哑谜了。这是什么地方？这些是谁的作品？"我觉得她实在是故作神秘。

"你记不记得去年的墨西哥亡灵节？"佩特拉侧着头问我。

"当然了，我们在好莱坞永恒公墓①看到各式各样五颜六色的祭拜台，沿路有成百上千用白砂糖做成的骷髅头，上面用最漂亮的颜料涂成一件件艺术品，每个人都把自己化妆成彩色的花骷髅，穿上颜色艳丽的服饰，在游行队里又唱又跳的。"墨西哥亡灵节是我见过最浓墨重彩的盛典，回忆起来满满的画面感。

"你知道墨西哥人对死亡的庆典是向印第安人学的吧？莫哈韦沙漠里的印第安部落说起来也有很长的历史哟。"

"所以这些坟墓也是对死亡的庆典吗？它们看上去更像亡灵们晚上无聊的时候，从墓穴里爬出来搭着玩的。"

"我有一个朋友，在这片沙漠里住了10多年了，他是第一个

---

① 好莱坞永恒公墓（Hollywood Forever Cemetery）是洛杉矶一座著名的墓园，坐落于圣塔莫妮卡大道与梅尔罗斯大街附近。这里安眠着超过9万名亡灵，其中包括62位好莱坞顶尖级明星。尽管墓碑林立，好莱坞永恒公墓却不像一般墓地那样孤寂凄清，夏天的时候常有露天电影展映，还有夜间音乐会、社区活动等。

在这里'自掘坟墓'的人。他很奇怪，对死亡有一种特殊的癖好，不过在他之后，就有越来越多的人来此'堆坟'，有艺术家、诗人，也有当地的居民，更多的是对这里感到好奇的人，或是有沉重的过去需要埋藏起来的人。"

"我刚下车的时候，就觉得这里没有一点死气，反而有一股奇怪的生气。这些'坟堆'的材料也好，形态也好，完全没有规则可言。如果搬回城里，既可以是垃圾也可以是艺术品。除此之外，我想不出它们还能是什么。我想象搭建它们的人，跑到这个远离社会的地方，在阳光的暴晒下，一点点地把脑中的形象还原出来，最后留下自己的大名，也不知道从此以后会不会故地重游。这里其实并没有尸体，对吗？"

"人的尸体恐怕没有，但是小动物的尸体，这谁知道呢？"

"沙漠里因为什么也没有，反而可以公开做一些特别奇怪的事，这就是一种自由吧。"

"但是沙漠也给人带来很多限制，有的人在这种限制里摸索出来的生存法则完全不适用于城市，但是在这里适用，他们就是这里的王。"

我在上车前回头看了一眼这块常人无法理解的"坟场"，突然又跑回去，从身上带着的钥匙圈上拆下一枚已经不需要的钥匙，投入了一座用蓝色和绿色的空汽水瓶搭起来的"坟墓"里。

没有什么原因，只是想把无锁可开的钥匙留给这片什么物体都可以自然融入的栖息地。

3

我们的车没有再返回大路，而是沿着小路一直往东开。

"佩特拉，你说的那个朋友是什么人？他是那台打字机的主人吗？"

"我们是在拉斯韦加斯认识的，那是很多年前了。我那时候给一家五星级酒店的赌场做艺术咨询，就是为他们的空间摆放摆放艺术品。"

"让我猜猜，他是你合作的一个艺术家？"

"我对外总是这么说，不过实际上，他是一个赌徒。拉斯韦加斯的赌徒太多了，他们中的大部分人，生活空虚，眼神也是空茫的。但也有一些人，被生活逼到走投无路，眼神中充满了寻觅。我的这位朋友，他的眼神里就充满了故事，需要被人聆听。聊到大自然、艺术、人生这些话题的时候，他的眼神是真诚甚至热切的，这在一般的赌徒身上根本感受不到。我帮助过他戒赌，后来，他离开了拉斯韦加斯。再后来，我也要搬走了，这时候，我收到一封他的明信片，从约书亚树沙漠寄来的，说他已经开始了新生活。"

"他邀请你去拜访他？"

"对，我那时候正好在洛杉矶找到了新工作，准备搬去定居了。我租了辆卡车，一路从拉斯韦加斯开往洛杉矶，在经过沙漠的时候，去找了他。他改变了很多，做了很多创作，他的艺术天赋是与生俱来的，独一无二，又很有原生态的能量。他没有经过什么正规的艺术培训，但看事物的眼光，以及把想法转化为行动的方式，都是属于这个人本质的东西，几乎和外界没有太多的联系。我就像发现了一株生物图谱上尚未标明的植物一样，觉得他的天赋也是属于我的。"

佩特拉这个人理性大过感性，听她讲话很少有冲动的激情，即使眉飞色舞的时候，也要层层分析，好像一个男人对她的吸引是需要某种深层次的、接近人类本质内涵的意义的。

"他在沙漠的生活很简单，甚至可以说是艰苦。我很快就发现这一定不是我能忍受的，虽然一开始我被他的浪漫打动。我也没有想过他就会在这里一直待下去。那时候他才 20 多岁，本质上是个野性难驯的人，像独狼一样生活在干燥缺水的沙漠地区。除非有极其坚定的毅力，或是到了走投无路的境地，否则很快就会放弃。"

"你在他那里待了多久？"

"也就 10 多天吧，我要去洛杉矶了，我们就此分别。他让我回来找他，不过此后我们就继续回到各自不同的生活中了。他有时候也会来洛杉矶，特别是我的画廊开始代理他的作品之后。但他已经生活在一个完全不同的维度中了。"

"他到底是谁？我知不知道他？"

"文森特·伍德。你知道吗？"

第三篇
文森特：沙漠之狐

"这个名字太普通了，我不知道。"

"他并不出名，而且这几年他越来越不怎么做艺术品，而完全就是在过自己的日子。"

我们这样闲聊着，突然发现偏离了要去的艺术节的路，佩特拉说，抄一条近路过去吧。我想，她比较熟悉这边的地形，应该问题不大。掉头抄的近路是一条越开越软绵绵的沙路，再开一段，连路的形状都没有了，只看到远处一棵空旷沙地中肆意生长的约书亚树，它的脚下，一片片绽放的橙黄野花显然从未被任何轮胎碾压过。

"哎呀，不好，我们陷进沙子里了。"佩特拉一边说着，一边开足马力倒车，车往后移动了一些，好像一屁股坐进沙发一样，嵌在沙地里动弹不得。

我们赶紧下车查看，前后都有一半陷进沙里了，佩特拉还挺镇定，从后备箱找出两条木板，给两边的后轮垫上，然后坐回车里，再次发动、倒车。我在前面使足了力气推车，梅格在一旁上蹿下跳地叫个不停。

然而车子不仅没出来，还又往下陷了几厘米，这下我们只能停止了折腾。大树后方就是我们要去的山头，但是这个看着不远的距离是无论如何也不能走着去的。

"怎么办？我只能打电话叫拖车了。"佩特拉摇摇头，她没有显得很担心，只是为自己的大意感到懊恼。

两通电话之后，才发现并没有想象得那么容易。我们其实已经在沙漠深处,对方一听我们的位置,要么有怯意,要么就漫天要价,还说不能保证把我们拖出来。

此时已是下午,我们出来了大半天,还没到达要去的地方,反而陷在半路了。沙漠里网络信号又弱,想搜别的号码都要等个半天。

"能问问你那个朋友吗?他如果在附近的话。"我急中生智。

佩特拉犹豫了一下,在手机通讯录里翻起了号码。

号码有了,但她还没有拨。

"我不知道他会不会在,他也没有拖车,最多能更快地帮我们打几个电话吧。我不知道找他有没有用。"佩特拉简直扭捏起来。

不过她还是拨了电话,对方很快就接了,结果出乎意料的简单,文森特的邻居就有一辆拖车,他们两人一起开着车过来。我们4个人拖的拖,推的推,最终把车从沙坑里弄了出来。

文森特说:"你们都大老远地过来了,接下来就由我带着你们参观吧。"佩特拉看看我,我点点头。文森特拍了拍拖车邻居的肩膀,潇洒地朝大约是家的方向摆摆手,看得出他们很熟,于是邻居就拖着佩特拉的车回去了,而我们也顺势坐进了文森特的本田吉普车。

4

虽然不在计划之中,又是刚刚见面的陌生人,但文森特并不会让人感觉陌生或是唐突。之前听佩特拉讲述的时候,我还想象着他会是一个腼腆的中年人,肤色晒得黝黑,面露沧桑,不善言辞。但眼前这个中等个子、面目清秀的男子,不仅没有因久居沙漠而显得早衰,反而轮廓清晰,臂膀结实,肤色润泽,只是略显干燥。我想象他饮食健康,常年锻炼,才练就了这样的体魄。

佩特拉坐在副驾座,我和梅格挤在后排座位上,因为后边本来还放着一些杂物。文森特往后张望了一下,似乎在看我有没有地方伸腿。

"真抱歉,我刚从优胜美地①露营回来,后面一堆东西还没来得及收拾。"他语调柔和,显得温文尔雅。

"没关系,我腿短,梅格的腿更短。"我忙说道,心里已经很感激他来"营救"我们。

"哈哈,佩特拉,你这个小朋友真有趣。"文森特笑起来亦很爽朗。

"她只是看上去小,人小鬼大哦。"佩特拉显然在见到文森特

---

① 优胜美地国家公园(Yosemite National Park)是美国加州中东部横跨图奥勒米县、马里波萨县和马德拉县东部部分地区的国家公园。

之后心情又开朗起来。

"我们一早就离开了洛杉矶,知道我们为什么这会儿才到这里吗?"我问文森特。

"因为你们在沙子里陷了半天,走投无路了才想起打我的电话?"

"没有啦,我们上午先去了一块'墓地'。"

"啊,你们去了那里。佩特拉的方向感果然很好,去过的地方就不会忘记。"

"为什么你会放一台打字机?为什么有耶稣像?为什么要给自己挖'坟'?"我实在太好奇了。

"这都是上辈子的事,现在我已经不太记得了。"

"可是你好像掀起了一股潮流。现在有很多人都在跟风,你对此怎么看?"我还是紧追不舍。

"你是在访问我吗?我觉得每个人都有生存的自由和死亡的自由,也有选择部分生存和部分死亡的自由,就这样。"

"所以你是把自己一部分的身份埋藏起来了咯?"

"我最后一次用那部打字机的时候,打了一封信。"

"什么信?"

"我不是读那封信的人。收信人或许还记得吧,也或许早就忘了。"

文森特分明是朝佩特拉脸上盯着看了两秒钟,佩特拉什么都没说。

5

我和佩特拉又饿又渴，文森特说先带我们去一个有吃有喝的地方。

难道是沙漠里的饭店？

我这样想着，车已经停在一处空地上，附近三三两两地停了几辆车，我看到好几辆车的牌照都是洛杉矶的。

下车后，可见不远处有一群人已经聚在一起，此时大约下午3点，阳光逐渐温和起来，沙地和岩石表面原本还像融化的金子一样晃眼，此刻渐渐褪为铜色，沙石本身的质地显现出来，好像一张被修复了细节的相片。

我们走到稀疏的人群之间，原来中间摆放着两张木桌，铺了手工染色的亚麻桌布，上面陈列着用印第安陶器盛着的各色糕点。桌子正中有一件半米高的铜质器具，像中国的香炉，头上窄，中间鼓，下摆细，两边各有耳朵一样的镂空把手，下面还有一个很精致的龙头，也是铜的。

正在猜这是什么，文森特在我耳边小声说："这叫萨莫瓦（samovar），是俄罗斯人和中东人用的一种茶具。"

"萨莫瓦。"我重复了一下，这是个新名词。

文森特凑过来说话的时候，一股清奇的异香丝丝入鼻，没有印度薰香的浓郁,也没有化学香水的刺鼻,而像一朵刚刚凋谢的木兰从树上坠下,飘过我鼻尖那一瞬间的味道。

形形色色的人遇见过不少,但很少有人像文森特这样,让人初次见面就倍感亲切与好奇的。这两者间的平衡并不容易,有的人能言善道,审时度势,三两句话就能和你套上近乎,但过分的热情让人难以产生好奇;有的人矜持冷漠,惜字如金,虽然可能有不凡的仪表让人好奇,但只可远观,不可亲近。

佩特拉比文森特大了约10岁,文森特又比我大了约10岁,我们3人走在一起,像是美国公路电影里面阴差阳错而走到一起奔波的旅人。

一个身披旧毛皮军大衣、头戴皮草帽的壮硕男人缓缓踱步到桌旁,这时本来三三两两站着说话的人有一半都坐到了地上铺着的印第安毛毡上。这些毛毡以浑厚的土黄、沉郁的赭红、苍翠的墨绿为基调,纵横交错出一方方迷宫般的图腾,像在沙漠中布下的一个个棋盘。现在,这些棋盘上都坐了人,有人盘了腿,有人抱了膝,但没有人坐得四仰八叉,大家都安静地等待皮衣男人的下一步动作。

佩特拉和我拣了一方有毛毡的地方坐下,梅格也乖乖地把头靠在佩特拉盘起的大腿上。文森特自顾自绕开坐在地上的人,走到对面一小块空地上,双手抱在身后,目光直射过来。

皮衣男人开始烧水,双手举向天空,唱颂,绕着茶具踱步,泡茶,双手又举向天空,又唱颂。他说的唱的,像是夹杂着几种不同语言的神秘自创语,我反正一句没听懂,也不觉得有谁听懂了,但每个人的脸上都宁静安详,有人掏出手机拍了照,录了影。我也拿出相机,在取景器里对焦的时候,不自觉地把镜头拉向背景里的文森特,他的背后有一棵蓬勃的约书亚树,树的后方是一堵巨岩,巨岩上方有澄明的蓝天,我按下快门,这不就是所有摄影师都喜欢的一树、一石、一天空的取景吗?

这场神秘的茶道表演持续了一段时间之后,男人便邀请观众上前,逐一品尝他泡的茶还有桌上的点心。

我就着小铜杯喝茶。茶味甘甜兼有薄荷香味,嵌着果仁的糕点酥软可口。如果说我们此刻正在西好莱坞一座有摩洛哥风情的茶馆里喝下午茶,应该就有差不多的味觉享受吧。但是环顾四周,我们中确实有一批从洛杉矶驱车而来,在不着边际的沙漠里自娱自乐的都市人。但我们既没有打搅谁的安宁,也没有故作深沉地迷惑自己,这只是一次极为小众的互相理解的聚会。

文森特为佩特拉和我连着倒了两次茶,因为我们都很渴,而茶罐里的茶还有不少。皮衣男人还特地倒了一些水给梅格喝,我想问他刚才的表演里都说了些什么,但是又觉得没必要把神秘的气氛打破。我总觉得,只有干巴巴的事情才需要搞得一清二楚,而流动性的现场只要自己去感受就好了。

喝过茶,吃完东西,佩特拉说要去看一个艺术装置。在地图上一瞧,就在不远处。其他人喝完茶,也各自朝不同的方向散了,晚来的人,或许看不出这里发生过聚会。

《皮衣男人与萨莫瓦》 摄影/朱晓闻

第三篇
文森特：沙漠之狐

文森特说，我们走快一点过去，还可以赶上日落。他和佩特拉在前面走着，我和梅格在后面跟着，听不清他们在讲些什么，不过文森特不时轻拍佩特拉的肩膀或是侧脸向她微笑，显然两人的心情都十分愉悦。

佩特拉要看的艺术装置在一处巨型岩石堆上。他们两人攀爬在光滑圆润的巨石上，身手矫健。如果在一个陡峭的角度前，佩特拉会在前面拉我一把，文森特则在后面推着我上去，自己再爬。佩特拉说，攀岩是她最热爱的运动，如果她住在大自然里，一定不会像文森特这样住在沙漠，而是在优胜美地那样有山有水的地方，每天都去峭壁上攀岩。文森特说，自己刚从优胜美地攀岩回来，他喜欢所有的山水自然，好在这些地方离他的沙漠之家都不算远，所以虽然他住在沙漠，其实也是绿洲包围中的沙漠。

我觉得他的讲法在地理上并不成立，但是我明白他的意思。在加州，只要有车，朝哪个方向开去都会抵达美丽的大自然。

我们终于爬到了巨石堆的顶部，原来这里的岩石之间摆放着一人多高的大大的椭圆形镜子，各自朝不同的方向照射，把整个石堆照得像个迷宫，不走上前就分不清哪里是真的石头，哪里是镜子的反射。这很妙，大自然的鬼斧神工和艺术家的返璞归真在这亦梦亦幻的平行空间里扭曲成另一种现实，让我们这些好奇的闯入者除了惊叹，并无其他语言可以表述。

"看，落日。"文森特指着远处普照众生的太阳，这真是大漠中的一轮红日，像温存的母亲极宽容地安抚着眼前这片旷野，她的目光所及之处，都被染成暖洋洋的橙红色，灰黄的野草成了橙红，绿茸茸的仙人掌成了橙红，黄绿相间的约书亚树成了橙红。我回头一看，浅黄的巨石和我身边的两人都成了橙红，我自己肯定也是橙红的吧。这还只是暖场，随着日落的开始，空中霞光四射，云层如火如荼地翻滚出红、黄、粉、紫，好似天女舞袖，层层叠叠，眼花缭乱。远处的约书亚树渐渐由明亮的橙红暗淡下去，不一会儿，就变成了黑色的剪影，像被天边烧来的云火熏黑了一般。这一丛黑影向四下弥散，空中的红日也渐渐落下，月亮早已抬头，在一旁唱起续幕，刚才还赤橙红绿的天空，这会儿只是披了紫霞披风，为莹白的月光之弦伴奏。

中国黄山的日落壮美，希腊海岛的日落浪漫，但我从未见过如此奇幻的日落。其实，是我自己孤陋寡闻，在城市中往往看不到或是错过了日落，殊不知最美的景象永远不是挤在人堆里能看到的。

文森特很满意地看着我们。他脖子上那块橙黄色的水晶石，被磨成了尖头的柱形，仿佛吸收进了太阳落下前最后的一点能量，隐隐闪烁了一下。

6

我和佩特拉本来就带了帐篷，以防临时决定在沙漠中过夜，但文森特还是力邀我们住进他家。

第三篇
文森特：沙漠之狐

他的房子在一个小村落里，房子虽小，但也有前庭后院，种满了各式各样的仙人掌。

房子里面，只有一间客厅兼工作室，还有一间带天窗的卧室。墙是自己砌的，像地中海人那样把表面批出层层的花纹，刷得雪白。家具很简单，但是有很多印第安人的毡子、毛毯、陶器，还有装饰品。墙上更是挂满了东西，从南美人手工打造的铁皮装饰画到鹿角、猫头鹰标本这些充满西部片风情的摆设，真是从方方面面体现了主人宽泛的兴趣。

佩特拉似乎对这里的一切都很熟悉，已经去厨房为我们泡咖啡。文森特带我走进卧室，这里和我去过的任何一个人的卧室都不同。房间的一半是床，因为空间不大，床垫置在用仓库里常见的木托盘搭起来的底座上，左右两侧的墙上都架满了书，一眼扫去，从杰克·凯鲁亚克[①]的《在路上》、弗吉尼亚·伍尔芙[②]的《到灯塔去》，到卢克·桑特[③]的《下层生活》、甚至约翰·凯奇[④]的书

[①] 杰克·凯鲁亚克（Jack Kerouac）是一位美国小说家、作家、艺术家与诗人，也是"垮掉的一代"中最有名的作家之一，与艾伦·金斯堡（Allen Ginsberg）、威廉·柏洛兹（William S. Burroughs）齐名。

[②] 弗吉尼亚·伍尔芙（Virginia Wolf）是一位英国作家，被誉为20世纪现代主义与女性主义的先锋。两次世界大战期间，她是伦敦文学界的核心人物，同时也是布卢姆茨伯里派的成员之一。

[③] 卢克·桑特（Luc Sante），美国当代作家。

[④] 约翰·米尔顿·凯奇（John Milton Cage），美国先锋派古典音乐作曲家，勋伯格的学生。他最有名的作品是1952年作曲的《4分33秒》，全曲3个乐章，却没有任何一个音符。他是概率音乐、延伸技巧、电子音乐的先驱。虽然他是一个具有争议的人物，但仍被普遍认为是他所属的年代中最重要的作曲家之一。他同时是一位蘑菇专家。

信集,都可窥见主人对文学和艺术的热爱。墙头则挂满了耶稣十字像,有木雕的,有铁质的,也有陶瓷的,说不上他是真的信教还是对耶稣受难带有某种扭曲的迷恋。

不过最有意思的,还是床的对面,一整面墙上只有一幅巨大的手绘沙漠地图,用极细小的字迹标注了一些地理位置和像是日期的数字。地图上有一处咖啡渍,像是遗留许久,还有一个拇指盖大小的金属大头针,上面刻着一架飞机,按进了地图上显示"死亡谷"①的位置。

我细细研究着这幅地图,佩特拉给我们端来了咖啡。

"这幅地图基本就是文森特的'艺术家自述'。"佩特拉说。

"上面画着十字架的地方,就是今天早上我们经过的那片坟场吗?"我指着一块看上去离我们不远的地方,随便猜道。

"不,那是完全不同的一个方向了。"文森特指给我看,"其实你仔细看的话,这并不是一个十字架,而是一个红十字会那样的十字。这是我做了很多年的一个行为艺术作品,每年的5月8日,就是国际红十字日,我都会带上一个急救箱去到沙漠里某一个荒无人迹的地方,把箱子留在那里。第二年,我会带一个新的箱子去沙漠。"

"你选这些地方有什么理由吗?你知不知道那些箱子有没有

---

① 死亡谷,位于美国加州的沙漠谷地,属于莫哈韦沙漠的一部分,亦为北美洲最干旱以及最热的地区,曾经拥有地球上最高气温的观测纪录56.7℃。

被用过？"

"只是一些随机的理由，如果我给这些箱子装上追踪器的话，我会知道它们的下落，但是每个箱子都有编号。有一次我再次经过其中的一个箱子时，我知道那是两年前留在那里的，里面别的东西都在，但是少了一样东西，你知道是什么吗？"

"我又不知道你在里面放了些什么，怎么知道少了什么呢？"

"哈哈，里面的东西都是标准配置加一壶水，还有一枚耶稣十字架。"

"每个箱子里都有十字架吗？"

"是的，每个里面都有。"

"所以那个十字架不见了？"

"不是，水不见了。"

文森特和佩特拉都笑了。

我说："这没什么好笑的。"

我还想问他为什么要这么干，佩特拉拍拍我，让我抬头看，天窗之上，深蓝色的天空像一块丝绒，上面缀满了璀璨的钻石。壮美的银河系好像触手可及，又好像和我们隔着一个世纪。

"真美！"我赞叹道。

"今晚你就睡这儿吧，可以看流星。"文森特很大方地说。

"那你们呢？"

"佩特拉可以睡客厅的沙发，我嘛，可以在外面搭个帐篷。"

"何必搭帐篷呢？外面挺冷的，你就睡客厅吧，我们可以在这张床上挤一挤。"佩特拉说。

"我喜欢睡帐篷,我会生个火,你们谁想睡外边也可以来找我。"

"我才不要睡外面。"佩特拉说。

我们聊到后半夜,大家都困了,文森特果真去院子里搭帐篷了,还生了篝火,看上去倒挺惬意的。这时从窗口跳进一只黑猫,目光如炬。佩特拉说,文森特养了几只猫,都是半野生的,随来随去。果然,这只猫丝毫不把我放在眼里,过来随便蹭了一下,就跳到毛毡上打起盹来。小狗梅格到了这里以后就出奇地安静,看到黑猫之后更是大气也不敢出一下。

我躺在文森特的床上,又闻到那股似木兰的香味。我懒得起身寻找香源,就在这软绵绵的睡意中眼睛半闭半合地寻找流星。他的床又松又软,四周静得仿佛我失去了听觉,那是真正的悄无声息,如果不是眼前有闪烁的群星,我恐怕会以为自己掉进了一个黑洞里面。

迷迷糊糊地不知睡了多久,突然被胸口一个猛击惊醒,我像弹簧一样地弹起身来,明明睁开了眼,却什么都看不见,我又拼命睁了几次眼,还是漆黑一片。这是在梦境中吗?我在哪里?伸手去抓,碰到一团毛绒绒的东西,我捏了一下,仿佛有"喵呜"一声的尖叫,原来是猫尾巴。

这只调皮的野猫一下蹦到我胸口吓了我一跳,我惊魂未定,还是感觉漆黑一片,既看不见也听不见,一丝环境音都没有。这时我反应过来自己在哪儿,摸不着电灯开关,只摸到手机,就只好拿手机当电筒,摸着下床,想去客厅看看佩特拉。

沙发上空无一人,客厅也静得可怕,我立刻感到呼吸困难,手指放在鼻孔前,明明可以感到气流,但喉咙还是堵得难受,心跳越来越快,我靠着沙发扶手坐到地下,只觉浑身乏力,完全失聪,我这时唯一能想到的,是用手机拨通佩特拉的号码。

"佩特拉,我快死啦,我不能呼吸,什么都听不到。"我记得自己这样对着手机大叫。

不知过了多久,客厅的灯亮了,我迷迷糊糊地被扶到沙发上躺下,有人端来了水让我喝,我睁开眼,看见佩特拉正握住我的手,文森特拿着水杯喂我喝水,梅格也挨着我呜呜地叫着。

"你怎么啦?现在能听见吗?"

"现在能听见,但是刚才什么都听不见。"

"能喘上气了吗?"

"嗯,但是刚才,这里什么声音也没有,吓死人了。"

"这里是沙漠呀!沙漠的夜晚当然没有声音了,除非来了风暴。"

"我刚才还以为我被封锁在一个噩梦里,永远都出不来了呢。"

"我看你是惊恐发作,可能累了一天,又在一个完全不熟悉的环境中睡过去,然后突然惊醒,不知道自己在哪里,找不到熟悉的事物可以跟自己联系起来,好像完全失控一样,对不对?"文森特细细地讲给我听,我点点头。

"你们刚才在哪儿呢?我以为自己一个人在荒郊野外,要死了。"

"你这孩子,我们就在外面呀。外面的帐篷里。"佩特拉松了一口气,笑着对我说。

我突然恢复了所有记忆,这就觉得一点也不惊讶,只是有一种"原来如此"的感觉。

文森特从卧室拿来一个棕色的小玻璃瓶,打开盖子,凑到我鼻子前,这就是我纳闷了一天的香味。

"你刚才有没有觉得是闻着这个味道睡着的?"

"是呀,而且白天我也闻到过这个味道。"

"这是一种印第安人的精油,可以安神,但有的人闻了也可能产生幻觉。或许你对这些东西特别敏感,这是我没想到的。"文森特有些抱歉地说。

"原来是这样,我现在感觉好多了,我就在这个沙发上睡吧,你们去卧室睡吧。"一阵困意袭来,我把毯子搭在身上,就缩进去把眼睛闭上了。

7

第二天早上，大家一副一宿无事的表情，我虽然对昨晚的惊恐还心有余悸，但白天的阳光横扫阴霾。

文森特给我们泡了咖啡，我们坐在像暖房一样的厨房里，吃着文森特自己烤的面包当早餐。

"文森特，我想了想你的那些作品，发现它们有一个共同点。"我说。

"什么共同点？"文森特慢条斯理地在面包上抹着植物黄油，看着我说。

"它们都和'遗弃'有关。遗弃和寻找，但其实你对寻找并不那么感兴趣，你感兴趣的是遗弃。"

"很对，谁让我本来就是个弃儿呢，"看到我有些吃惊，他接着说，"我以为佩特拉告诉过你，我的母亲在我还是婴儿的时候就过世了。我还有一个姐姐，比我大4岁。我的父亲是个混蛋，他虐待我们，凌辱我姐姐，后来他把我扔给他的母亲，也就是我的祖母照管，自己带着我姐姐去了亚利桑那。我在祖母那里过了几年好日子，在我16岁的时候，父亲回来了，他说姐姐早几年就病死了，但是死无对证，我一直坚信是那个恶魔把姐姐折磨致死的。后来，我从家里逃了出来，先是流浪街头，然后就跟着一群混混，这样一直混到了20多岁，这期间也进过监狱，但不是什么大事儿。后来我想摆脱那些人，就逃到了拉斯韦加斯，终日在赌场里面混日子，直到我碰到了佩特拉。"

这样说来，他的故事就和佩特拉告诉我的对接起来了。

"所以，你真的是自学成才的艺术家咯？"

"我从来不考虑我是不是艺术家，佩特拉是第一个告诉我，我是艺术家的人。只不过在我和祖母一起生活的那几年里，她教会我制陶、园艺、雕刻、编织，她是一个信奉基督教的人，她儿子的所有罪孽她都希望通过自己的信仰得到解脱，但这在我看来实在是太讽刺了。我对祖母的爱是无与伦比的，如果不是她在我童年的时候教会我爱，我根本不可能在沉沦多年之后重新做人，因为你不会知道生活所能带来的期许。我曾经的兄弟里，也并没有生来就喜欢作恶的人，只是大家的生长环境缺乏美和爱，你没有那样的例子可以去模仿，而只有丑恶愚蠢的东西让你学习。我在那样的圈子里，虽然不像其他人一样粗俗低下，但也曾利用自己的外表和看似文明的举止，骗过很多无辜的人。"

"所以你看似对耶稣十字架迷恋，其实是唾弃，对吗？"

"我不唾弃上帝，但我对人类浮于表象的信仰感到可笑。只有真正经历过地狱，又从地狱里爬出来的人，才会懂得信仰的力量。我并不是对我以前的胡作非为感到自豪，我偷过东西，也欺骗、敲诈、勒索过，但我可以说，我从来没有伤害过老人和孩子。我曾经非常憎恶成年人虚伪做作的社会，直到今天我也难以融入，但是现在的我已经学会接受,我接受现实,也接受自己的不同,我想以我自己的方式就这样继续生活下去。"

佩特拉一直只是静静地听着,这时她开口说:"其实我和文森特的关系是互相帮助。我在遇到他以前,生活一直一帆风顺。你知道,我父亲是奔驰公司的高级工程师,母亲是著名画廊的总监。我从小就什么都不缺,但我几乎从来没有感受过爱。我们家庭成员之间的互相关心,纯粹只是形式主义,就像圣诞节互赠礼物那样,如果有什么真正难以启齿的事,根本不能指望谁花时间来理解你。我在拉斯韦加斯工作的时候,难以打发工作之外的时间,觉得空虚而痛苦。于是我去当义工,帮助那些需要戒赌的人,和他们谈心,帮他们做心理疏导。我们是这样认识的。但实际上,他的经历才触动了很多我内心积年累月的痛苦,我一直不明白的那种家庭成员之间最深层的冷漠,我一直在害怕和逃离这些东西。"

"佩特拉很像我的姐姐,或者说,我把她想象成我的姐姐。我想,我们通过对方都找到了更真实的自己吧。"

"你们就没想过在一起吗?"我忍不住问道。

"我们从属的地方不同。"

"你是说,你永远也不会搬离沙漠?"

"我不知道是不是永远。在沙漠生活是很艰辛的,一开始的5年,我就把自己当作苦行僧,我认为我需要赎罪,需要修行,无数个静谧的夜晚,我就好像把自己关在黑屋子里一样反思几辈

《沙漠中的打字机》 摄影 / 朱晓闻

子以来的罪孽。但沙漠的生活也是富有魅力的，这里也是生机勃勃的，看过了沙漠的彩霞你就不需要再看别的颜色。而且渐渐的，我们也有了自己的社群，来沙漠的艺术家越来越多，也有很多作家。这里的艺术家可以不参考任何市场体系下独裁的艺术标准，以生活的方式来创作，以创作的方式来生活。"

"你就从来没有遇到过经济上的困难吗？"

"全靠佩特拉还能卖得掉我的作品。不然，我做做木匠，卖卖陶器，给人当当导游，总不会没有饭吃。沙漠里只要保证基本的生活所需，并没有太多需要金钱的地方。当然，你得有健康的身体。有时候我也奇怪，早年颠簸流离，做了很多荒唐事，身体却还一直健康，精力也好。或许这是上苍对我的眷顾，让我有条件在这人迹罕至的地方生活吧。"

8

在我们离开之前，文森特带我们去了附近一座印第安人留下的古堡遗址，他生动地为我们讲解不同毛毡的编织方法、各色矿石在印第安文化中的应用，还有陶土制品和不同部落文化的关系。

我告诉文森特，他这么热爱印第安文化，应该读一读中国台湾女作家三毛的书。三毛也是对印第安文化痴迷的人，甚至相信自己的前世是印第安人。文森特很认真地在本子上记下了 San Mao 这个拼写,说他一定会拜读。

离开约书亚树沙漠的时候,我觉得这个世界上又多了几个未解之谜。佩特拉的个人生活还在其次,文森特奇特的艺术创作也并非不可理解,但是关于爱的自私与包容、孤独的毁灭与修复、大自然的奇异与惊悚,都在我心中打上了巨大的问号。

第四篇

雪伦:
来自伊朗的犹太公主

1

圣佩德罗是个工业港口,港口上来往着数十国间的货物流通,计算精密的机械运作推动着庞大的全球经济体系周而复始地积累。美国崇尚物质文明,无时无刻不依赖着进出口商品带来的生活便利,而这连绵成山的集装箱码头就是社会物质欲望的中转站。

为期一年的艺术家驻留项目结束了,我很想换一个更有人文气息的地方居住,正巧,这时威尼斯海滩一家新画廊招人,我在网上投了简历,隔天就接到电话去面试。接电话的时候,我正和安琪拉在卡尔弗城[1]的艺廊区参观日本艺术家奈良美智[2]的个人画展。年届不惑的安琪拉是一个犹太巨富家族的独生

---

[1] 卡尔弗城(Culver City),是美国加利福尼亚州洛杉矶县下属的一座城市。
[2] 奈良美智是一位活跃的当代艺术家,日本青森县弘前市人。他出生于平凡的家庭,青年时桀骜不驯,中年以后去德国留学,后旅居欧美,成为国际上最重要的日本现代流行艺术家之一,现居日本。他创作的标志性人物是大头小孩、洁白的狗,以及身着绵羊装的可爱儿童。笔下人物常有眼尾上吊、不怀好意的双眼,同时又身处寂寥淡漠的背景中,令人好奇心大增。

女,她的母亲曾在艺术收藏界久负盛名,且热衷公益、宗教与政治,捐给民主党的活动经费、筹给洛杉矶两大名校的捐款、赠给博物馆的名画,还有献给犹太会堂的建造费,数不胜数。我和安琪拉的交集仅限于我们都曾在纽约州的私立名校雪城大学上过学,不过我是拿奖学金的研究生,而她是花了昂贵学费的校董女儿。安琪拉含着银勺子出生,随心所欲地过完半生,年纪渐长,膝下只有法国斗牛犬两只,不免想顶上母亲收藏家与慈善家的光环,也来和年轻艺术家打成一片。在她的盛情邀约下,我在她位于西好莱坞水晶宫殿般的豪华寓所小住一晚,白天便随她去画廊观展。

接完电话,我顺口告诉安琪拉要去新画廊面试的事。她的高颧骨坚挺地支撑起蝴蝶型的普拉达眼镜框,两颗棕色瞳仁像蝶翅上值得被研究一番的对称图形。安琪拉轻启薄唇道:"你说那家画廊叫什么名字?"

"雪伦画廊。"我回道。

"哪个雪伦?"

洛杉矶的富豪虽多,但都是一个圈子的,彼此一定知道,我把雪伦的姓氏告诉安琪拉。

"喔,她呀!我们是一个犹太会堂的,她现在也开画廊了吗?"安琪拉微微抽动了一下鼻尖,一副"原来如此"的神色,又补上一句:"反正现在谁都可以开画廊。"说着,便转身和她的艺术顾问热络地聊起天来。

2

大多数的商业画廊就像家居精品店，区别不过是商品的不可重复性以及评论家、策展人们挖掘出的种种艺术"光晕"。高级商业画廊更像横空出世的白盒子，没有接缝，没有阴影，光滑得看不出材质，干净得仿佛空气也是尘埃。这白盒子不会引起任何有关劳动力的想象，象征着一种绝对的"纯粹"——纯粹到只有艺术的物理存在形式是允许被视觉、听觉、嗅觉膜拜的，触觉一般不允许存在，即使存在，也是作为"禁忌"而更凸显了艺术本身的神圣不可侵犯。

不过，洁白得近乎抽象的画廊里，有一处是欢迎触摸的，这就是价目表。神圣不可侵犯的艺术品，每一件都有具体的数字作为交换条件。至于这些数字的界定标准，必定要由获得艺术史硕士、博士学位的专业人士进行讲解，因为除了他们的共识之外，实在没人能说清当代艺术的好坏。

我抱着好玩和好奇的态度，来到雪伦画廊参加面试。他们的新网站上只有简短的介绍内容，如果不是安琪拉的三言两语让我猜测到画廊老板来自犹太望族，我实在是对雇主一无所知。

雪伦画廊位于威尼斯海滩旁一条闹中取静的小道上，距金色沙滩不过百米之遥。今天的威尼斯海滩是洛杉矶最受欢迎的区域之一,除了店铺林立的海边长廊、各怀绝技的街头艺人、活力四射的露天健身房和滑板公园,还有闹中取静的运河住宅区。此处,精美绝伦的豪华住宅鳞次栉比,悠悠的小河流淌在洁白的拱桥下面,几乎每家每户门前都泊着窄窄的划艇,种着高高的棕榈树。豪宅之间,间或也有一两家不愿向地产商出售住宅的"钉子户",低矮简朴的小木屋大门紧闭,门前坚定地插入手写的木牌,上书"坚决不搬",或是"请不要给鸭子喂食"。我想象,这寥寥几幢最后的"钉子户"里,是否住着曾经"垮掉的一代"①诗人与艺术家?他们是现在海边长廊上刺青、穿环、出售大麻②和迷幻音乐店铺的鼻祖,不过曾经这些是离经叛道的社会边缘人作为,现在早已成为廉价的旅游景点小商贩的敛财行径。

我很快就找到画廊地址,如此气派的大楼让人难以错过。柔白的建筑立面简洁典雅,古铜的金属落地窗威武沉稳,特意用茶色玻璃滤过大海反射下耀眼夺目的阳光。同样古铜制的门铃旁,一排镀着玫瑰金的细腻字体标注着画廊名称,有如公主精致的胸针般引人注目。按过门铃之后,光可鉴人的玻璃大门悄无声息地自动打开,把我引入一方四面覆盖了垂直花园的精致庭院。在缺水的洛杉矶,高墙上种满层叠错落的碧草紫萝,

---

① "垮掉的一代"(Beat Generation),或称"疲惫的一代",是第二次世界大战之后出现于美国的一群松散结合在一起的年轻诗人和作家的集合体。这一名称最早是由作家杰克·克鲁亚克(Jack Kerouac)于1948年前后提出的。

② 大麻在加利福尼亚州是合法的药材,但是需要特殊许可才能作为处方药出售。

用计算机控制的洒水系统精心照料，可见主人是把奢华的生活方式带到了工作环境中。

走进里间，工人们正在拆卸艺术装置，地上铺满了塑料布、棉毯、气泡垫、平摊的纸板箱，以保脆弱的艺术品不受丝毫摩擦。一个浓眉秀目的中东女孩站在工人之间盘点着需要拆卸的部件，她以杜莎夫人蜡像般的标准笑容将我引到楼梯口，说面试我的人就在楼上。

楼梯是全透明的玻璃，一块块精准地插入白色墙体，如同好莱坞科幻片里通往外星飞船的天梯。我的棕色复古皮鞋和这外星天梯差了不止几个世纪，恐怕要穿麦昆①缀满银色鳞片的驴蹄鞋才不显得突兀。我正好奇这里的主人应该是怎样的打扮，已经来到二楼的会议室。巨大的玻璃窗外，波澜壮阔的海景像一幅过于真实的丙烯画。一个女子背对玻璃窗坐着，她既矮且胖，正扑在桌上翻看一叠文件，两只手臂像是在晒日光浴的海豹，她用百忙中抬头一瞥的瞬间招呼了我。

"雪伦去接电话了，你先坐。我叫贝卡，很高兴认识你。"贝卡略略起身，浅浅地和我握手示意，她有一头深棕色的半长鬈发，毫无光泽，服服帖帖地从头顶垂下，蜷在黑色套装的肩头。

我和贝卡打了招呼，坐到看似形状奇特实则颇为舒适的座椅

---

① 亚历山大·麦昆（Alexander McQueen），出生于伦敦，英国著名的服装设计师，有"坏孩子"之称，被认为是英国的时尚教父。他的代表作之一是外形酷似龙虾螯或驴蹄的鞋款。高跟鞋的酷爱者誉之为旷世杰作，但也因为超出正常范围的高度而遭到一些名模的抵制。

上，空气中洋溢着清幽的香味，来自桌上一株盛开的黑色幽兰。我从未见过黑色的兰花，原来它的花心是鲜脆的粉红，而周围的花瓣浸润在神秘的墨黑色里，像黑天鹅翼下的绒毛，又嫩又浓。我和贝卡闲聊几句，雪伦来了，她一看就是这里的主人，有着和院子里的垂直花园一样蓬勃热情的细密鬈发，下摆随意扎了一下，在她高高的身材之间便有了雕塑般的造型。她的服饰亦古亦今，亦东亦西，像是从头套到脚的埃及长袍，在膝盖处微微收了灯笼口，材料却是三维打印一样的镂空褶皱，素白中夹着金丝，领口和袖口还故意磨破了，拉出金色的线头。很难说这身衣服好不好看，似乎"好看"一词并不是用来形容这身打扮的，不过如果雪伦站在画廊中央原地不动，无疑会是一件昂贵的艺术品。

雪伦笑容亲切，言语不多，几乎都是贝卡在滔滔不绝。原来贝卡是她聘用的画廊主管，负责日常运营。贝卡是极其正统的犹太教徒，严格遵守各项教义，比如婚后要戴假发、要穿过膝长裙、要用丝袜遮住裸露在外的小腿肌肤、不能吃猪等不反刍的兽类，也不能吃贝类虾蟹，吃过肉以后 6 小时内不能碰奶制品。凡此种种，贝卡都向我一一举例，因为画廊的厨房是"洁食"①的，如果我在这里工作，就须对犹太教规有基本了解。

我对此一一点头，贝卡显得颇为满意，她还表示自己很喜欢吃中餐，除了那些不能吃的，别的都可以吃。我不免称赞："你

---

① "洁食"（Kosher），指符合犹太教教规的食材，含"洁净、完整、无瑕"之意。
　　［来源：维基百科］

的逻辑真好。"

雪伦和贝卡似乎都挺喜欢我,很快就叫我去上班了。我相当于是贝卡的助理。画廊每两个月有一次新展览,每开一个展览,就要和艺术家沟通、选作品、协调运输保险、装裱镶框,画廊可能还要重新装修刷墙,要找工人来安装作品,调试灯光,安排开幕酒会,邀请嘉宾,找摄影师,联系媒体、藏家、策展人、专家教授,还有鸡尾酒调酒师、威士忌赞助商、米其林饭店厨师,当然还要保安、代客泊车的工作人员,以及一些长相体面、打扮得体的潮人,这样活动效果更好,拍出的照片也更好看。

在这些周而复始的展览活动之外,画廊也会去纽约、迈阿密、伦敦等地参加艺术博览会,每次都要运输艺术品,并且把平时运作的那一套工作程序也照搬过去,不过都是些高级酒会,名人豪客,觥筹交错,谈笑风生。

我虽然不太喜欢说废话,但在一个需要讲话的社交场合,废话也是张口就来,所以无论和怎样的宾客打交道,都不至于捉襟见肘。我亦很快发现,来画廊的客人要么是雪伦的亲朋好友,要么是她的仰慕者,或者就算第一次误打误撞而来,也会有慕名而来的第二次。既然大家都抱着讨好雪伦的目的,就算彼此都觉得在讲废话,还是要有声有色地讲下去,这样当雪伦的目光投向众人的时候,就不免被大家的艺术热忱所打动了。

《威尼斯运河》 摄影/朱晓闻

3

画廊的工作有忙有闲,雪伦和贝卡知道我自己也进行创作,表示十分支持,不过贝卡说:"可惜你不是犹太人,我们只展览犹太艺术家的作品呢。"

雪伦倒是对自己的犹太血统不那么执着,她常说,关于犹太教的很多知识,都是贝卡告诉她的。有一回,我把画廊邮箱里100多封投稿邮件打印出来,摊在会议室的大桌子上。雪伦的画廊开张不久,还有空间吸纳不知名的年轻艺术家,她倒很乐意与大家围成一圈,看看有哪些人给画廊投稿。

这些投稿五花八门,有带有专业履历的,有邮寄过来的精美画册,也有像素模糊的电子照片。贝卡肥厚的手掌像搓麻将一样,迅速把林林总总的投稿分为两类——犹太艺术家的作品,以及非犹太艺术家的作品。非犹太艺术家的作品,她基本是不看的,但是如果其中有和犹太文化相关的,或许她还会瞄上一眼。而雪伦则对任何一个吸引她注意的投稿,都会看得津津有味。

"贝卡,为什么你只对犹太艺术家感兴趣呢?"我一直都很想询问贝卡这个问题。

"因为我的本科和研究生念的都是犹太艺术呀。"贝卡说得理所当然。

"但是犹太艺术这个词既不指定地理位置,也不指定人种、年代和国家文化。你是怎么定义的呢?"

"其实嘛,我是对代表正统犹太教的文化艺术更感兴趣,不管他们是在洛杉矶、特拉维夫还是埃塞俄比亚。"

"这是因为你出生在一个非常正统的犹太教家庭吗?我这么问,是因为我来自中国,在当代中国,宗教的文化意义没有普遍的代表性,也很少有人以此作为对世界观和文化观的解释,所以我比较好奇。"

"其实我的父母家里并不都是犹太人。我的外祖母一辈,是二战时从捷克斯洛伐克逃到美国的犹太人,但我的父亲祖上几辈都在得克萨斯州,他们信奉天主教。我在中学的时候,发现了外祖母那一辈在东欧的经历,然后就自己决定皈依犹太教,后来,我又遇到了现在的丈夫,他是一位拉比①,我们在精神上心心相印,是犹太教让我找到了真正的自己,所以我一定要全身心地为之奉献。"

讲了半天,贝卡原来是半个犹太人,我又看看雪伦,她的脸有着典型的中东美人的轮廓,如果披上头巾,完全就是一位阿拉伯妇女,但她却是地地道道的犹太血统。

雪伦说:"我的家族在1979年伊朗政局变动后流亡到美国在这之前,伊朗王室十分尊重民众不同的宗教信仰,我们犹太人在房地产和石油业都有很大的成就。后来激进的穆斯林牧师们受到推崇,把整个皇室都推翻了,我们只能背井离乡。刚刚

---

① 拉比(Rabbi),犹太人中的一个特别阶层,是老师也是智者的象征。

搬来的时候,我父亲大量的资产都留在了伊朗,一切只能重新开始。因为比弗利山庄的学校很有名,他想,在这里可以给子女提供好的教育,就把全家都搬来了。其实,我们对自己的波斯文化非常推崇,无论是诗歌还是艺术,波斯文明都有悠久的历史。来美国以后,我们渐渐和其他的波斯犹太移民建立起自己的社区,也越来越被主流社会接受。"

其实,雪伦的家族在伊朗时就是巨富,她所提到的"其他波斯犹太移民"也和她家一样属于上层社会。虽然背井离乡是不幸的,但以这些人的巨额财富、社会地位和教育水平,到哪里都不会沦为中下层阶级。

贝卡立刻接上说:"对我们犹太人来讲,富裕不单单是指拥有金钱,更要有智慧。像雪伦这样财富与智慧并存的女性,就是真正的成功人士了。"

雪伦笑说:"我也不过是借蒙祖荫,我们家比我优秀的人太多了。"

贝卡忙说:"我最欣赏的,就是你永远好奇的求知欲。有多少人可以在你这个年龄还从头学习艺术,甚至自己投资开办画廊呢?"

这时,我想起安琪拉说的"谁都可以开画廊"。

雪伦思考的时候喜欢用手指缠绕发梢,她边想边说:"我这个人做事没有明确的计划性,一开始,不过是因为离婚,所以另外买了房子搬出来住。我大学学的是室内设计,却从没实践过,一毕业就结婚,一结婚就连生4个孩子。等孩子大了,婚姻也完了,但是却有机会实践我的专业了。那幢房子的设计特别符合天人合一的生活理念,但也有不少地方需要改造,于是我小小发挥了一下,和建筑师一起加上新的结构,重新设计了花园。扩建后,空间大了不少,就需要一些艺术品去装饰。正好这个时候,姐姐介绍我认识了贝卡。贝卡是我姐姐的艺术顾问,帮她的医学研究中心选购了所有的艺术品。我和贝卡认识后,简直一拍即合。虽然我没学过艺术,但自认为也是一个艺术爱好者,只是缺乏对艺术史的了解,而贝卡和我看艺术的眼光居然非常一致,她总是能从专业角度分析出为什么我对某些作品会特别敏感。贝卡帮我选购了家里所有的艺术品,然后简直就一发而不可收,艺术品多到放不过来,只能每隔一阵就换一批挂出来,后来呢,居然也有美术馆的策展人要借它们去展出。这时候,贝卡说,为什么不开一间自己的画廊呢?你现在的家,基本就是一间画廊了,不过没有把它们转手卖掉赚钱而已。我想,反正也考虑过在威尼斯买楼投资,不如就买下开张做画廊吧,然后贝卡就帮我一手操办了。贝卡,你真是我的好顾问。"贝卡的手背被雪伦轻拍着,手背上的肥肉感激地颤抖着。

我一件件翻看着桌上的稿件,并没有令人为之一震的画面出现,本来,在网络发达的今天,几乎没有天才型的艺术家会被埋没。

雪伦伸了伸懒腰,拉着我们说:"天气这么好,我们坐到露台上去吧。玛莎,给我们烧一壶咖啡拿到露台上,再带一盘点心上来,就是我中午带来的花色糕点。"

玛莎原是雪伦家的一名墨西哥女佣,画廊开张以后,就被派到这里全职负责卫生和饮食。雪伦最讨厌在画廊里闻到食物的味道,即便是楼上的会议室也不行,所以玛莎只能做冷食的色拉和三明治,当然,她也不能用到任何猪肉、贝类虾蟹等非"洁食"的食材,哪怕色拉酱里有一点点猪肉的成分,也会把贝卡惊吓得跳脚。

我们来到顶楼的露台,这里有画廊中最美的艺术品——大自然。露台四周种满飘絮般的紫三芒草,在海风中飘拂过意大利名师设计的几何形纯白桌椅。玛莎必须每天辛勤擦拭三遍,才能保持这套室外桌椅的纯净洁白。露台正对着金色的威尼斯海滩,这里常年有五彩的帆船、健硕的冲浪者、身材完美的慢跑者,正如那些描绘加州风光的海报一般,可见艺术确实源于生活。

雪伦兴致很好,还让玛莎端来了香槟,虽然现在喝香槟为时尚早。

"我有一个好消息宣布。"雪伦靠在洁白的椅背上,一手举起酒杯,一手轻托脑勺。

"什么好消息?"贝卡兴奋得恨不得扑上去一把抱住即将出世的"好消息"。

"我和博里斯订婚啦。"雪伦神色舒展,一如背后的海阔天空,却并没有霞光的羞涩。

"恭喜!恭喜!"我和贝卡异口同声。博里斯是雪伦的男朋友,在健身课上相识,比雪伦小 5 岁,是个身材高大、满脸堆笑的广告商。

"所以,以后画廊的经营权不仅是我一个人的,也有博里斯的一半。"雪伦把这当作一个天大的好消息告诉我们。

"喔,理所当然。"贝卡的神情没能和她兴奋的声音同步,话讲完了,嘴还张着,像被吃惊噎住了。

"以后有关画廊的经营,博里斯也会帮忙,我想,他擅长品牌营销,应该对我们艺术家的推广很有帮助,贝卡,你说呢?"雪伦推心置腹地问道。

贝卡眨了眨小眼睛,歪着头道:"虽然推广艺术家和推广汽车完全是两码事,但是相信博里斯的眼光和品位跟你一样好。那我们要给博里斯一间办公室吗?"

"这就不用了,他也不会每天都来,我想,在你的办公室里添一张桌子就可以了。"

"雪伦,祝贺你!"我举杯向雪伦说道。

3 只金灿灿的酒杯在空中清脆地碰响,贝卡给我递了个眼色,咕嘟咕嘟地往喉咙里灌下香槟。

4

博里斯有着美国白人难得的眯缝眼,即便不笑的时候也显得心情愉悦。他跟雪伦原本不是一个世界的人。雪伦经常光顾的餐厅,是他在特殊的庆祝日里需要特别订位的。但自从遇见了雪伦,婚姻失败的博里斯就焕然一新。他既不是犹太人,也没有一丝中东血统,但雪伦不像贝卡那样,要从染色体开始研究一个人值得交往的程度。她对博里斯的热情欣然接受,而博里斯也不愿浪费时间,很快就搬进了雪伦位于马里布的豪宅。

订婚后的博里斯时而会开着他的白色保时捷跑车来画廊小坐,有时带朋友一起,有时也在这里约见客户。他的广告客户从汽车品牌到五星级酒店都有。据博里斯说,这些客户很有可能会对艺术品收藏感兴趣,不过在我们看来,至少他们都很赞叹博里斯广告与艺术兼顾的才能。

贝卡总是在博里斯出现的时候把自己关在办公室里,因为她有太多的文案需要处理,不能受到外界干扰,这时我就要为博里斯和他的客人们介绍艺术品。其实他们也很好打发,因为聊了两句之后,话题就会自然转向雪伦。博里斯的客人都是精明的商人,但也够不上雪伦的世界,他们旁敲侧击地打听出雪伦的父母来自中东显赫的家族,了解到他们的日常生活就是各种宴会酒会、慈善派对、艺术开幕、商业剪彩、高级定制、旅行度假、名车游艇,既关心全球大事,也不放过指甲盖、牙齿缝这些细枝末节的完美状态,不过这些并不是他们自己的工作,自是有人24小时悉心打理。

博里斯来的时候,玛莎总是前前后后忙碌着,雪伦是一个喝星巴克也无所谓的人,而博里斯对咖啡的要求则比配置药剂还要精益求精:咖啡豆是他自己带的,因为玛莎完全不懂哪里可以买到真正的好咖啡豆;研磨机是意大利进口的,他手把手教会玛莎怎样把咖啡豆磨得恰到好处,怎样一气呵成地手工冲泡,怎样用170华氏度的水温加热咖啡杯,咖啡的香醇才会充分发挥又不过于浓厚,当然还要手工打出白云一样的奶沫,以45度的斜角冲进刚刚入杯的咖啡,眼明手快地迅速端上桌子;砂糖是绝对不可以加的——就像会喝威士忌的人不加冰块一样——前提是他们只喝最上等的液体。

这些要求换作潮人咖啡店里以冲泡咖啡为乐的音乐家店员来说,在一番苦练之后是可以达到的,但玛莎就是一名普普通通的墨西哥家庭妇女,如果不是因为生了6个孩子,最大的进了大学要学费,最小的还需要请保姆照看,她只会每天在家买菜、做饭、洗衣、看电视而已。对她来说,光要记住那些形形色色对贝卡来说非礼勿视的食物就已经够头疼的了,她的英语又有限,有时贝卡说:"今天中午的三明治记得给我加点培根。"玛莎就想,不是不吃猪肉嘛?怎么又要培根了?她就没想到,贝卡有一次指着一袋培根对她说:"这是火鸡培根,是火鸡肉做的,我只能吃这种。"

所以,博里斯一来,玛莎就紧张,一紧张,就老忘记应该怎么冲咖啡,当然也会把贝卡要吃的火鸡培根错弄成了猪肉培根,这时候,我就要负责吃玛莎弄错的猪肉培根,也会多喝两杯没有冲好的咖啡。我对玛莎说,我不介意吃猪肉,也不用喝博里斯标准的咖啡。玛莎便拍拍胸脯,好像松了一大口气,因为雪伦是最讨厌浪费食物的。

5

有时,玛莎也要回雪伦的豪宅去帮忙,那是雪伦在家里举办宴会的时候。

豪宅位于威尼斯北边的马里布海滩,这里好莱坞明星云集,不过与明星们曝光率颇高的海景房不同,雪伦家在高高的山林之间。私家车开到了盘山路的终点,停车后要坐着一班班来回往返的高尔夫球车才能抵达宅院门口,真正的深宅大院就掩映在深墨浅翠的山色之中。

有一回,雪伦为画廊最大牌的艺术家杰克举办了盛大的家庭宴会。杰克年少成名,早年为迪斯尼动画设计了不少传世造型,后来自己独立出来。他深谙艺术与商业结合之道,在洛杉矶成为老少咸宜的流行艺术家,近年来越发改走深沉路线,把自己父亲在二战时躲避德国纳粹军追捕的故事大肆描绘,一跃成为占据人性高度的严肃艺术家。他的犹太血统让贝卡激动不已,几经撮合,终于让雪伦成功代理了杰克的作品。

　　雪伦为杰克举办的第一场个展就大动干戈：从美国东部运来了一整批白桦树，在画廊的白色空间里建起一片白桦林，地上铺满深浅不一的干草和苔藓，树枝上挂满杰克价格不菲的丙烯画。画作上，是杰克父亲当年在东欧的白桦林里躲藏了整整两年的辛酸史。

　　展览引发了不小的轰动，雪伦趁热打铁，在自家豪宅里举办了私人晚宴，众多藏家和亲朋好友争相捧场。宾客们盛装出席，从宅门到房前不规则形状的黑色大理石在浅水池上拼成一座断桥，女宾的裙摆和男宾的鞋面倒映在水中，如歌剧《阿依达》一般热闹非凡，贵宾们步步生花，直奔主题。

　　雪伦的私人助理安排了洛城首屈一指的犹太大厨和他的星级团队，菜肴来自最"洁食"的厨房，凡不可食之物绝无漏误。宾客们在豪宅中自由参观，身着象牙白套装的服务员手端银盘，盘中一字排开拇指大小的开胃菜肴，比如，伊朗顶级鱼子酱配加拿大三文鱼卷和加州西柚，好似橙色水晶嵌在粉色碧玺上一般晶莹剔透，令人不忍染指。女士们只肯喝香槟，皮肤般合身的丝绸晚礼服会使腹中哪怕一小片三文鱼都微微鼓起。雪伦对这样程度的宴会视如平常，波斯人最是热情好客，她的家族又大，即使是三天两头的家庭聚餐，也往往要准备五六十人的座位。当晚，她穿了一件三宅一生的宽松套裙，一动一静之间充盈着流动的建筑感，仿佛马蒂斯油画中喷薄欲出的明黄色，既狂野又质朴，脖子上挂了一串硕大如蚌的不规则银珠项链,中指上的订婚钻戒光彩夺目,除此以外,并无其他珠宝加身。她把长发清爽地挽起,脚上踏了一双伊朗传统的手工刺绣牛皮平底鞋,像舞台上张扬奔放的现代舞女主角,而不是舞台下正襟危坐珠光宝气的贵妇。

博里斯为了配合雪伦的极简主义风格,也披了一件和式长外套,虽然宽松,但好像哪里缚手缚脚一样,总是让他不自在地耸着肩膀。他鞍前马后地招呼雪伦的远亲近邻,简直要忙不过来。雪伦的家人太好认了,从父母到子女,几乎都有一个模子里刻出来的眉目神色。她的父母精神矍铄、谈笑自如,兄弟姐妹个个都有风度翩翩的气质,而雪伦两个在家的小儿子则自顾自呼朋唤友,一会儿就消失到后院的游泳池去了。

贝卡让我跟着她好好招呼藏家。今晚她特地做了指甲,青紫色的指甲油上覆了厚厚一层水蓝色的亮片,泛着鱼肚白一样的青光。胖人本来就难打扮,她却自顾自地穿了一件既不宽松也不合身的碎花长裙,裙子外匪夷所思地罩上一件灰不溜秋的无袖绒线马甲,棕色的假发上用别针固定了一顶湖蓝色礼帽,帽檐无精打采地垂下几缕染成姜黄的羽毛,像是没拔净的鸡毛刚从汤汁里撩了出来,挠动着刷了漂白剂一般毫无血色的脸庞,随着她眉飞色舞的艺术讲解,烈焰红唇变成了一枚风火轮。我并不讨厌贝卡,只是于心不忍,不愿朝她多看。

我对介绍杰克的作品并不十分来劲,因为宾客们明显也不是冲着艺术而来,但大家场面上还是要关关雎鸠一番。我的浅灰色连衣裙是在比弗利山庄的慈善商店里买的二手货，就是看中它曲曲折折的弹性剪裁，不用熨烫，肩上斜斜地搭了一条复古小店淘来的银狐坎肩，和脚上挂着两只灰色毛球的周仰杰牌[①]银色高跟鞋倒是相得益彰。我本来穿了十分舒适合脚的白色镂空高跟鞋，但雪伦一定要我穿她的周仰杰牌，说身材可以衬衣服，但脚只能让鞋子来衬。

艺术家杰克当仁不让地把自己当作主角，一行扮成他设计的卡通人物造型的男孩女孩，在宾客之间又唱又跳，掏出一个个小竹篮，供客人们选取其中的礼品。这些是和一个众所周知的奢侈品牌合作的卡通周边产品，物件虽小，但极为精致，让宾客们颇为欣喜，一个个立即掏出手机拍照。

卡通人物们挥舞着双手，带领众人向楼顶进发，这时原先站在花园里喝着鸡尾酒聊天的客人们，也被博里斯领进客厅。雪伦家的客厅呈一个大大的 T 字型，中间意想不到地被一间直通蓝天的玻璃天井隔开，天井里的奇珍异草和珍贵鱼鸟据说在整个南加州绝无仅有。由天井向三方扩散出去的客厅空间高低层次不等，分别有会客、餐饮、舞厅、宴会的功能，颜色清雅近乎神圣，顶级的西方现当代艺术品和富丽堂皇的东方工艺品争相辉映。我难以想象闪烁着钻石光芒的水果盘上放着香蕉、橘子的画面，恐怕只有仙桃仙果才与之匹配。雪伦站在高几级的台阶上，像女神般

[①] 即 Jimmy Choo。

第四篇
雪伦：来自伊朗的犹太公主

俯视众人，她兴致很高，简短地感谢各位光临之后说道："杰克是我生平认识的一位真正伟大的、天才的艺术家。他能够光临舍下，真是我无尽的荣幸。"杰克亦热情地高声回应："感谢雪伦，她是我的缪斯女神！"

在越发热烈的气氛中，宾客们随着雪伦和杰克的步伐，一同来到豪宅楼顶。这里有一座夜灯下熠熠生辉的长方形泳池，池边如现代主义雕塑般的桌椅上装点着各色花果，芳香扑鼻。其中最吸引我目光的是一整排黑色幽兰，在暮色中吐出芬芳的粉杏。泳池后方，有一座高起的花台，郁郁葱葱的枝蔓如瀑布般泻下，瞬间，原本幽暗的花台被灯光点亮，原来这里将是杰克的表演舞台，宾客们一阵欢呼，其中可以清晰地听到贝卡的尖叫声，整个活动都是她帮忙策划的。

伴随着现场乐队乐声的响起，杰克和卡通人物们的表演正式开始。我因为之前没看过，也觉得兴致盎然，但是过了好几分钟，杰克和卡通人物都只是绕着花台的藤蔓忽进忽退，杰克用希伯来语朗诵着诗句，卡通人物们用肢体动作表现出种种痛苦的挣扎，他们脸上不知为何戴着金色面具，在灯光的照射下泛着奇异的荧光。乐队的演奏风格介于流行与电子之间，杰克和他的卡通人物在音乐高潮来临之际，终于从藤蔓后走出，一个个跳到了泳池边，摇摆舞动着向观众走来。我以为他们即将做出跳进泳池的惊人之举，但是什么也没有发生，他们扭到了泳池前沿，便又开始了之前在客厅里的载歌载舞。最后在音乐的余声中，杰克第一个把面具摘下，扔到背后的泳池里，其他卡通人物也一个个摘下金面具，扔进了碧绿的池水中。

观众们在一小阵沉默后，由博里斯带头喝彩，然后鼓掌、尖叫声不断，我只听到满场的"Bravo!"①，而杰克激动地向大家鞠躬致谢。

不久前，我还在纽约大都会歌剧院被普契尼的《图兰朵》震动到落泪，所以对表演艺术拥有的巨大感染力是十分信服的，但是杰克的表演在我看来像是一个没长大的成年人和另一群装作没长大的成年人之间的游戏，难道他们之间有某种不言而喻的心有灵犀？或是这个阶层的审美趣味完全不是我辈所能理解的？

我只有大口喝着鸡尾酒，才免得过于无聊。偏偏这时候，我在人群中看到了安琪拉正和贝卡聊得热烈。我上去跟她碰了左右两颊，故作惊讶地说道："真高兴在这里见到你。"

安琪拉的打扮像是把一群振翅的花蝴蝶粘在身上，她画着深深的黑眼线，醉眼迷离。她也大惊小怪地说道："哎呀，我都忘了你也在这里呢。怎么样？工作还好吗？如果雪伦太严厉，要跟我说哟。"

"雪伦很可爱，怎么会太严厉呢？"

"雪伦是所有人的爱，贝卡在这里帮她，我就放心了。"

"说来，你们应该都是一个教会的吧？"我总算把这些关系都联系起来了。

---

① 英语：棒极了。

"我丈夫是安琪拉的拉比。"贝卡昂首挺胸地说道。

原来如此。

我和安琪拉彼此敷衍了一番,就看着她飞到雪伦身边,亲热得恨不能把雪伦的头发扯下来。

音乐越来越吵,我想到楼下还有一个泳池,恐怕那里清静一点,趁人不注意,就溜下了楼。

果然,这里安静清幽,恍如隔世。我闻到一股烟草的味道从泳池后方传来,伸颈一看,原来是雪伦的两个儿子和他们的朋友在那里享用。

已经被他们看到,我就打招呼说:"不好意思,打扰了。"

"没关系啊。"雪伦的大儿子和女儿不在城里,她的两个小儿子,一个十五六岁,另一个更小一些,他们的朋友也是年龄不相上下的少男少女。

"我好像在哪里见过你。"那个大一些的男孩子说道。

"是在你妈妈的画廊吧?"我挨过去一点,月光下,孩子们的脸庞松弛着,目无表情。

"也许吧。你想来一点吗?"男孩把剩下一半的烟草递过来。

"谢谢,不用啦,我在工作呢。"

"哈哈,你这是在工作吗?我也在工作呀。"

"我们都在工作。"另一个男孩接了一句。

"我才不要工作,工作最无聊了。"靠在男孩肩上的女孩半闭着眼说道。

"本来只是想下来透透气,不好意思打搅你们了。"我想找个机会溜走,免得被撞见和老板的儿子像是一起抽烟的样子。

"你应该也觉得无聊吧?"小儿子斜着眼问我,他很消瘦,稚气未脱,用一种故作老气横秋的口吻说着。

"你是说工作?还是楼上的表演?"

"不是一回事吗?工作即表演,表演即工作,大家心知肚明,但是为着无聊和无法打发的时间,要很认真地装作在工作,而且是有意义的工作,不然我们这些衣食无忧的人岂不都成了社会蛀虫?"

虽然我很想走,但又觉得还是这里有意思一点,于是对男孩说:"雪伦对艺术是真的热爱,为了自己热爱的事情,即使偶尔需要装装样子,也只是成年人社会规则的一部分啊。"

"如果热爱的一件东西,是在生活失败的时候突然发现的,这个是叫热爱,还是救命稻草呢?"

"你有什么热爱的东西吗?"

"我不知道,对于什么都不缺的人来说,空虚是最大的敌人,因为你不知道拿什么去填补本来就不存在的东西。我并非没有信仰,不过我经常更换信仰,信仰又是什么呢?可以填补空虚吗?"

男孩越说越嗨,像是为了感叹人生而感叹,我不知道等他清醒以后还记不记得自己都感叹了些什么。

他哥哥拍了一下他的额头,满不在乎地说:"你只是没有擅长的东西罢了,比如你也去冲浪,但是毫无进步,永远只能在浅海玩玩,没见识过大风浪,当然不知道风浪真正的魅力了。"

"难道你有什么擅长的吗?还不是跟我一样。"

"喂,谁跟你一样?"

"你们烦死了,我要去游泳。"前面说话的那个女孩子把头抬起来,自说自话地把上衣脱掉,就朝泳池走去。

我赶紧溜开了。

6

那天晚上,玛莎和其他几个女佣忙得天旋地转。等客人们陆续走得差不多了,我去厨房看玛莎,她朝我摊摊手,摇头说:"忙了一整天,饭还没吃上一口呢。"

"怎么不在他们看表演的时候趁机吃一点呢?那时他们都在楼上呀。"我惊讶地说。

"雪伦小姐没告诉我什么时候可以吃,我可不想吃到一半的时候客人下来看到我在偷懒。"玛莎就是死脑筋,不会察言观色,其实雪伦社交的时候根本没时间注意厨房,只要服务不差,也没人去管玛莎她们什么时候吃饭。

"玛莎,你今天也辛苦了。"这时,雪伦和贝卡来了。雪伦略有倦色,但是满面春风尚未褪散。贝卡鼓着腮帮,正往嘴里塞着剩下的鱼子酱三文鱼卷。

"真好吃,"贝卡点头不止,"玛莎,你吃了吗?"

"没有呢,我从下午到现在,连一口饭都没吃过。"玛莎满脸委屈。

"啊,是吗?你怎么不吃呢?我可不想你饿着工作。"雪伦惊讶得不行,拉着玛莎的手说,"你快去吃一点吧,这里我让他们打扫就可以了。"

玛莎点点头,就去楼下佣人的厨房了。

雪伦朝我们伸伸舌头,皱着眉道:"她自己不吃,关我什么事?这么多人的宴会,我哪里忙得过来,她怎么这点小事也不会安排呢?"

贝卡舔着手指说:"上回在画廊,玛莎一个人在厨房做了墨西哥肉饼吃,还放了猪肉。我跟她说,以后不要在我面前吃猪肉,特别不要在工作的时候吃。可能她听错了,以为我不让她吃饭呢。"

雪伦撇了撇嘴,转身告诉另外一个女佣说:"我们还要在楼上喝几杯,你让调酒师不要走,来书房给我们调鸡尾酒。"

我本来准备走了,但是贝卡拉着我要我陪她。我看她又醉又饱,像是发了一笔横财的样子。果然,一晚上谈成了好几桩大买卖,把贝卡得意得不行,她算着自己能拿到的抽成,小眼放出电光火石,见到谁都满眼爱意。

书房里,雪伦、博里斯、杰克和贝卡坐成一圈,不知道的还以为他们在赌钱,其实他们在算钱。虽然雪伦破费了一把,但晚上的吃喝博里斯是拉到了赞助的,而杰克的卖力演出也着实打动了几位从迪拜飞来的对艺术置若罔闻的石油大亨,原来杰克表演用的面具是贴了真金金箔的,难怪特别耀眼夺目。博里斯的汽车客户为了说动雪伦哥哥的五星级酒店批量购买他们的新车,一挥手就买下杰克画幅最大的一件作品,虽然画上讲的是杰克父亲躲避纳粹追杀,而汽车商是德国人。贝卡的研究生导师,同时也是一所著名美术馆的策展顾问,和贝卡热切地讨论起为杰克在美术馆办个展的事宜。当然,这样杰克的身价又会上涨。而雪伦的爸爸、哥哥和姐姐也都各自认领了作品,当然还有其他来捧场的客人,随手一点,就买了作品回家。贝卡告诉他们,这些杰作将会如何升值——的确,谁能说杰克不是一位炙手可热的艺界名人呢?

"Echo,你也有功喔。"雪伦把盘着的头发放松下来,笑着对我说。

"我立了什么功?"我不懂。

"你的朋友安琪拉说特别喜欢杰克,要推荐杰克的作品给她家族的基金会呢。我真喜欢她,虽然以前从没好好聊过,但她真是一个热心的艺术收藏家。"雪伦美丽的脸庞简直多出一丝天真的气色。

这时,有人在门外轻轻敲了两声,雪伦的小儿子走进来,一副睡眼惺忪的样子,他看上去比刚才树影下显得更加轮廓分明,很像雪伦。"妈,我刚知道明天一早的飞机去旧金山,来跟你道别。"

雪伦一把拉过儿子,差点就搂在怀里,但是男孩朝博里斯看了一眼,挪着身子站开一些。雪伦说:"明天一早就要走吗?不等到中午吗？今天一晚上也没看到你，你好吗？"

男孩还是有些依赖母亲，靠上母亲肩头道："爸说明天下午要飞迈阿密，让我一早跟他去旧金山，他送我去学校，然后他就要走。"

私人飞机也会有行程上的种种安排。雪伦不以为然地说："我也可以送你去学校，你不等两天吗？"

男孩摇摇头："学校还有功课，我不想拖太久。"

雪伦捏了下儿子的耳朵："你想怎样就怎样吧。跟妈妈吻别一下。"

博里斯慈祥地看着他们吻别，就像是自己亲生的一样。

7

虽然安琪拉曾经表示不看好雪伦的画廊，但雪伦毕竟在一个合适的地点向一群合适的人打开了一扇合适的大门，而且很快就吸引到著名艺术家的合约，也去了大大小小的艺术博览会。富人的世界，谁都不傻，当然谁也不会承认别人更聪明。

我在雪伦的画廊待了一年之后，想离开换换环境，因为画廊的工作从本质上实在提不起我的兴趣。雪伦很大方地表示，欢迎我随时回来，虽然这个时候，她已经在物色能够替代贝卡的人选了，原来雪伦早就意识到，中东艺术这块蛋糕没必要只做犹太主题这一小块。贝卡处心积虑地想要说服雪伦只代理犹太艺术家，但雪伦也不止贝卡一位顾问，她在世界各地飞来飞去、在艺博会上买进卖出之间，也掂量出了更可获利的模式。毕竟，雪伦和贝卡不同，她继承了家族几辈子的财富与智慧，而贝卡是自封的犹太人，她认为生活的一切都可以从犹太教的经典中找到模范，一成不变，但生活时时刻刻都在变化。

可惜，我和雪伦的最后一次谈话被她大儿子的一通电话打断。他在纽约投资失败，到处找人借钱，被雪伦骂得狗血喷头，这时我才发现，雪伦也并非只有她一贯温柔的一面。

第五篇

西奥:
新墨西哥州的禅修居士

1

  2013年夏天,我和朋友佩特拉从洛杉矶一路驱车开往位于新墨西哥州的圣菲①。12小时的车程,我们俩各开了半程。途中经过闻名遐迩的大峡谷,在雄奇的山岭间住宿一夜,第二天继续赶路。

  我对圣菲向往已久。美国女画家乔治亚·欧姬芙②晚年在新墨西哥州旅行,把收集的动物白骨和岩石带回纽约,画了很多峡谷、沙漠、荒野主题的半抽象、半写实油画。我曾在纽约大都会美术馆仔细研究过其中一幅名为"From the Faraway, Nearby"的油画,我把它译为"天涯,比邻"。这幅画的背景

---

① 圣菲(Santa Fe),美国新墨西哥州的州府,它的名字来自西班牙语,是"神圣的信仰"的意思。

② 乔治亚·欧姬芙(Georgia O'Keeffe)是一位美国艺术家,被列为20世纪的艺术大师之一。欧姬芙的绘画作品已经成为20世纪20年代美国艺术的经典代表,她以半抽象、半写实的手法闻名,其主题相当有特色,多为花朵微观、岩石肌理变化、海螺、动物骨头、荒凉的美国内陆景观。[来源:维基百科]

是荒原中铁锈红的山丘，白雪皑皑的山顶连成一片，漫无天际。画面正中，一副顶天立地的野鹿头骨平白无故地悬浮在背景前，无法从透视或焦点中看出它们的远近距离与空间关系。画家的技法写实而逼真，构图本身却又超脱现实，迷离而神秘，正如她自己所说："天涯是一处美丽而寂寥的处女地。"① 即将抵达圣菲，我一扫旅行的疲惫，向佩特拉眉飞色舞地形容着这幅我心中的杰作。佩特拉说："你知道圣菲是欧姬芙汲取灵感的地方，那也应该知道，很多欧洲艺术家、作家和思想家都把这里当作灵感圣地啊。"

"比如？"我好奇地问道。佩特拉博览群书，精通德、英、法、西班牙语，她经常在细节处比我通晓更多的知识，我认为这和她的语言天赋密不可分。比如同样的维基百科词条，不同语言的注释长短不同，越是和词条本身接近的语言越是详尽，反之则越笼统。

"比如，让我想想——薇拉·凯瑟②、玛丽·奥斯汀③、威特·宾纳④、

---

① 原文：a beautiful, untouched lonely-feeling place。[来源：纽约大都会博物馆网站]
② 薇拉·凯瑟（Willa Cather）美国19世纪的著名作家，以《我们的一员》（*One of Ours*）一书于1923年得到普利策奖，作品以擅长描写女性及美国早期移民的拓荒开垦生活而闻名，为美国重要的乡土作者之一。[来源：维基百科]
③ 玛丽·奥斯汀（Mary Austin），美国作家，因研究加利福尼亚州的印第安人和沙漠生活而著名。[来源：百度百科]
④ 威特·宾纳（Witter Bynner），美国诗人、作家、学者，长期生活在新墨西哥州的圣菲。[来源：维基百科]

第五篇
西奥：新墨西哥州的禅修居士

卡尔·荣格[①]、D.H. 劳伦斯[②]……总之有很多20世纪初期的大家喔。圣菲这个名字，来源于西班牙语，意思是神圣的信仰，在美国，它是第二古老的由欧洲殖民者建立的城市。不过在西班牙殖民者到来之前，印第安人的部落已经在这块土地上生活了好几个世纪，现在还有几个主要的印第安部落居住在圣菲附近。"

"原来荣格和D. H. 劳伦斯都曾拜访过圣菲？这么大老远地过来，他们是来看什么的呢？远离欧洲城市的荒原文明吗？"

"如果我告诉你，他们当年居住的地方已经成了博物馆，而且还有卧室向游客开放，你觉得怎样？"佩特拉卖着关子说道。

"怎样？那当然要去看看，不仅要看，还要想办法住进去呀。"荣格的精神分析式自传《回忆·梦·省思》和劳伦斯的《在文明的束缚下》都是对我影响很深的书籍，当然不能错过在远离他们的家乡——瑞士和英国——却吸引着伟大思想汇聚的地方。

"好，我就喜欢你的当机立断。"佩特拉戴着墨镜，消瘦的脸庞架在关节粗大的手指上，她正一手托腮，潇洒地看着窗外。她是个让人猜不到年龄和职业的人，而年过40的她确实也从事过多种行业，商业、艺术、建筑、农业——每个行业都能干得风生

[①] 卡尔·古斯塔夫·荣格（Carl Gustav Jung），瑞士心理学家、精神科医师，分析心理学的创始者。［来源：维基百科］

[②] 大卫·赫伯特·劳伦斯（David Herbert Lawrence，通常写作 D. H. Lawrence），20世纪英国作家，是20世纪英语文学中最重要的人物之一，也是最具争议性的作家之一。主要成就包括小说、诗歌、戏剧、散文、游记和书信。［来源：维基百科］

水起，又在颇为成功的时候全身而退。显然，创造比经营更让她充满干劲。

这次来圣菲，是因为我有一件作品参加圣菲一年一度的新媒体艺术节。本来艺术节可以提供来回机票，但是一想到穿越旷野的旅行，就让人精神一振，我便邀上佩特拉，一起来到这座充满了异域风情的城市。

2

可惜，等我们抵达圣菲，佩特拉给那家博物馆兼旅店打电话的时候，他们的房间早被游客和参加艺术节的艺术家们抢订一空。应该料到的，如果这里在艺术史和文学史上占有一席之地，当然会在艺术节期间大受欢迎了。

我和佩特拉回到艺术节指定的官方酒店，这也是幢历史建筑，充满了地中海风情的光滑泥墙上爬着细细的裂纹，粗木桩搭建的屋顶不为人来人往所动，坚如磐石。空气中洋溢着像是葡萄酒的味道，这是沉淀下来的时间在古老的建筑空间里所独有的醉人之处。我在世界各地保护得当的历史建筑中都闻到过类似的酒香，不过有的像米酒，有的像威士忌，这座西班牙民居式的酒店，则弥漫着红酒般的陈香。

第五篇
西奥：新墨西哥州的禅修居士

佩特拉住在我隔壁，我们都有阳台，站在阳台上，彼此相距不过 1 米有余，仿佛同室交谈。

"太热了，我要睡个午觉。"佩特拉一晒阳光就起斑，也不知道她这么多年是如何适应加州气候的。她喝着自己从家里带来的 kombucha，这是一种以醋酸菌为主的"红茶菌"放在茶水中发酵而成的健康饮料。佩特拉家的园子里总是大大小小排满了在阳光中发酵着的红茶菌饮料，根据发酵程度和成分的不同，有的呈通透的粉色，有的是绛红的血色。此刻，她正用加了冰的玻璃茶罐往喉咙里灌着一杯深色的红茶菌，简直像是茹毛饮血。她喝得畅快不已，问我要不要，我刚喝下一罐健怡可乐，于是冲着佩特拉摇头。她讨厌可口可乐公司的任何产品，因为他们在第三世界国家污染水源、压榨劳动力，如果被她看到我刚喝了一罐可乐，说不定即使口干舌燥也要对我说教一番。

趁佩特拉午睡之际，我冲了个凉水澡，就往艺术中心走去。在谷歌地图上是 10 分钟的步行路程，但在美国西部，这样的距离很少有人用走的。我已经开了 6 个多小时的车，此刻倒是十分向往直立行走。午后的街道十分空旷，一个用推车卖冰淇淋的墨西哥大叔隔着热浪朝我微笑，一口白牙被阳光射得好似反光镜那么耀眼，我朝两旁飞快地一瞥，一个人影也没有。我突然想象，大叔家里有一群孩子等着他回去喂食，而他今天连一根冰棍都没卖掉。明明没有要买冰淇淋的欲望，我还是离开了原来的行走直线，拐到大叔的冰淇淋小车前。大叔依旧微笑着，他把小车的罩子打开，里面并不是我想象的一堆彩色冰棍，而是整整齐齐的6个小格，4个格子里是红、白、绿、咖啡各色冰淇淋，颜色柔和，质地细腻，一看就是新鲜手工制作的。另外两格里，一格是切成薄片的香蕉和草莓，一格是五彩缤纷的奶油小颗粒。孩子们最爱在这种混合冰淇淋小山上撒上过节一样的彩色小颗粒，而女孩们则喜欢加上几片水果，这也有补充维生素的心理安慰效果。

  我选了绿色的牛油果味和咖啡色的巧克力味，大叔用冰淇淋勺舀了又舀，足足装成两个滚圆滚圆的巨型冰淇淋球，放进一个小纸碗里给我。我不好意思拿这么多，他才收了2.5美元，还问我要不要水果，我说不要，他还是加了一小片带着叶瓣的草莓放在顶上，说："瞧，多好看！"

  别了大叔，我回到烈日下的人行道上，品尝着手里的冰淇淋，美味可口，并不输给意大利托斯卡纳①最著名的手工冰淇淋商店。我不记得在洛杉矶吃到过如此可口的路边冰淇淋，或者即使平时看到推着冰淇淋车的墨西哥大叔，也从未想到要去照顾他的生意。或许，人在旅行的时候，内心有格外的温柔，以及刻意的慷慨？

---

① 托斯卡纳，也译为托斯卡尼、塔斯卡尼，是意大利一个大区，拉齐奥位于其南，翁布里亚位于其东，艾米利亚－罗马涅和利古里亚在其北，西濒第勒尼安海。其首府为佛罗伦萨。托斯卡纳以其美丽的风景和丰富的艺术遗产而著称，经常被评价为意大利最美丽的部分。

3

到了艺术中心，看到一切都已准备得井井有条。此次艺术节接待上百位（家）来自世界各地的艺术家和机构，大量的工作都靠当地的志愿者完成，十分令人钦佩。我只是放映一部影片，并没有特别的技术要求，所以我到处走走，怀着好奇的心情看着艺术家们装置他们的作品，有表现城市化进程的三维投影、反映全球变暖的交互多媒体装置、医学与艺术结合的可穿戴装置，还有可以感受外太空遨游的 VR 眼罩，各式各样的媒体艺术探索让人大开眼界。

我在场馆里东游西逛着，眼睛突然被闪了一下，我侧过脸，一个身材高大的男子正架着一台相机对着我，或者说对着我身后的艺术装置。

"对不起，刚才闪到你了吧？"男子放下相机，低头向我问道。他的面部轮廓有着古希腊戏剧中英雄人物的英俊与果敢，这种不加修饰的男子气概，在现代人中可谓少见。

"喔，没关系，我还以为是作品闪光了呢。"我向男子点头示意。

"就是嘛，这些作品都很神奇，对不对？我对这些先进科技并不在行，相机和 Photoshop 就是我掌握的最新科技了。对了，我叫西奥。"男子向我伸出手，他太高了，至少有 190 厘米，必须把手下垂着才能平行地握到我的手。

"我叫 Echo，很高兴认识你。"西奥的手臂像他的肩膀一样宽厚健硕，真是让人不容小觑的体魄。

"你是这里的工作人员吗？"西奥把相机的肩带搭在左肩上，右手掠过额前的一缕头发，顺便擦去一行汗珠。他的发型很奇特，两侧剃得极短，中间的长发编成一条小辫，甩在脑后，前额垂下一缕半似刘海的灰白发丝，颇有点吟游诗人洒脱不羁的风姿，然而他的身材过于魁梧，又无法和文弱书生联系在一起。

"不是，我是来参展的艺术家。"

"艺术家么？你看上去好像学生，我还以为你是这里的志愿者。"

"然而并不是。"

"你应该经常被美国人认为年龄很小吧？我以前有个泰国女朋友，她其实比我还大两岁，但我们每次一起出去，都被认作是我拐骗了未成年少女。"西奥讲话非常爽快，也很风趣。

"我就总是被认为是学生而已，甚至同校的老师和我的同事，有时也会分不清楚。好在这种事倒不会让我烦恼。"

"为什么？大多数人不都是为了别人怎么看自己而烦恼吗？"

"说的也是，不过，年龄根本没有大家认为的这么重要啊。跟我一起来的朋友，她40多岁，可能大多数40岁的女人都是家庭主妇或者忙碌的职业女性，脸上写满了辛劳和厌烦，但她的人生好像刚开始一样精彩，或者，她好像可以同时经历多个不同的人生，脸上也总是容光焕发。"

"你好像很崇拜这位朋友。每个人的人生道路都是不同的，我们都必须在自己的人生中学到点什么，不是吗？听上去，你是一个很有自信的人，请保持这份自信。"西奥微微笑着。

"你呢？你是 Mindfulness① 的老师吗？听上去很像啊。"我开玩笑地说道。

"我是一个摄影师，如你所见。这是我的热情，也是我养家的途径。除此之外，我就是一个学生。"

"学生吗？"我不禁又上下打量了一眼，看他起码应该有三十五六岁的样子，"能不能问一下你学的是什么呢？"

"没有什么特别的，是我们都要学习的课程——人生。"

"啊，你学的真的是 Mindfulness？"

"从某一个方面来说，也可以这样理解。我住在圣菲附近的一座日式禅寺里，每天打坐、冥想、清扫，帮助师父做各种功课。我在那里已经住了 8 年了。"

"这真特别！老实说，刚才我就觉得你看上去不像普通的摄影师。"

"你怎么知道普通的摄影师和他们看上去一样普通呢？"西奥不假思索地说道。

---

① Mindfulness，中文里常见的翻译是"正念"，是可以通过打坐和其他训练达到的实相与心念的统一，在西方也被发展为一种放松身心的精神疗养方法，但和禅学中 Mindfulness 的本意相去甚远。文中的 Mindfulness 所指的是后者。

4

和西奥聊了一会后,我们就各自散了。他说他还要继续为艺术节拍摄一些活动照片,但会争取来看我的影片放映。

佩特拉睡完了午觉,来找我吃晚饭。她在网上查到一家评价很高的希腊餐厅,说可以尝试一下。

这家餐厅就位于圣菲市中心,门面不大,里面却颇为气派。老板本人,或者看上去像是老板的人,亲自上前向每一位顾客问好,再由服务生带往里面的座位。

炎热的空气还未散去,我吃不下烤肉,而佩特拉是常年吃素的,所以我们只是点了一些色拉、希腊酸奶和鹰嘴豆泥。

我向佩特拉提到了西奥和他说的日式禅寺,因为我知道佩特拉对冥想、瑜伽等一律很感兴趣。

"我们或许应该过去拜访一下,说不定我还可以留下来上两堂课呢。"佩特拉一边慢悠悠地吃着豆泥,一边说道。

"如果你有时间的话,你可以去,我还更想去你说的那个博物馆,我想看看文豪们和艺术家们向往的美国西部乌托邦是什么样的。"

"为什么不可以都去呢?又不是订了机票,我们多待两天不就行了吗?"佩特拉把一大片色拉小心翼翼地叠了3次,变成四四方方的一小叠,在最上面一层洒了一道希腊酸奶当作调料,然后平平直直地推进嘴里。

真不愧为德国人。我心里想道。

5

第二天晚上,艺术节开幕。佩特拉和我玩得都颇为尽兴,西奥果然来到了我的放映现场。在我上台回答观众提问的时候,西奥用闪光灯不停拍照,简直给了我名人级别的待遇。

在开幕之后的酒会上,我把西奥拉过来,介绍给佩特拉。

"听说你是一位禅修居士?"佩特拉呷着鸡尾酒,是她喜欢的一款古典酒(old fashioned)。平时从不打扮的她,套了一件深褐色的紧身背心裙,前面是V领,露出三分之一丰满的胸部,后面是荡领,露出曲线明显的背部,裙边也是前短后长,前面是笔直的腿和柔滑的膝盖,后面是细长的脚踝和厚实的鞋跟,除了暗红色的口红,什么妆都没化,仿佛并不高调的打扮,但是像电影里最后出场的美女,只要一个回眸,就叫人过目不忘。佩特拉当然很清楚这一点。

"可以这样说。不过我更愿意自称是学生,因为修行就是学习的过程,人生也是。"西奥的脖子上套着他的大相机,上面套着闪光灯,闪光灯上面套着罩子,真是一套又一套。

"你的师父是?"佩特拉问道。

"他是美国人,在日本跟随一位著名的禅师修行了20年,他是第一个在新墨西哥州建造日式禅寺的人。我跟随师父修行了8年。"

"能问一下你是怎么开始修行的吗?"我忍不住插嘴道。

"这儿有一个长的版本,一个短的版本,你想听哪个?"西奥笑说。

"夜还长着呢,不是吗?"佩特拉说道。我跟着点点头。

"好,那我们坐下慢慢说。"

窗外,闪闪发亮的银河包围了这座小城的夜色,于千万点星光中,我们的肉眼总会注意到其中的某一颗,把它认作最亮的那一颗。

6

西奥出生在圣菲一个颇有势力的家族中。他的父亲是希腊人,母亲是西班牙人。地中海血统加上新墨西哥独特的地理条件,让这个家庭的子女个个丰美壮硕。而西奥,是父亲和不同女人生完7个女儿之后唯一的男孩。在他7岁的时候,家里的女佣怀孕,生下一个男孩,说是他同父异母的弟弟,但这个男孩不到3岁就生病夭折了。

西奥的父亲拥有赌场、饭店、度假村等名目繁多的生意,但他最赚钱的生意是走私。作为家中唯一的男孩,父亲对西奥寄予厚望。9岁那年,父亲带他去野外狩猎,告诉他,如果打不到野兔就不许吃饭。同去的表兄打到1只,远远地扔给西奥,叫他拿去充数,当然,这瞒不过老父亲的眼睛。父亲拿出一把利刃,叫西奥把野兔剥皮、除去内脏,然后插在一根树枝上用来烧烤。西奥一边剥着野兔皮一边痛哭流泪,父亲慢慢踱过去,轻蔑地朝他面前的泥地上吐了一口口水。

15岁那年,西奥随父亲一同去希腊过暑假,说是过暑假,其实是对他的秘密训练。父亲带他参观走私用的地下仓库和船只,让他作为跟班参加"会议",还把他带去地下角斗场——人和动物都有——命令他在角斗者之间下注,逼他看着皮飞肉溅的角斗进行到最后一刻。

那一次旅行归来,西奥大病一场,整天处于昏迷状态,高烧不退,几近脱水。病中,他好几次梦见自己站在海岸线上,难以选择是留在陆地还是游向大海。他害怕大海的深不可测,但一回头,看到陆地上野蛮的食人族挥舞着人皮做成的旗帜向他飞奔而来,他就再也不敢犹豫,一头扎进了海浪中……

病终于好了,西奥坚持说要念到大学毕业。父亲并不看好西奥的成绩,于是愿意看着他报考失败。但西奥凭借踢橄榄球的优势,作为体育生考进了加州一所颇为知名的大学。离开了新墨西哥州,西奥仿佛焕然新生。在大学里,没有人知道他的家庭背景,也没有人因为害怕躲避或是讨好他。西奥开始了正常年轻人的生活、学习和恋爱。

　　西奥大学时的女友中，有一个是美国甜心式的啦啦队女孩。她天真纯情，也不免矫情任性，和西奥分分合合了 3 年，最后在毕业前，还是离开了西奥，说是决定去洛杉矶的演艺圈寻找机会。

　　毕业后，父亲一再催促西奥返回新墨西哥。西奥很清楚回去之后会面临怎样的压力，于是坚决不从，这一僵持最终以父子决裂而告终。西奥的父亲公开宣布，西奥以后不会得到他一分钱的财产。

　　西奥在大学凭兴趣学了地质学，但这种专业，除非深造到博士，否则根本没有什么合适的工作。毕业以后，西奥立即遇到了生计问题。父亲早就停止支付他的生活费，连信用卡也被注销了。西奥在校橄榄球队的时候，经常帮队里拍些宣传照片，有几张还被当地报纸采用了。想到这里，他便联系了那家报社，问他们需不需要体育摄影记者。其实在此之前，他只拍过自己球队的几张照片而已。收到他邮件的编辑，恰巧报道过他的球赛，因而很乐意帮忙。西奥以助理摄影记者的身份找到了他的第一份工作。

　　可惜，好景不长，工作不到一年，报社裁员，作为新人的西奥因为没有相关专业的文凭，第一批就被裁了。好在这时候他已经攒钱购买了自己的第一套摄影器材，可以在外面接活儿赚钱。这样大概过了半年到处接活儿的日子，西奥被好莱坞一家专门为名人拍摄肖像照的摄影公司招去做助理摄影师。其实，这家公司什么都拍，时装照也拍，产品照也拍，老板的宗旨是，除了不赚钱的不拍，别的都可以拍。有一次，在为一家大卖场拍摄产品目录的时候，西奥猛然发现，面前的内衣模特就是大学时的女友。在略微尴尬的气氛中，倒是女孩首先打破僵局，爽朗地大笑起来。

7

说到这里，西奥喝了一口面前的冰绿茶，他说自己修行之后就不再碰酒。

"等等，让我猜一下，你和女孩重修旧好了吗？"我趁他喝茶的时候问道。

"我觉得不对,这太明显了。"佩特拉已经在喝第二杯古典酒，眼角松弛地垂下来，但思路还是转得很快。

"我不是一个很会讲故事的人，可能说得太琐碎了，不过这个女孩和故事的关键还是有重要联系的。"西奥在思考怎么解答。

"那就接着往下说吧。"我说着，向经过的服务生挥挥手，又要了一杯金汤力。

西奥和前女友重逢，两人不计前嫌，工作完之后去好莱坞大道上的酒吧喝酒。好莱坞表面上纸醉金迷，其实藏污纳垢，就看欲望是越过了龙门还是翻进了下水沟。西奥的前女友做演员不成，转行做了商业模特，但是受外形条件和年龄限制，赚的也是辛苦钱，如果继续留在这一行，除了趁年轻傍上大款之外，并无别的发展前景。

她向西奥诉着苦，西奥在迷醉之中念起年轻的好处，自己还年轻，为什么不好好享受呢？俩人从酒吧出来，勾肩搭背地朝女孩居住的汽车旅馆走去。好莱坞大道上挤满了大大小小的汽车旅馆，因为可以按天付费，最适合那些一分存款也没有、没钱租房的人，尽管一个月算下来，这里的房费远比租一间公寓要贵得多。

西奥看到前女友居然混得如此不堪，更添一份怜意。来到旅馆房间，女孩甩掉了高跟鞋，就要脱上衣，西奥早已迫不及待。正在这时，门铃响了。前女友似乎并不准备去搭理，但门铃又一次响起，前女友轻快地吻了一下西奥，就跑去看猫眼，并随手开了门。

月光下，一张泛着青白色的脸庞探进来，头发是染过的亚麻色，黏黏的、乱乱的，但是掩不住下面那双湿润的大眼睛投射出的惊人的美丽。"瞬间就照亮了整个房间。"西奥这样形容道。

"玛丽亚，你怎么啦？"前女友拉住美丽女孩的胳膊问道。

玛丽亚一眼瞥到坐在床上的西奥，他正下意识地并拢双腿，仿佛一秒之内收服了刚才奔腾的荷尔蒙。

"对不起，不知道你有朋友在。我刚才好怕。"玛丽亚的声音哆哆嗦嗦的，或许因为抽烟喝酒，声音有些沙哑，但在西奥听来更添性感。

"没事，这是西奥，我的大学同学。快进来。"前女友把玛丽亚扶到床边的椅子上,这样一来,西奥可以在灯光下看清她的脸——一张欠缺血色的、美得不像人间女子的超艳绝尘的脸。

玛丽亚穿着短袖背心和短裤,像是之前已经上床睡觉的样子。她左手握住右手,浑身打着冷战,惊魂未定地说,她刚睡下不久,就听到门上锁孔转动的声音。她一开始以为是隔壁的门,因为这里隔音实在是太差了,但仔细一听,确实是自己的门。她吓了一大跳,立刻翻身下床,奔到门口,确认不仅上了锁,门上的锁链也是扣上的。但锁扣继续在转动,她一把拉过椅子卡在门把手上,又觉不够,拖了桌子抵住门口。终于,在她一连串的响动之后,门外的声音停止了。随着脚步声的远去,玛丽亚终于壮着胆子打开门,一步冲到隔壁的门口,这里住着西奥的前女友,她自搬来以后就和邻居玛丽亚成了朋友。

西奥一听,酒劲一下消散得无影无踪,他立刻起身,说要去楼下找保安。玛丽亚一把拉住他,她的手又细又软,像是春天嗷嗷待哺的小燕子。玛丽亚告诉西奥,这样的事不是第一次发生,之前就听说楼下一个墨西哥女孩深夜被闯入的男子侵犯,报了警也没有调查出任何结果,旅馆的摄像头说是坏了,保安就是老板本人,根本不在乎这种事件的发生。他自己都说,这里就是个粪坑[①],住在粪坑的人,还会嫌脏吗?

[①] 原话为 shithole,英文中用这个词形容下三滥的场所。

前女友听后只是沉默着。西奥愤怒了，问道："这么不安全的地方，你们怎么不快点搬走呢？"

前女友说："你以为我们不想吗？我们都欠了不止一个月的房租，就算离开了这里，到了别的地方，也都是差不多，没两样。起码这里还可以赊账……"

西奥沉默了片刻，抬头对两位女孩说："你们一共欠了多少钱？或许我可以想想办法。但今晚，玛丽亚，你不要再回自己房间了。"前女友和玛丽亚面面相觑，并没有立刻拒绝。西奥当时也没什么余钱，不过冲动之下，觉得不能放手不管。后来，他们3人聊天聊到天明，喝掉一整瓶波本威士忌，东倒西歪地在床上睡去。西奥一心护花，没敢多喝，睁开眼的时候，掀开窗帘一角，一束橘红的柔光弥漫进来，把玛利亚的前额浸润在桃红葡萄酒[①]一般的柔媚红晕中，竟把他看呆了。

英俊魁梧的西奥从少年时期就不缺美少女的追随，特别是在大学橄榄球队的时候，简直引起美女如云的啦啦队员争风吃醋。他的风流倜傥并不输给父亲，和前女友分分合合的3年里，也没有错过别的风花雪月。但对一个女子一见倾心，立即就想不计后果地保护她，是从来没有过的。西奥靠在床头，怔怔地望着近在咫尺的玛利亚微微颤动的鼻尖，仿佛自己正在吸入佳人的鼻息，

[①] 桃红葡萄酒（法语：Vin rosé，名称来自法语的rosé），或称粉红酒、玫瑰红葡萄酒，其颜色来自于葡萄皮，但只够将颜色变成粉红色，还不到标准红酒的程度。

令他激动不已。也不知就这样看了多久,两个女孩纷纷醒来,睡眼迷离,似乎还在回想昨夜的经历。她们不知,西奥已经打定了一个主意。

后来,西奥真的帮她们还了房租,前女友搬去了经纪公司帮她找的群租房里,很快就不再出现,不知道是不是因为拖欠欠款的缘故,尽管西奥没有催促她还款。而玛利亚则搬进了西奥租住的楼里,这是一幢位于韩国城的3层小楼,外墙被干净地粉饰过了,里面却颇为破败。这幢楼里说不清到底住了多少人,因为总是有进进出出的印度家庭拖儿带口的十几人,如果问他们,就会听到含糊不清的英语回答着,这些是帮忙照看的侄子侄女——因为房东是不可能允许十几人挤在只有一间卧室的公寓里的。玛利亚搬进了底楼靠着街道的一间单人间。本来,她可能连这样的房子都负担不起,但这间单人间里原本住着一对来自东欧的吉普赛夫妻,房租欠了太久,但也并非没有用金钱以外的方式支付房东,房东还为此和丈夫争风吃醋。不过,就在不久前,他们被追债的帮派堵在家门口,玻璃窗上"哐当"一声被砸出个大洞,碎玻璃飞溅的声音噼里啪啦。西奥在倒夜班,当时正在家休息,他把头伸出窗外往下看,立刻被一个凶神恶煞的男子骂了回去。下面叮叮咚咚地吵了很久,也分不清是砸东西还是打人,只听到人声混着尖脆的物体撞击声。西奥并不犹豫,打电话报了警。可是等警察赶到的时候,人已经不见了,屋里屋外留下一片狼藉。这件事最后不了了之，吉普赛夫妻再没回来过。破碎的玻璃窗被警察用胶带封了两个大叉，像是严重的刑事现场。西奥和房东都被警察盘问了几个问题，房东唯唯诺诺的样子和平时判若两人。警察对这片辖区发生此类事件见怪不怪，并说，这对吉普赛夫妻原本就是非法移民，押在房东这里的证件复印件都是伪造的。如果找到他们，就要遣返回东欧，不过，可能他们已经被帮派的人押运到什么地方去做地下苦力了吧。

这样闹过一次之后，这间单人间很久都没有租出去，直到玛利亚的到来。

8

佩特拉酒过三巡，懒懒地靠在了椅背上，她是个一喝酒就话多的人，像这样安安静静地当听众是很难得的。服务生给我们送上一碟盐花生。我一粒粒抛进嘴里，咬得牙齿咯咯作响，这是脑部思维活跃的时候需要养分补给的生理反应。

西奥去了一次厕所回来，叫了一杯冰水，一口气喝下半杯，笑着问我们："刚才我说到哪里了？"

"玛利亚搬进了你住的那幢楼。"我赶紧补充。

"喔，对，对。我就说，我不会讲故事，说得太细了，这些都是背景。"

"故事就是细节才好听。"佩特拉以一副过来人的口吻点评道。

"那我就再啰唆一些'细节'和'背景'。玛利亚来自希腊的一个海岛——这个我刚才就应该提到的。可能就是她那种来自远方的、带着孤独感的美丽让我着迷。而那个远方,又是我一半的故乡,于是,冥冥之中让我觉得我们的命运是彼此相连的。她19岁的时候来到美国,想当演员、想成名。她的家庭在希腊当地拥有酒店和旅游公司,所以一开始完全可以负担她的生活支出。可是她来了不到一年,还没站稳脚跟,家里的生意就受经济危机的影响,一蹶不振。其实,这个危机早就存在,只不过父母不愿意影响她追求梦想,一直没有告诉她。她说,家里的生意是看着父母几十年如一日辛苦打造的,而全盘崩溃的时候,就好像地震中的山峰,轰然倒下,谁也没想到会发生得这么快。失去了经济来源,又没有学历。玛利亚进退两难,她想过回希腊,但是那里也没有属于她的工作机会,还不如在美国打工寄钱回家。打定主意,她就四处找工作,从饭店、酒吧、商店、赌场、清洁公司,甚至牙医诊所,只要能够让她打黑工的地方她都尝试过。来美国的时候,她用的是语言学校的学生签证,这是绝对禁止打工的。现在,她已经延期了两年毕业,就快拖不下去了,而她在每个地方都待不久,就是因为怕被移民局发现。"

"这么说来,她碰到你的时候,已经快走投无路了?"我问道。

"可以这么说吧,虽然我们总说,天无绝人之路。可是一个不断受挫的人,渐渐就会失去信心,每天着急着把眼前的问题解决,根本顾及不到以后的选择,于是问题像滚雪球一样,越滚越大,到后来,干脆睁一只眼闭一只眼,能把眼前的一刻过完再说,可是眼前的一刻也会显得越来越难熬。我对此深有体会。"

"等等,我再要一杯酒。"佩特拉欠身说道,她认为喝酒就像长跑,过了一个困顿的点,之后反而越战越勇。

她叫了一杯15年的Highland Park①,不加冰,这是潜心要把故事听完了。

9

玛利亚搬来之后,西奥整天都充满了干劲,他隐隐觉得,自己应该负担起照顾玛利亚的责任。他帮助玛利亚在市中心的一家希腊餐馆找到了工作,这里晚上有酒吧,小费相对会多一些。这家饭店的老板以前是西奥父亲的手下,虽然西奥根本不想借用父亲的名义,但关键时刻用恶名做好事,也是行善积德。

他和玛利亚一起重新粉刷了残破的单人间,玛利亚在希腊的时候经常帮助父母在不同的节日里装饰自家的酒店,因而对室内

---

① 一种著名的苏格兰威士忌品牌。

设计颇有心得。而西奥经常去沙漠、海滩、森林和峡谷中拍摄照片，每次都会带回来自大自然的纪念品——牛的头骨、鹿的角、粉彩般柔和婉转的贝壳、油画般粗犷凝重的岩石。他大方地向玛利亚展示着自己的收藏，并告诉她，所有的一切她都可以拿去。玛利亚悲喜交加，眼神中流动着异样的莹彩，大颗的泪珠扑簌扑簌地直直掉下，她和西奥紧紧地抱在一起，恨不能彼此生长进彼此，如果这样就会瞬间石化，简直再好不过了。

玛利亚的巧手把一颗颗贝壳串成了珠帘，围着床架从天花板上垂下。每天早晨，她都要拉住一颗贝壳，凑到西奥耳边，用贝壳对大海的记忆唤醒他。西奥下午才去上班，一直工作到半夜。他上午是要睡觉的，但总是甜蜜而幸福地被玛利亚唤醒，并用甜言蜜语告诉她，今天的贝壳在说什么，然后，在玛利亚的亲吻中再次睡去。

快乐的时光总是过得飞快，转眼，3个月过去了。这天，西奥紧张地回到家，因为每天不出意外，他都会在下班路上接了玛利亚一起回家。而这晚，玛利亚没在饭店等他，同事说她抱病请假，下午就走了，而她的手机又一直打不通。

打开门，一股烤肉的香味扑鼻而来，西奥悬着的心稍稍放下。走进厨房，见玛利亚正围着围兜，在那儿轻快地切着胡萝卜。西奥一把从后面抱住她，大声喘着气道："宝贝，今天你吓死我了！怎么身体不舒服，也不告诉我呢？打了你一晚上电话也不接。"

玛利亚放下菜刀，握住西奥放在她肚子上的手，轻轻说道：

"我有个消息要告诉你。"

"什么消息?"西奥一阵紧张,虽然刚刚才把悬着的心放下。

"你先坐下。晚饭马上好了,我再拌个色拉。"玛利亚满脸笑意,神色轻松,西奥不知她卖的什么关子,给自己开了一罐啤酒,坐在厨房里只能容纳两张椅子的折叠桌旁。

番茄炖羊肉、胡萝卜秋葵牛油果色拉、香菜米饭、芝士烤土豆皮,摆了满满一桌,都是西奥爱吃的。玛利亚给西奥堆了高高一碟子菜,自己只取了小半碗色拉和米饭,笑盈盈地看着西奥。

"来美国的时候,我一心想成为佩内洛普·克鲁兹①那样的女演员,恐怕根本没料到4年后的今天,我会在韩国城这个地方烧上一桌好菜,等心上人回家吧。"

西奥紧紧握住玛利亚的手,放在嘴前深情地亲吻着,仿佛要把所有的爱种进这颗心脏大小的暖巢里。他有一腔话早就想对玛利亚说了:"我的爱人,世界上没什么比能够看着你毫无顾忌地追逐梦想更让我欣慰的事了。我一直想等我们安定下来就告诉你,虽然我目前能力有限,但是我很愿意继续支持你追求演员的梦想。你不必担心工作和收入问题,如果我们搬到一起,就可以省下一半的房租。而我自己的生活方面,是很节省的,我还想过帮助你进演艺学校——"

---

① 佩内洛普·克鲁兹(Penélope Cruz),生于西班牙首都马德里,西班牙国宝级女演员,西班牙第一个女性奥斯卡金像奖得主。

玛利亚突然把手从西奥掌心里抽出,双手都搭在西奥的大手上,让他想起小时候,母亲殷切地教导他要听父亲话的样子。玛利亚用眼神止住西奥的话语,接口道:"我最亲爱的爱人,你真不知道自己是多么的无私、高尚!如果在3年前遇到你,我一定迫不及待地就会接受你的提议,那时的我是多么热爱表演啊!可是现在情况不同了。"玛利亚顿了顿,用期待的眼神望着西奥。

西奥不解道:"怎么不同?你是担心自己的年龄吗?你还年轻呢,还是有大把的可能性。"

"不,亲爱的,不是这个问题。你就没有想过我们的将来吗?"

"我正是在讨论我们的将来啊,以我现在的技能和作品,在一两年内,就可以成立自己的摄影工作室,负担我们两个人的生活,还有你的学费,都是不成问题的。"

"那除了我们两个人呢?"玛利亚眼神闪烁,一口酒没喝,脸颊却染上了红晕。

西奥灌下一大口啤酒,冰镇的液体在喉咙中泛起一阵酸气,扁平的胃部一阵痉挛。

见西奥没有搭话,玛利亚放下他的手,冷静地说:"我怀孕了。"

西奥还是没有出声——这正是他前一刻所担心的。

玛利亚站起来,焦躁地一把拽掉肚子前的围兜,甩在塑料折叠椅的椅背上。

不用看，西奥就知道她正盯着自己，而且恐怕是他从来没见过的目光。

"这是怎么发生的？"西奥轻声问道，他尽量不让自己听上去冷酷无情，但这确实是计划之外的。西奥虽然潇洒，但对这一类的事一向小心，因为从小知道自己父亲的所作所为对母亲带来的伤害，所以坚决不愿意成为同样为所欲为的男人。

"这个问题应该问我吗？"玛利亚冷冷地说道，她坐了下来，双手盘在胸前，像是坚定地保护着腹部。

"我是说——"西奥清了清喉咙，近乎沙哑地说，"你不是一直在吃药吗？"

"你知道，我前段时间那里发炎，吃了3天抗生素，我不是告诉过你吗？"

"是吧。"西奥的记忆对此一片模糊，像是很久以前看过的电影片段，在眼前不连贯地闪烁着。

"吃抗生素的时候，避孕药就停了几天，可能就是那几天吧。"玛利亚草草说着，拿起叉子吃面前的色拉。

西奥肚子虽饿，但却毫无胃口，此刻，炖羊肉的香气仿佛有了隔夜饭的馊味，而融化在土豆皮里的白色芝士看上去像是发炎的脓包，渗出油来。

"你确定吗？"西奥看着玛利亚。她像是突然成熟了许多，用市井妇人的口吻说道："当然确定了，不仅验孕棒试了两次，下午还去了趟诊所。你要看验孕棒吗？"

"不用。"西奥条件反射地说道。他站起身,走到玛利亚身旁,左手握住她的肩头,右手拂过她的头颈,像是在捏一个瓷娃娃。这一切都发生得太不真实了。

玛利亚倒是胸有成竹的样子,她一五一十地告诉西奥,已经给家里打过电话,母亲这边肯定没有问题,父亲只要听到他们真心相爱,西奥还有一半希腊血统,也一定会同意的。但他们也不必等到父亲同意,结婚的事可以先办,这样玛利亚的身份就合法了。饭店的工作她准备辞了,干脆安心在家休养,反正西奥也说了,负担两个人的生活费对他来说不成问题。

这一连串的计划在西奥耳边像是远方传来的回声一样,他觉得身体不是自己的身体,自己只是一个漂流在外的孤魂,而他的命运,和他自己是没有关系的。

"不,不,"西奥突然冲破这个怪异的想象,回到现实中来,"玛利亚,我们不必这么急躁,事情刚刚发生,我们都可以好好想想。"

"想想?想什么?你难道不要这个孩子吗?"玛利亚温柔的声音突然尖利起来。

"不,我不是这个意思。我只是还在震惊中,你看不出来吗?"西奥的脑子再度混乱起来——他不是没有想过和玛利亚结婚、建立家庭的事,甚至,在一开始遇到玛利亚的时候,他就有某种遥远的幻想,如果玛利亚嫁给自己,就不用担心身份的问题,而他,可以像英雄一样拯救她的生活,甚至为她铺就实现梦想的路径。可是,这些都还是遥远的设想,他们刚刚在一起3个月。玛利亚的英文程度有限,而西奥的希腊语程度更是捉襟见肘。两人的交流渐渐显得不那么流畅,且他们之间似乎也没有什么明显的共同爱好。西奥有时看得出玛利亚脸上写着空白的茫然,只是因为两人都忙于工作,而且相处不久,还没有机会产生什么明显的摩擦。西奥渴望从内心深处了解玛利亚,所以才想到要支持她重新回到表演的道路。

"这些浪漫的想法,果然是富家子弟才会有的啊。"佩特拉评论道。我们已经从刚才的酒吧移到了楼顶的天台。圣菲的房屋都很低矮,放眼望去,只有远处的山脊高耸着,夜色下像是巨人横卧的脊背,崎岖不平。

"佩特拉最喜欢对别人进行精神分析了。"我笑道。

"我对自己也喜欢精神分析,别说得我好像就会对别人评头论足。"佩特拉抗议着。

"你觉得我当时这种幼稚的想法,和我的家庭背景有关吗?"西奥颇感兴趣地问道。

佩特拉想了想,说:"虽然我还不了解你,不过仅凭直觉和你刚才的描述,你年轻的时候应该非常反叛,你的父亲是个'暴君'式的人物,而你就决定要和他截然不同,他粗暴,你就细腻;他严苛,你就温柔;他滥情,你就专一。不过你自己究竟是不是这样的人,可能要经过岁月的考验才知道。我们很多时候,都是凭借意识中的自我形象办事,自我意识越强的人,小时候缺什么,长大了就要弥补什么,其实,反而忽略了自己的本来面目。"

"可是,西奥小时候缺乏父爱,他不应该想要对自己的孩子弥补父爱吗?"我问道。

"但是如果他不知道父爱是什么——人都会害怕自己未知的东西——他就会对成为父亲感到害怕啊。"

"在你们二位把我分析得体无完肤之前,我是不是应该把故事讲完?"西奥插嘴道。

"当然,没有你的故事,我们也没法继续分析。"佩特拉干脆平躺在露台边矮矮宽宽的围栏上,裙摆被夜风吹动,她像个舞蹈的精灵。

10

尽管充满了迷茫和慌乱,西奥还是和玛利亚结婚了,因为他爱她。两人婚礼都没办,去市政厅登记完回来,在市中心一家墨西哥餐馆吃了顿晚饭就算庆祝。想到孩子出生后需要的费用,西奥不得不勒紧口袋。玛利亚一直想见西奥的家人,虽然西奥一再向她解释自己独特的家庭关系。在玛利亚怀孕6个月的时候,西奥带她来到了圣菲,这里几乎一切如故。西奥的母亲热情地拥抱了他们,满脸泪痕。父亲这时已经坐上了轮椅,他得了多种老年病,白发苍苍,精神不济。他似乎是高兴见到西奥回家,但坚决不愿开口叫他。

西奥的姐姐们个个珠光宝气,她们用轻视的眼光上下打量着玛利亚。她们都比西奥大很多,自从西奥出生以来,就不再受到父亲的重视,因而不仅和西奥十分疏远,还很乐意看到他与父亲决裂。其中,只有智力低下的五姐,因为常年受到其他姐妹的欺负,从小把西奥视作自己的心腹。

出人意料地,玛利亚很懂得在几个姐妹间周旋,不卑不亢,大方得体,或许这是她从小耳濡目染父母应付刁钻顾客而习得的社交技能。她甚至还在几天之内,让西奥的父亲开口承认她是儿媳,虽然父亲依然不和西奥说话。西奥的母亲请求他们留在圣菲,但西奥知道,如果要坚持自己选择的生活,在父亲有生之年他都不能回到家乡。

从圣菲回来,玛利亚不时地向西奥旁敲侧击,鼓励他和家人和好。西奥不知如何讲破父亲看似弱不禁风,其实凶狠暴虐的本性。或许还是不说的好,这样她就不会被我的家庭吓到——西奥这样想着。

4个月后,玛利亚生下了一对双胞胎,都是男孩。西奥抱着新生的一对婴儿,心情激动而亢奋。他甚至体会到了从未有过的超越了幸福的感受。可惜,水满则溢,月盈则亏,这是亘古不变的道理。

双胞胎出生以后,西奥辞去了虽然稳定但薪水不高的助理摄影师职业,又开始了到处揽活儿的生活。现在的他,可以比两年前接到更好的活儿,还有不少固定的回头客,只是经常需要四处奔走,疲惫不堪。玛利亚在生产后,身材像吹气球一样胖了起来,她叹气说是因为荷尔蒙分泌失调,其实西奥不在家的大多数时候,玛利亚都大把大把地往嘴里塞各种零食,这是轻微的产后抑郁症作祟,西奥后来才知道。

日子像橄榄球一样,一路朝前滚着,俩人都没有时间谈情说爱了,能把一天过完已然精疲力尽。玛利亚在结婚前,还保持每周去语言学校上课的习惯,结了婚以后,也不需要学生签证了,学英语的事就此搁浅下来。所以来了美国五六年,玛利亚的英语水平也就和之前差不多。有时,西奥想,这样的英语水平,也无法真的演到什么好角色,只能作为外国人客串一下而已。

孩子们8个月大的时候,西奥有一天好不容易在家休息,正睡着午觉,突然被一阵电话铃吵醒,一看,玛利亚推着婴儿车出去买东西了,手机却忘在家里。他怕有什么要事,就接了电话,原来是一家经纪公司打电话来通知试镜,乍一听,西奥以为是通知玛利亚试镜,他正纳闷呢,再仔细一问,原来是玛利亚在经纪公司的网站上注册了双胞胎的信息,不管是电影、电视还是广告,都可以试镜。西奥一听就气了,决绝地告诉对方,不要再打电话来骚扰,双胞胎的信息必须马上注销,不然他会投诉到底。对方听了,连连道歉。不一会儿,玛利亚回来了,一对双胞胎在婴儿车里睡得正香。西奥一把拉过玛利亚,质问她试镜的事。玛利亚不以为然,说她在照片墙(Instagram)上给双胞胎建了一个账号,不时地发些他们的可爱照片，就受到了经纪公司的关注，如果能拍成广告，便有不错的收入，西奥也不必如此辛苦了。

西奥对此完全不能接受，他辛辛苦苦挣钱养家，就是希望孩子能有一个正常的成长环境，何况玛利亚连商量都不和他商量，让他十分恼怒。玛利亚也有自己的理由，说他整天不在家，就算回来也是累得倒头就睡，现在八字还没一撇，等到确定了，再商量不迟。两人各执一词，都无法说服对方，这件事也便不了了之。此后，类似的矛盾不断升级，玛利亚把家里的一间客房当作民宿在爱彼迎（Airbnb）上给租了出去，这又是西奥某一天回家后，猛然看到厨房里站着一个在烤面包的陌生女人时才知道的。西奥再次发怒，说玛利亚根本不顾及家庭的安全问题，甚至也不和他商量一下。玛利亚说，爱彼迎上的人她都经过仔细筛选，反正房间也空着，她又整天在家，能为家庭增加点收入，何乐而不为呢？西奥说，两个这么小的孩子放在家里，就算陌生人不是坏人，不小心造成一点点伤害，都是无法想象的事，做母亲的怎么可以为了一点小利如此大意呢？

这样的事多了，西奥的耐心渐次减少，后来简直懒得和玛利亚理论，只想让她赶紧闭嘴，少惹是非。终于，在双胞胎1岁生日的这一天，来了一个大爆发。那天中午，西奥和玛利亚带着孩子去一家儿童餐厅吃饭。吃完回来，看到家门口停着一辆出租车。他们平时很少有坐着出租车而来的访客。西奥正纳闷着，经过出租车的时候向里一看，自己的母亲和五姐竟然坐在里面。家人团聚,西奥很高兴,原来这也是玛利亚的安排。母亲和姐姐只待了两三个小时,就告辞去往下榻的五星级酒店了。玛利亚告诉西奥,母亲临走的时候留给她一个信封,让她交给西奥。西奥打开一看,里面是一张1万美金的支票。自从和父亲决裂以后,西奥一直都是自食其力,他想不出为什么母亲会突然大老远跑过来送钱,于是狐疑地看着玛利亚。终于,玛利亚承认,是她几次三番打电话向西奥的母亲诉苦,请她帮助一下自己的孙子。

一种熟悉的屈辱感在西奥体内迅速蔓延开来,这是儿时被父亲逼着猎兔以来,一直深深埋藏心中挥之不去的阴影。西奥不仅怨恨他的父亲,也怨恨母亲。因为母亲是个十足的弱者,永远只会卑微地乞求父亲的怜悯,并将包庇与视而不见作为报答。

屈辱感爆发的西奥在失去自我的狂乱中凶狠地推倒了玛利亚,他冲进卧室,愤怒地扯下天花板上挂着的玛利亚亲手串起的贝壳珠帘,断碎的贝壳如凛冽的冰雹般砸向他们的爱巢,玛利亚痛苦地用身体护住双胞胎,两个孩子在惊吓中哭得撕心裂肺。

"这件事以后,我们的关系就变了,"西奥叹着气说,"其实是我不对,无论怎样,我都不该动手的,但当时就像灵魂出窍,好像我这么多年的坚持,最后换来的是我还是父亲儿子的佐证。我受不了。"

"我有一点不明白,"佩特拉问道,"你那么努力地工作,赚的钱不够养家吗?"

"哦,并不是这样。问题不在于家里的开销,而是玛利亚依旧每个月给她父母家里寄钱,即使在她不工作以后。她一开始是瞒着我的,后来见我发现了,也默许了,她就依旧照做。我不忍心阻止她,只是怪自己挣的钱还不够多。她之前几次处心积虑地想要多赚一些外快,恐怕也是刺激我开口向父母要钱的法子,后来见我怎么也不会开口,她就自己开口向我母亲哭诉,把实际情况编得十分糟糕,说我失业、酗酒、不养家,这是最让我气愤的地方,用诋毁我的方式来骗取寄给她家人的钱财。"

"看来她真的挺有表演天赋。"佩特拉的嘴刻薄起来也是不饶人的。

"但是我不怪她,那时候我们都太年轻了。结婚以后,我们应该回希腊看看她父母的,这样我就能真正了解她的家庭,但是孩子不久就出生了,然后我们就像连轴转的机器,一刻也停不下来。"

"那么后来呢,你们是和好了,还是?"我问道,虽然看着西奥现在的情形,故事的结局也能猜到一二。

11

无论玛利亚怎样哭诉、咒骂、哀求、尖叫,西奥都坚决地把支票当着她的面给撕碎了。他扶起玛利亚,尽管她狂躁地扭动挣扎着,在西奥魁梧有力的双臂中,这毫无用处。西奥用手背擦干玛利亚的眼泪,不顾她咬得牙齿咯咯作响的怒容,冷静地对她说:"在我8年前离家的时候,我父亲就公开说了,他死后,我不会得到一分钱遗产。这是立了遗嘱的,我肯定他现在不会改,将来也不会。我不知道你是怎么想的,但你认识我的时候,我是一文不名的穷小子,现在,我还是自食其力,我可能永远都不会富有,至少不是你想象的,或是希望的那么富有。"

玛利亚的怒容被一片白茫茫的漠然取代,她整了整头发,说:"你把我想得太低贱了,我不是那种出身的人,我也不是为了我自己。我的父母都是自食其力的人,他们也教育我要做这样的人。可是,我看过太多社会的不公,金字塔顶端的人可以无所作为、胡作非为,而金字塔底端的人,无论怎么努力,都只能爬到中间的层次,还要不断为顶端的人供给。你有没有想过,如果你有了本钱,就可以把生意做大一点,可以雇几个人,自己多赚一些,也不用那么辛苦?我本来是想找你母亲为你投资一点本钱,我想,问她要个十万八万总是不成问题的。谁知道,她说自己根本没钱,而向你父亲开口要钱帮你,是不可能的。她说她只能拿出1万美金,也没什么用处。我想,能有1万也是好的,就改口说,其实是你抑郁、酗酒、不工作,家里要揭不开锅了,她这才同意,说来看看。或许她一眼看破了我说谎,但还是把钱拿出来了。"

西奥和玛利亚抱头痛哭,然而之后,他们的关系还是不可逆转地往下坠落了。西奥追求的是精神上的平静，而对玛利亚来说，物质是维系她安全感的第一道屏障。其中没有对错，只是价值观的不同。两人同床异梦，一年多以后就离婚了。实际上，之所以还等了一年，是为了让玛利亚能够拿到美国绿卡，在那以后，就无所谓了。

离婚后不久，玛利亚告诉西奥，她决定带孩子回希腊生活一段时间。西奥颇为震惊，因为玛利亚这么多年都没有回去，现在竟突然决定离开。而玛利亚也有她的理由，她早就放弃了成为演员的梦想，而她带着两个孩子，又没有学历，即使有绿卡，在美国依然找不到好工作。她想回到希腊和家人团聚，在父母的帮助下，或许还可以回到大学把学位念完。

就这样，玛利亚带着西奥的一对双胞胎儿子返回了希腊的海岛。西奥在洛杉矶成了孤魂野鬼，他没有时间一蹶不振，依旧马不停蹄地到处赚钱，自己过得十分节省，剩下的则寄往希腊作为孩子的抚养费。

就在同一年，西奥的父亲病逝了。父亲留下的遗言之一是，不准西奥参加他的葬礼。父子之间这么多年的恩怨无法了结，也成为西奥心头的一块巨石。父亲过世后不久，西奥做了一个奇怪的梦，梦里，一位不认识的白胡子老人把西奥带到一片荒漠中，指着远处的山丘告诉他，他离开得太久，是时候回去了。

这个梦，西奥反复做了3次，最后一次，他终于认出，那个山丘就是小时候经常和姐姐去玩捉迷藏的小丘，离家不远，他们还在那里埋藏过死掉的家庭宠物——包括1只鹦鹉、2只乌龟、1只仓鼠。

"那个山丘，就在那座山脊的前方。"西奥指着远处那座像是巨人背脊的山脊说道。

夜色下，当然看不到，但也可以想象一座凸起的小山丘，和别的山丘没有任何不同。

"后来，你就搬回来了？"我问。

"就是8年前的时候，"西奥说，"搬回来以后，我没有地方可去，当然不可能搬回家里，虽然父亲已经去世，但他的灵魂仿佛还在，姐姐们也不会欢迎我。我正开着车，在市区里找房子的时候，突然看到一块广告牌，深红色的，上面写着一句话：'山云小区：你从远方归来了吗？'虽然看上去是个普普通通的房地产广告，但那句话不知怎么，和梦境里那个白胡子老人说的很像，我不由自主地就想去看看这个山云小区在什么地方。顺着地图上的方向，我开到这片市区外面的空地上，沙土地上竖着块一模一样的广告牌，只是大了一倍，我才意识到，这个小区还没开始建设呢。不过，就在返回市里的时候，我经过了一条小道，两旁垒着石子，绿树成荫，一块木牌上用手刻的字体写着：请走此路。我没有多想，就真的顺着小道往坡上开，结果开到了一座山上，先是经过一座朴素的小木屋，然后就到了路的终点。我下了车，顺着用岩石铺好的小道一路往里走，来到一座木雕的大门前，上面有对称的云图腾，像日本的庙宇那样简洁，又带有印第安人木雕的粗犷。"

《荒原》 摄影/朱晓闻

"我来猜猜,这就是你现在修行的禅寺?"佩特拉问道。

"的确如此。我叩门以后,为我开门的师父看到我,并不惊讶,反而好像已经等候我多时的样子。他请我喝茶,我们很自在地聊天,我好像打开的水龙头,一股脑地把自己的经历告诉师父——"

"就像现在这样?"我插嘴道。

"没有这么啰唆,因为你们问题比较多。我当时说得很简单,师父点点头,没有多说什么,只是问我:'那么你现在在找住处吗?'我说:'是的'。师父说:'如果你愿意,可以借住在这里,不过,这里条件艰苦了一点。'我一刻也没多想,便回答:'我很愿意。'这样一住,就是8年。"

"有没有可能带我们去参观一下呢?"佩特拉问道。

"当然可以。你们待到哪天?"

"其实也没有特别的计划,大概两三天吧。"

"后天我们要开始3天的坐禅会,到时候你们就不能来了,不如明天吧。"

我和佩特拉都说好。西奥让我们早点休息,明天一早他来接我们。

12

第二天,西奥真的清晨6点就等在我们旅馆门口。他没有喝酒,不会头疼。佩特拉和我都还晕晕乎乎的,佩特拉说她脑袋里好像有万马奔腾,其实我们能起床都是一个奇迹。但是佩特拉这个人,说过的话一定做到,无论报以怎样的代价,所以她还是挣扎着和我一起整装待发了。她告诉我,穿素净一点的衣服就可以了。

印象中,我也去过不少禅寺,都是威严壮观的,但这间小小的禅寺只有一层楼,一眼可以望到底,非常朴素,像是几人合力盖起来的。我们在门口脱了鞋,寺院在山顶,不时有风沙吹来,必须迅速地开门、关门。

进门后,一个小小的玄关上,供着一幅手卷,用繁体字写着"聆听寂静"4个字,笔法苍劲中透着寂寥,让人不觉真的竖耳倾听。空气中弥漫着沉香的味道,仿佛能温柔地打通五官之间的闭塞。我的头已然不痛,看看佩特拉,她的动作也比先前灵活不少。

寺院里清静异常,我们也都不自觉地压低了声音说话。"请跟我来。"西奥说道。

玄关后面,是一块黑色的布帘,跟着西奥穿过布帘,后面一间亮亮堂堂的禅室迎面而来。地板上了深红的油漆,倒映着天花板上一字排开的横梁,宽阔的横梁两头雕着古朴的祥云图案,一笔不多，一笔不少，让我想到了"物欲尽涤"这几个字。

禅室正中，一座端凝的木台上，供奉着一尊铜质的法师像，沉香的味道就是从佛坛上传来的。两旁墙壁前，各有一排木制的坐台，上面整齐地平铺着玄色的棉布坐垫。"这里就是坐禅的地方。"西奥说。我们不做停留，跟着就从禅室的另一头出去，经过一条放着若干盆栽的走道，便来到了厨房。

厨房是我进禅寺以来第一次感到有烟火气的地方，不过这里也是极干净整洁。碗碟一看都是粗瓷，毫无特别之处，西奥在灶台上烧了水，问我们要不要喝茶。

"如果有咖啡就好了。"佩特拉说道。

"咖啡也有，但是是速溶的。"

"那还是茶好了，浓浓的红茶，不加奶糖。"佩特拉说。

"我要绿茶。"我说。

"好的，一杯红茶，两杯绿茶。"西奥并不显得困倦的样子，很轻松地为我们端茶倒水。

我靠窗站着，看到外面有一方菜园，绿油油的叶子惹人怜爱。西奥说，禅寺里除了他和师父，还住着一位居士，他们应该都在房里做功课，所以我们此刻看不到。

厨房旁边有两张大餐桌，看上去可以容纳三四十人。西奥说，明天会有30多人从四面八方赶来参加坐禅会，他们将会连续3天坐禅，每天12个小时，中间只吃一顿，睡四五个小时。禅寺每年会组织两次这样的坐禅会，西奥已经参加过16次了。

在禅寺的时候，我们没有聊太多，静静地坐着，不知不觉已经过了1个小时。佩特拉说，我们不便继续打扰，西奥也没有挽留，就开车带着我们下山了。

回到市区，佩特拉和我又来到了第一天的希腊餐馆，因为这里的服务和味道都很不错。

这时，宿醉后的头痛又回来了，我们分别点了大餐，把胃填饱，对酒后的头痛很有帮助。

我问佩特拉，她打坐的经验是怎样的，她说自己试过最长45分钟的打坐，对她来说感到是极限。"打坐可不是坐着放松哦，必须精力非常集中，初学者可以用数数的方式帮助集中精神，不分心，但即使这样也很困难，你会发现，脑子根本不可能什么都不想，在纷乱不已的思想中横冲直撞，好像一只失重的陀螺。而打坐到了后面，还会有出现幻想的阶段，所以一些有精神疾病的人被认为是不宜打坐的。"

佩特拉的话，让我想到西奥刚才在禅寺里一身姜黄色的布褂，宽松舒适，这是适宜打坐的，但和精神病人的病服也颇为相似。

13

佩特拉和我不约而同地决定多待两天，我们去了那座曾经汇集了文豪与艺术家的旅馆——卢汉之家①，还在顶层的玻璃套房里住了两晚。这套房间的四周全是玻璃窗，可以俯瞰全城的景象，天花板上也是古老的木桩，微微散发出威士忌一般的陈年木香。我特别喜欢床头的角落里一台全铜的取暖器，虽然是夏天，用不上，但它淡淡的金属光泽在夕阳中折射出金子般的璀璨，有海市蜃楼一般的迷醉。

作家路易斯·鲁德尼克在《乌托邦景色》中这样写道："很多来到卢汉之家的人，都处在他们生命的重要时期，生理上的，心理上的，或是职业上的。对他们而言，这幢房子就像是解决人生危机的帮助中心，帮助他们治疗、建立——或是消除——恋爱与婚姻关系。由于多位访客经常同时造访卢汉夫妇，他们之间得以互相培植、给养、斗争的机会无处不在……"

思想家与艺术家们在远离欧美都市的新墨西哥州的小城里打情骂俏、勾心斗角的画面，想起来就充满了戏剧性。

我躺在被阳光包围的大床上，读着 D. H. 劳伦斯的散文《在文明的束缚下》："'好'究竟是什么呢？说到底，就是完全与别人一样，丝毫没有自己的灵魂。你当然不应有自己的感情，你必须做好人，必须具有别人预料你会有的感觉，即和其他人一样的

---

① 全称为梅贝尔·道奇·卢汉之家（The Mabel Dodge Luhan House），位于新墨西哥州的陶斯，距离圣菲市大约一个半小时车程，是纽约贵妇梅贝尔·道奇·卢汉和丈夫的爱巢。搬离纽约前，梅贝尔·道奇是著名的沙龙女主人、艺术爱好者，大批20世纪二三十年代的作家、学者、艺术家都经常出席她的沙龙。梅贝尔·道奇搬到新墨西哥州以后，把这个传统带到了陶斯。

感觉。也就是说，你最终什么也感觉不到，你所有的感觉都被扼杀了。所剩下的，只是人为的呆板感情，即每天早晨随着读报产生的感情。"

劳伦斯的文字很能代表他所处的 19 世纪末、20 世纪初期英国知识阶层那种被文明束缚住的心灵与情感，不过，在同一篇文章里，他也极尽所能地讽刺了"女教师"只能循规蹈矩地把男孩当作"大婴儿"来教导，而最终必然扼杀男性的阳刚气概。

我困倦地合上书，突然想到西奥，他的坐禅会应该在今天结束吧？他是我认识的一个难得的充满阳刚之气的男人，但他也极为温和，没有一点头脑简单、四肢发达者的莽撞。

佩特拉接受了我的提议，恐怕她也很好奇，想看看连着打坐 3 天之后的西奥是什么样子。

第二天，我们起了个大早，开回位于圣菲郊区的禅寺。门外并没有"请勿打扰"的招牌。我轻轻地叩了叩门，过了一会儿，果然是西奥来开门。

他看到我们似乎挺高兴，但并没有惊讶的神色。他悄悄走出来对我们说，里面还有人住着没走，比较拥挤，就不请我们进去了。我们本来就是不请自来，当然没有硬闯的道理。

西奥眼睛细细地眯着，动作十分迟缓，我问了他两三句，他都轻飘飘地说了几乎相同的话，类似于"光线很强，要慢慢地"之类。如果不知道他刚刚打坐完 3 天，我肯定以为他是抽大麻抽的。

看西奥精神不济的样子,我们轻声道了别,就下山了。

我看佩特拉的神色有些异样,就问她是怎么想的。

佩特拉说:"他就像一个僧人那样,在苦修中寻找智慧的彼岸。"

"那天晚上,你大概去洗手间的时候,西奥跟我说,他现在还是用摄影赚钱,每个月给远在希腊的前妻邮寄孩子的生活费。他说,希望什么时候赚到自己过去的机票钱就好了。"

说完,佩特拉和我都久久沉默着。

车子很快就驶上了通往西边的高速公路,仿佛追逐着阳光的移动方向,我们在刺猬上树合唱团(Porcupine Tree)的迷幻摇滚乐中,将思绪纷飞到既美丽又寂寥的远方。

下卷·孤独纽约

第六篇

凯特:

雪城猫女

1

　　闭上眼睛想起"雪",是从天而降的天使羽毛,还是地表生出的层层霉斑?雪的画面静谧安宁,是月下纯白的安魂曲,壁炉火光暖暖的静夜思。如果有一条旅行中觅得的秘鲁匠人手工编织的羊驼毛毯,再配套北欧的陶瓷茶具,以烟灰、姜黄、绛粉这些低饱和度的颜色为底,表面上一层清釉,光滑得像固体的绸缎。泡了又泡的浓茶仿佛池里的温泉,缓缓挥发余热,和壁炉的火光热在一起。在这热气中,人的思绪是清冷的,才有和窗外皎洁的雪夜融为一体的幽思。

　　这是文学、电影、生活杂志里对雪的浪漫主义的提炼,拍在构图精致的画面里,温馨而甘醇。但雪也会是暴风中嘶吼的猛兽,从四面八方踏着铁蹄而来,滚滚白尘,势不可当。如果身处一幢与世隔绝的田野木屋之中,只让人感到天地之浩大,个人之渺小。

我在纽约州的城市锡拉丘兹①住了3年，这里虽是一片平原，但因靠近加拿大，并有大湖环绕，寒气汇聚，一年中竟有4至6个月冰天雪地，因而在留学生中获名"雪城"。这里的民宅大多是两三层的小楼，看似巍然一幢，实际不过用单薄的木板搭建而成，在短暂的春夏两季还颇有乡间别墅的宽畅适宜，而从开始飘雪的秋季直至来年春季，房子的前园后院都会被半人多高的积雪覆盖。暴雪来袭时，这样的住宅就成了寒风中的监狱，只能闭门不出，开足暖气。冬季漫长的雪城几乎清一色全是这样的木板房，人们情愿消耗大量热能维持暖气，而不在建筑结构上有所改进。

我来雪城之前，对这里极端的天气早有耳闻，但我认为严酷的外在环境往往有利于艺术创作，至少不会因为整天躺在沙滩上而失去创作动力，何况雪城大学给了我丰厚的奖学金，这在艺术硕士中极为罕见。除了雪城大学，我还有幸收到加州艺术学院等名校的录取通知书和奖学金，然而我冥冥之中似乎很乐意体验一番暴雪寒霜的打击，于是带着两个行李箱从上海飞到了雪城。

---

① 锡拉丘兹（Syracuse），或译雪城，是位于美国纽约上州中部的城市，由纽约州奥农达加县所辖。雪城译名源自当地因冬季大湖效应所产生的大雪现象。该区域气候属干燥大陆型气候，但年均降水、降雪极丰，冬季可从11月持续至次年4月。

第六篇
凯特：雪城猫女

2

抵达雪城的当夜，我兴奋得对时差毫无知觉。来机场接我的麦克是学院的助教，毕业了两年，依然和研究生们打成一片。他把我送到暂住的学姐家，这位美国学姐放假还未归来，虽然素昧平生，却极大方地让麦克将钥匙转交于我，使我安心住下，慢慢找房。这幢房子借鉴了英国维多利亚时期风格，有尖尖的阁楼、外悬的八角亭阳台、窄窄的门廊、几何型雕花的廊柱，像是被时间禁锢久了，从长发公主老成了糖果屋女巫。我上上下下转了一圈，不觉感到阵阵阴森，每副坠着流苏的落地丝绒窗帘后面都可能藏着一个幽灵，而上下楼梯吱吱呀呀的声响更不像只有我一人的脚步。

这时，手机上传来一条短信："一切还舒适吗？或许你已睡下，不过系里几个刚到的学生都在凯特那里聚会。凯特嘛，你很快就会知道是谁。如果有兴趣的话，我开车带你过去。麦克。"

刚到异国他乡就有人记得邀请你，我不禁感激麦克的热心。

麦克的车一会儿就到，这里的学生住得离学校都不远，因为大学是这座城市主要的经济体，所有的吃喝玩乐几乎都在大学附近。麦克是艺术学院为数很少的黑人教职员，这点我在开学后很快就发现了。他很高大，穿着领口干净的条纹衬衣，袖口整洁地卷起。他的声音柔和,但笑声爽朗,听别人讲话的时候安静仔细,自己说起来又慢条斯理,颇具大学老师的风度。

"你刚到就往外跑,不累吗?"麦克悠闲地驾着车,左手的虎口搭在方向盘上,右手跟着电台的音乐在打节拍。

"不是你叫我的吗?不过老实说,那幢房子有点阴森森的。"

"你也这样觉得吗?我看这里的老房子都像会闹鬼似的。在我家乡,房子都是平平的砖房,没有这种英国殖民地时期的老房子。"

"闹鬼?这里有很多闹鬼的故事吗?"我其实不怕鬼。不过初来乍到,一切都是陌生的,或许本能的防范心理让我觉得有些东西是未知的。

"我自己就碰到过,不过我不想说出来吓你。你怕吗?"麦克看人的眼睛是直盯着的,好像要认真把你看穿。

"你不妨说来我听听看。"毕竟,我从小熟读《聊斋志异》。

"我读研究生的第一年,写了个剧本,讲一对无家可归的青少年在一幢废弃的老宅里相依为命的故事。为了画面的真实感,我找到了雪城历史最悠久的一幢楼,现在是一座博物馆。我和管理员联系好了,就带着剧组去拍摄。那幢楼看上去和你现在住的差不多,但是装饰更繁复,也更古旧。看房子的管理员是个老头,他说他在那儿干了40多年,一开始有五六个员工,到现在只有他一个人。其他那些人,据说都在不同时间听到了奇怪的声音,吓得一个个都辞职了。后来,连临时的清洁工也雇不到,因为外来人总是会被难以解释的声音跟随。所以在我们开拍前，他很郑重地问我们，真的不怕吗？真的要拍吗？"

"然后你怎么说？"

"我以为他就是开开玩笑，这种寂寞的工作干久了，肯定会想用点什么奇怪的点子调剂调剂。我就逗能说，如果能拍到鬼，就算我赚到了。剧组其他人也觉得他故弄玄虚。我们就这样开拍了。刚开始，一切正常，我们还互相开玩笑，故意造出'咚咚咚'的声音自己吓自己，说起来，这还真像好莱坞恐怖片里那样，一群天真的年轻人毫无顾忌地闯进鬼屋，嬉戏打闹。拍摄持续3天，每天拍完之后，我都要检查当天的素材。就在第二天晚上，收工以后，我和摄像两个人趁大家还在楼下吃晚饭的时候，跑到阁楼去看素材，因为那里最安静。其中一段是人物走在台阶上的步伐，看了几遍都觉得声音和画面不统一，这很说不通，因为拍摄时是同期录音的，我就一遍遍地回放，想找出哪里出了错，这时摄像用胳膊肘碰了碰我说：'你数一数，他一共走了几步？'我一数，1、2、3、4、5、6，怎么画面中他明明走了5步，声音却有6步呢？因为他的脚最后停在画面里，所以不可能是画外音。我回放了一遍又一遍，怎么听，都有6次脚步声。这时，摄像把影片暂停了，我和他面面相觑。阁楼里只有我们俩，安静得可以听到彼此的呼吸声。突然，一个脚步声把我们震得跳了起来。我们两个大男人，扯住彼此袖子，侧耳倾听。大概在5秒之后，又一声清晰的脚步声，分明就从身后传来,我连看都不敢看,连滚带爬的就逃下楼了。摄像跟在我后面逃下来,上气不接下气的,下面还在吃饭聊天的剧组都傻眼了。下来以后,我问摄像有没有看到什么?他说:'你没看到吗?'我说没有啊!他说:'你真没看到吗?'我说根本没敢看呢,他说:'我看到你后面站着一个人,不过我也没敢细看,就跟着你跑下来了。'大家都有些惊慌,有人叫来了管理员,他说:'你们别怕,我上去看看。'我壮着胆子,跟他一起上去,到了阁楼,管理员用力跺了跺脚,对着空气说:'别为难这些孩子了,他们在拍学校作业,明天就走啦。'我听了简直目瞪口呆,而管理员好像只是在进行他的日常对话。第三天,也就是最后一天,我们还是照着计划把片子拍完了,到后来也没有发生什么,不过最后在剪辑的时候,那第六个脚步声还在,我就把它保留了。"

我一口气听完,觉得今晚睡觉绝对会有困难,于是对麦克说:"你不仅是个勇敢的导演,还是一个很会宣传的制片。"

"拍得不好,在学校放映一次以后我就再也不想放了。我对在雪城拍的所有作品都不满意。"麦克说得诚恳,我也就不便追问。

这样聊着,已经到了一幢两层的灰色小楼前,临街的一面是大橱窗,里面一片白墙,像个画廊。麦克把车绕到小楼后门的停车场,我们下车后,通过一扇没上锁的小木门走进楼里。麦克一边在前面走,一边回头对我说:"这幢楼的主人是凯特,她住在这里,也是房东,这里有五六个房客,他们经常在这里开派对,搞各种活动,大家都知道这个地方。对了,你对猫不过敏吧?"

"不过敏,我最喜欢猫了。"正说着,一只黑猫从面前轻轻穿过,仿佛匆匆赶去吃晚餐的样子。

"凯特养了十几只猫,你会看到的。我可不怎么喜欢猫,它们总以为自己高人一等,我喜欢狗。"麦克虽这样说着,在一只灰猫蹭过来的时候,还是弯下腰绕着猫脖子挠了一把。

轰轰隆隆的电子音乐从楼上传来,我们顺着音乐上楼,穿过两边都有房门的狭窄楼道。空气中弥漫着一股宠物商店的味道,但并不难闻,只是像毛毯一样厚重。如果对猫过敏的话,恐怕真要喷嚏打得翻筋斗了。

"他们不在这里,可能都在房顶吧,跟我来。"麦克对这里熟门熟路,我跟着他来到楼道另一边,打开一扇铁门,外面是向上盘旋的黑色防火铁梯,音乐就从顶上传来。

上了楼顶天台,看到十几个人聚在一起,有跳舞的,也有喝酒聊天的。麦克把我引到一个棕灰色头发的女孩身边,她正靠在屋檐边上的栏杆旁,一手拿着半瓶啤酒,一手搂着身旁一个男人的脖子大声说话。麦克跟她说,这就是新来的中国女孩,她转过头,一下就扑上来给了我一个拥抱:"欢迎来到雪城!我是凯特,这里是凯特之家。"

凯特的脸盘小巧俏丽,鼻尖透着俏皮,眼眸晶亮,嘴角斜斜地露出笑意。

"你已经醉啦。"麦克把她扶正,她就顺势把头靠在麦克肩上,斜眼睨着我说:"麦克,你说她像不像克里斯蒂娜?"麦克耸耸肩,向我摇了摇头。

"凯特,你在喝什么?"我也凑到她耳边大声问道,音乐响到什么都听不清。

"IPA,我们自己酿的啤酒,你尝尝?"她顺手就从身后拿出一瓶新的,就在铁栏杆上熟练地一敲,啤酒瓶盖顺势落下。

我接过啤酒喝了一口,有点像德国黑啤,很醇厚。我问凯特:"你们自己酿的?在哪里酿?"

凯特说:"就在这里。切尔西是啤酒专家,她住在楼下,是个雕塑家,也酿啤酒,还对外出售,收入用来做艺术,这很酷,不是吗?"

"那你呢?你也是艺术家吗?"我靠在栏杆上问凯特。麦克也取了瓶啤酒,但是他用随身带的钥匙扣打开了啤酒盖。

"我更像一个策展人。我不直接创作,但我会把合适的东西放到一起,让它们变得更合适、更快乐。"月光下,我看清凯特一侧的头发被染成了湖绿色,在夜风中像柳絮拂动,我也发现她没有第一眼看上去那么年轻,其实显得年轻的是她的神色姿态,有一种别具风味的好奇。

"嘿,凯特,不来一起跳舞吗?"刚才被凯特搂着脖子聊天的,是圆头圆脑的克里斯,凯特面对他的召唤只漫不经心地摆摆手,笑吟吟地望着麦克。我不管他们这些错综复杂的人际关系,只管喝我的啤酒。

"凯特,麦克刚才跟我说了雪城鬼屋的故事,你说是真的吗?"

"她现在住霓娜家,就是我拍片的那种老房子。"麦克跟凯特解释。

"雪城的房子是有很多神奇的传说。你怕吗?你要是怕,可以住到我这儿来,这里没有鬼,只有猫。"凯特的绿眼珠也像极了猫眼。

"谢谢你的好意。可以先看看房间吗?"虽然不想两边麻烦人,但一想到要回到那座空荡荡阴森森的老宅,总觉得汗毛竖起。

"好啊,跟我来。"凯特说着就起身拉上我,她穿着柔软的一片式针织连衣裙,菱形的花纹布在丰满的身体曲线上像一张张呓语的口。裙子外搭了件柠黄的马海毛披肩,垂下长长短短的流苏,光是看着就好似被挠得酥酥痒痒。凯特在前面走得一扭一扭,她身形并不高,穿了一双绒面的薰衣草色高跟鞋,全身体重都架在两支细细的鞋跟上,一对双胞胎似的虎斑猫冲她跑过来,"喵呜喵呜"叫个不停,凯特弯下腰,两只猫头各捏一把,柔声说:"你们在减肥呢,今天只有一顿。"虎斑猫围着凯特的小腿绕起了八字,一边用脸颊去蹭她的丝袜。她轻轻抬起腿,继续往前走,一边回头问我:"你喜欢猫吗?"

"很喜欢,猫的可爱跟其他动物不一样。"我也伸手要去摸那两只虎斑猫,它们却迅速跳开了。

"这两只是我从垃圾箱旁边捡来的,除了我之外,跟别人都不亲。"凯特扯着一缕湖绿色的发丝,她浑身上下尽是些一般人不敢尝试的颜色。

我跟着凯特下楼,回到了一开始经过的窄窄的走道。两壁亮着莹莹的幽光,温暖而神秘,墙上白漆大片剥落,露出后面红色的砖墙,像是特意设计出来的效果,这些幽光其实是嵌在砖块之间的 LED 灯,人经过的时候会更明亮。

"凯特,这里的装饰风格真别致。"我不禁说道。

凯特听了用手去抠其中一颗 LED 灯,像萤火虫聚合一样,光线一下燃起。凯特说:"这是克里斯的作品。他学的是计算机艺术,擅长用程序控制气氛。这些灯有传感器,人经过的时候就会变亮,你刚才来的时候没有看到对吗?"

"是的,我正奇怪,怎么那么特别的灯光我一开始没注意到?"

"那是因为他在楼道口装了脸部识别器,第一次来的人看不到这些灯光,只有你第二次经过的时候,灯才会亮。就是喜欢和人的感官经验做游戏,这样你就会质疑自己记忆的真实性。"

"简单有效的办法。"我点点头,把手伸向其中一颗灯,它果然在我指尖变亮。

"来,就是这间房间。"凯特在最里面的一间房门口站住,扇着柠黄色的披肩,做了个"请"的动作,像风情万种的红磨坊女郎。

我好奇地走过去,一面荧绿色墙壁迎面而来,墙体上方伸出一个凹槽,这奇异的绿色其实是凹槽里面的 LED 灯往下打出的灯光。凯特在我耳边说:"你可以往里走。"

我走进房间,完全惊讶又完全放心,绿墙右边是直通居室另一头的走道,经过绿墙的时候,左边射出荧光粉的灯光,来自一间小巧的厨房,天花板上3面都装了粉色的LED灯,应该也是感应人体移动的。我继续朝前走,幽蓝的灯光缓缓浸淫过来,好像从森林穿过沙漠的霞光,最后来到了大海面前。蓝色的居住空间里,只有最简单的家具,都是最合理的尺寸。这绿、粉、蓝3色灯光,把走道右边的白墙映成了迷幻的渐变色。我把手放在渐变色的光线之间,看到自己也成了霓虹灯广告牌上的纸人,原本没有颜色,现在却绚丽多彩。

"凯特,这太绝了。这是把詹姆斯·特瑞尔[①]搬到了家里?"

凯特靠在门框上,笑说:"怎么样?很酷吧?这也是克里斯的作品,虽然这里看上去很干净。你应该看看他把地下室变成了什么样,简直是个超级实验室。"

"这么特别的房间,应该很贵吧?"

"那就要看我是不是缺钱了。不缺钱的话,就不用去应付那些想来猎奇或是拍广告的人。我情愿让有灵感的艺术家在这里激发一些有意思的创作。"

"那你现在缺钱吗?"我用开玩笑的语气说。

[①] 詹姆斯·特瑞尔(James Turrel)是美国一位以空间和光线为创作素材的当代艺术家。

"我不喜欢赚艺术家的钱。我这里一周150美金，当然，这只是包括一些水电费和清理维护的成本，如果是来拍时尚片的广告摄影者，一小时就要150美金。"凯特清晰地算起账来。

我想，这样的地方，150美金待一晚也是值得的，当然不能推辞。

我们回到天台的时候，麦克正自顾自喝着酒，凯特挨过去说："你的朋友今晚就在这里住下了。"

麦克朝我点点头，说："凯特轻易不让别人住进来的，因为她这里都是些怪人，你要当心喔。"

我笑说："怪人比怪鬼好多了。"

3

凯特之家的房客大多住了3年以上。一楼是公用厨房和一间大大的空房间，凯特经常在此举办展览，或是出租给别人做快闪店。大家几乎每天都会在公用厨房抬头不见低头见。克里斯读了两年计算机艺术，还有一年就可以毕业的时候辍学了，他说是因为学费太贵，与其毕业了欠一屁股债，不如继续做自己已经在做的事情，反正这和毕不毕业没多大关系。马克与安娜是波兰人，他们一个学建筑，一个学纺织艺术，楼里的大小沙发、座椅、窗帘、地毯,都是他们的杰作。切尔西是唯一一个全职艺术家,但是她也酿啤酒,出售给附近的酒馆饭店,也供应给各种学生派对。明是韩国人,电影学在读博士,她是最沉默寡言的一个,但是大家似乎都对她格外推崇。此外就是来来往往的猫们,它们有的常年待在屋子里,但大多数都是来去无踪。

所有人都友好善良,互相帮助,而凯特无疑是他们的中心。来一周以后,我渐渐看出,为什么麦克会说,凯特轻易不让人住进来,因为她的策划实在是太恰到好处了。克里斯把小楼维护得既安全又充满高科技,进出都有人脸识别,停车场有监视摄像头,每个房间都有湿度温度自动调节。马克和安娜负责了楼里的软硬装饰,白墙剥落露出红砖果然是马克的设计,因为小楼地处曾经运输业繁荣的雪城市中心,如今这里却空置萧条,他的室内设计也与这工业文明陨落之后的残缺萧索相契合。切尔西的啤酒自然是凯特之家充满欢声笑语的保障剂。而身材瘦小的明,居然是跆拳道黑带,开着一辆自己改装的卡车,无论是运输还是露营,都少不了她的关照。在这些能人之间,我的作用还未被发现,但是凯特把喂猫和打扫猫厕所的任务交给我了,因为我一开始就说了,自己很喜欢猫。

4

开学以后,马克、安娜和明都变得早出晚归,当然我也是一样。在雪城找房子并不难,但是因为正住在一个美妙而奇异的地方,令我既提高了期望值,又不想太快搬走。

周六,我早早起床,去厨房煮了咖啡,等麦克来接我。凯特之家的人个个习惯睡到日上三竿,我不想麻烦他们早起开车带我去看房。而麦克有失眠症,反正也睡不着,经常一个人半夜在空旷的马路上漫无目的地开车转悠,所以并不会介意早上来接我。

麦克的车到了,我透过厨房的窗户向他招手。他把车停了下来,走进来跟我说:"我去用一下你们的洗手间。"说着便径自上楼了。

良久,麦克都没下来,我反正还要上去拿外套,就捧着咖啡杯走到楼上。楼道里空无一人,我走到洗手间外面,门半掩着,我想麦克大概不会不锁门,但还是伸手敲了敲,里面果然没人。他去哪儿了呢?洗手间旁边是凯特的屋子,她的房间有大大的环形玻璃窗,铺着厚厚的地毯,猫们最喜欢在那里晒太阳。我正琢磨着,突然凯特的房门大开,她披着睡衣长袍,头发蓬松地搭在肩上,比平时矮了一截,因为没有穿鞋。麦克就站在门口,愤愤然盯着凯特。凯特睡眼惺忪,半含娇嗔半含怒,指着门外说:"你凭什么？就凭你？"

麦克指着凯特身后，毫不服气地问道："那他呢？就凭他？"

我忍不住朝凯特身后看去，一条毛茸茸的腿缩进被子里，我想必是克里斯无疑。然而，这人尽皆知，克里斯是凯特的众多爱慕者之一，麦克也不过是凯特的众多爱慕者之一。

"大清早的，大家降降火气。"我过去当和事佬。

"你真傻。"麦克恨铁不成钢的样子，一步跨出凯特的房门，推了我一下就走。

我朝凯特不好意思地看了一眼，别人的尴尬境地总让我觉得自己有某种作为旁观者的责任，因为被人看到，所以才会尴尬。凯特若无其事地摇摇头，一副还要睡个回笼觉的样子，我便下楼去追麦克了。

麦克坐在车里，痛苦地抱着头。我说："如果你感觉不好，我们现在不用出去。"

麦克没有抬头，只是说："没有关系，我是自欺欺人，人不都会以为自己比别人特别吗？但最后只是一个笑话。"

"我一开始就觉得你和凯特有些故事，但是她和克里斯也走得很近。"

"克里斯和她不过是互相方便，但是她一而再、再而三地对我忽冷忽热，让我完全摸不着头脑，每次冷淡我的时候，就和克里斯混在一起，让我根本不知道她想要什么。我觉得，她自己也不知道，却装作一副无所谓的样子，我最恨她这一点。"

"原来你们之间，还挺有历史的。"

"我曾经也在这里住过，她没有告诉过你吗？"

"喔，是吗？并没有。"我小小吃了一惊，把头靠在座位上，目视着方向盘听麦克讲话。

"我读研究生的第二年，就是我拍完那部鬼屋的电影之后，一直感觉不太好，很抑郁，干什么都缺乏精力，也对自己选择的创作道路非常怀疑。凯特那时候在学院里教一门课，这你恐怕也不知道吧？她以前是学院的客座讲师，不过出了那件事以后，就被解聘了。"

"那件事？什么事？"

"我们一边开车一边说吧，别误了你事。地址呢？"麦克终于抬起头，让我把手机上的地址拿给他看。

他发动了汽车，边开边说："凯特教的是艺术与公共空间，经常在她楼下的画廊里开课，所有专业的学生都可以来听，每次都会有不同的学生在她的画廊里做展览，然后大家评论一番。本来，我对这种艺术行为是没有什么兴趣的，但是那段时间实在写不出剧本，脑子就像短路了一样。冬天我住的那个地下室阴冷潮湿，积雪把本来还可以看到行人脚步的窗户全部堵死，人像住在冰柜里一样。电影系的教室也在地下室里，好像我们搞电影的人不值得被阳光眷顾似的。我就跑去上凯特的课了。"

"喔，你看，那是飘雪吗？"车窗前点点雪珠滚落，一碰到玻璃就化成了水滴，9月飘雪我还是第一次见到，"对不起，没想打断你,请接着说。"

"电影系的人和艺术系的人本来交集并不多,因为艺术系的人总是觉得自己高人一等,就像猫那样——你们都不能懂我,不配懂我。"

"喂,也不能一概而论呀。"我抗议道。

"好,好,我只是陈述自己的主观偏见。总之,大部分时间,我都不知道他们在课上讨论些什么。我是一个喜欢好故事和好镜头的人,那些以自我表达为借口,做出些乱七八糟破罐子破摔的所谓艺术的人,我可欣赏不了。但是凯特,不知为什么,她有一种能够化腐朽为神奇的能量,就是你明明对事物本身不感兴趣,但是她一解释某种角度,你就觉得'是吗?也可以这样看待,的确如此。'但她又不去对事物的好坏做出直截了当的评价,她不认为万事万物有绝对的好与不好,这种评价标准本身就很可笑,比如一个色盲,自认为浅灰比深灰好看,总是诋毁深灰色的东西,但有一天,如果他能看全色谱,就会发现自己原先的标准是多么狭隘盲目。实际上,我们看见的所有颜色,也并不是大自然的全部,这只是人类眼球和大脑的局限而已。"

"听上去,凯特真是一个好老师。我就从没碰见过这样的老师。"我说。

"我也没有,我希望能够这样教学生,但首先,你必须非常博学,而且是不同学科间融会贯通的那种博学;其次,你要有绝对的自信,因为你介绍的标准不是一开口就能被大众接受的标准；最后，还要看你教的是什么科目以及学生的接受程度如何。照本宣科是最容易的，但是把自己独特的哲学作为提纲，只有很少数人可以做到。"

"我们的社会和环境并不鼓励这种独特的哲学，不是吗？谷歌地图说我们还有 5 分钟就到了。"

"好，我先说那件事。我一直都被动地参与那堂课的讨论，多半是因为我和其他人实验性的作品缺乏交集，但我每次又很期待凯特的评论。轮到我展览作品的时候，我说上一部作品拍得实在坏，情愿拿以前的充数。凯特要我说出拍得坏的理由，我把鬼屋的事情经过说了一遍，而她居然坚持我不仅应该放这部电影，而且要带所有人去参观那幢房子。我并不是一个胆小怕事的人（我觉得她是故意要挑战我），但我实在不愿意放那部片子，就说，可以带他们去看那幢屋子，我在屋子里给他们讲述电影情节，但是我不会放给他们看。凯特说，如果你可以把讲解当作一次行为艺术的话，我可以接受。这样，我就和那幢房子的管理员约定了时间，一行 10 个人一起去了。那是一个雪夜，我们到达屋子门口的时候，积雪已经把楼梯都埋没了。把门口积雪扫清，这本该是管理员的责任，但是雪又大又密，可能他下午扫完，晚上又积了那么厚，我们只好一个个从雪里压过去。一年不见，那幢房子没有任何变化。我根据电影情节，从门口开始讲解，讲那对孩子怎么在一个无人的雪夜，找到这个唯一可以栖身的地方，发现门居然没锁，就进来避寒。然后他们又是怎么从一楼上了楼梯，在楼上的回廊看到一排黑白家庭照片，其中有一张跟自己祖母很像的人像，开始回忆童年生活，是怎样失去家，被遗弃，在街头相依为命。我们就这样跟随着我的故事情节，一路来到楼上。我像开玩笑似的，跟他们说了电影拍完以后，在素材带里发现比画面多出来的脚步声。这时凯特还故意在地板上跺脚，把大家吓得直笑。偏偏这个时候管理员一味追问，到底发生了什么。大家也都很想知道，我就全盘托出。当时室内的灯都开着，虽然有些昏黄，但不至于看不清有些什么东西。窗外，风雪很大，还下起了冰雹，'哐啷哐啷'地敲击着玻璃窗。这幢房子远离市区，是目光所及的皑皑白雪中唯一矗立的建筑物，大家不自觉地缩紧了身子，互相靠拢。就在这时，只听一声巨响，一个雕塑系的本科生，我还记得他的名字叫丹尼尔，当时正靠在楼梯扶手上，突然就翻过扶手，直接从二楼重重地跌到了一楼的地毯上。我们都吓坏了，赶紧下去看他。他当时摔得不省人事，四肢软绵绵的不能动弹。我们立即拨打了急救电话，但是大雪封路，急救车隔了好一会儿才来。丹尼尔脑震荡，还摔断了一条腿，好在没有生命危险。大家都很震惊，谁也说不清究竟是怎么回事，后来还引来警方的调查。由于凯特带大家离开了学校保险范围内的上课地点，这起事故让学校受到了丹尼尔家人的起诉，就在这样的风波中，凯特也被迫辞职。"

"天啊，这真是太不幸的巧合，或是事故。"

"有些事情，因为太过诡异，反而不被人讨论。丹尼尔个子很高，靠在年久失修的栏杆上，或许这仅仅是个意外，只是它发生的时间点太过巧合了。凯特和我在事后一起去现场察看,希望找到一些蛛丝马迹,但是什么都没发现,警方也认定仅仅是一起意外。凯特辞职以后,我反而可以光明正大地找她,正好当时她家有一间空房间,我就搬了进来。我知道她有很多爱慕者,但我自以为我们共同经历了那次事件之后,会有一些特别的联系。克里斯不过是个书呆子,我根本不明白他有什么吸引她的地方。"

雪珠此刻化作了雪花,大片大片地落到车窗上。我把手伸向窗外,接住一朵,为什么千万朵雪花中偏偏这一朵被我接住呢?

5

那天看的房子,是一幢3层的蓝色小楼,有前园后院,已经住了两个电影系的韩国学生,彬彬有礼。房间被打扫得井井有条,像是一个可以专心学习的地方。

回到凯特之家,还是静悄悄的,这里总是晚上热闹而白天沉寂。凯特一个人在厨房抽烟,她空洞地看着窗外飞雪,头也不回地对我说:"你一来,雪城就下雪,这里也不是每年都这么早就开始下雪的。不过这一下,可能就停不了了。"

我脱下大衣,去给自己烧热水泡茶。凯特说她也喝。

茶泡好了,我拿过来给凯特倒上。

"凯特,能给我讲讲你和麦克吗?"

"怎么,他跟你倒了一肚子苦水?你为他抱不平吗?"凯特捧着茶杯,又恢复了红润而天真的脸色。

"当然,我是旁观者,仅仅是出于好奇,但是也有关心的成分。"

"麦克是个好人,但我们在一起总会倒霉,我也不知道为什么。"

"你是说'鬼屋'的事故吗?"

"还有呢,我们这里失过火,就是他住在这里的时候。虽然不是他的错,但我总觉得我们之间……怎么说呢,可能就像中国人说的风水不合。"

"那叫八字不合。"

"好吧,管它八字还是九字。"

"那克里斯呢?你和他八字很合?"

"他呀?我们只是朋友,有'利益'关系的朋友,你懂的。"凯特耸耸肩。

"那么别人呢?"

"我不知道。我是一个缺爱的人,有些东西,小时候没有得到,就一辈子都填不满,这是很悲哀的。"

"我大概能明白。"

"我父亲是海军军官,我从小就跟随家里搬了无数个地方,每到一个地方,都知道不会久待,所以我不被允许养宠物。后来,母亲离开了我们,父亲终日酗酒,我觉得他可怜,但是更可恨。我哥哥在十几岁的时候被送到纽约去上寄宿学校,吃了很多苦,因为他是同性恋。我坚决不愿意去寄宿学校，但是在家里的时候也野得很，父亲根本管不了我。只有我的姑姑，她是一个艺术家，没有结婚、没有子女，但是热爱生活。如果没有她这个人，那么可能我对生活只有嘲讽，而没有温柔。大学毕业之后，我再也没有回过家，这可能就是我的报复方式。姑姑去世之后，给我留下了这幢房子。这里原来是她的工作室，她也在这里开过一间小学校，教绘画和雕塑。她生前养了十几只猫，我搬过来之后，也一直维持着这群猫的数量。我们做的任何事，不都是为了少一点痛苦，多一点快乐吗？我现在挺快乐的，我只和我喜欢的人住在一起，我看着他们研究、创作、生活，我支持他们；我有我的猫，我也有爱我的人，这些都很热闹，让我忙碌。"

"其实，这里就像一个乌托邦，不是吗？大家都身怀技能，可以为团体作出贡献，但是又可以从中索取，得到符合自己理想的生活方式，对外人外事不闻不问，只要经济上可以维持下去，便日复一日地过着这样的生活。"

"生命太短暂，如果能有哪怕一种理想的生活方式，就这样一成不变地持续下去，也足以撑够人生了。"

"但是你也会伤别人的心，比如麦克。"

"麦克不属于这里，让他进来原本就是一个错误。他对神秘和未知的东西充满了紧张感和不信任。"

"这不是普通人都会有的心理吗？我第一天也是因为觉得没有人的古宅让人睡不着觉，才到这里来的。"

"来了以后呢？你觉得这里适合你吗？"

"开头的几天我觉得非常新鲜。我赞赏克里斯的各种发明,马克和安娜的手工劳动作品既实用又美观,切尔西给这里提供免费啤酒。我和明虽然没说过两句话,但她让人觉得很厉害的样子。不过,克里斯的灯光装置或许不适合每天在里面生活的人,起码,它们让我觉得我生活在一个主题公园里,我在这里必须保持某种特别的状态,而不能随心所欲。马克和安娜似乎老在观察我怎样使用这里的一切,有没有对所有东西小心翼翼,这让我情愿绕开地毯走路,或是不去使用他们亲手造的沙发。至于切尔西的啤酒,我根本不觉得好喝,但是生活在这幢房子里,没有其他选择,不然,就好像藐视了谁的信仰。"

"原来你这么喜欢普通的事物。它们随处可见,不是吗?商店、广告里到处都有,告诉你怎样的物品是方便、实用、舒适的。我们只是不愿意顺从那些固定的思维,也可以说,这是一种政治理念。"

"我并不反对这些理念。如果有时间和能力,自己亲手造的东西,当然比外面买的要更特别、更值得珍惜。只要经济许可,坚持自己理念与品位的小团体确实可以过着乌托邦一样的生活。我只是觉得你对麦克——至少我认为他是真心关心你的——有一些冷酷罢了。"

"我从学校辞职的时候,他很紧张,认为我们必须为某种错误付出代价。其实,坏事每天都会发生,好事也是,没有必要把不受掌控的事情当作自己的责任范围。他这人,就是太有责任感,有太多的条条框框。"

"为什么我感觉你在给自己设置各种不接受他的理由？如果你不喜欢他，就不需要这些理由了，不是吗？"

"我当然喜欢他，但是为了喜欢他，需要改变自己，我做不到。"

"这样我就明白了。我喜欢这里，但是为了住在这里，需要改变自己，我也做不到。"

"谢谢你的坦诚。准备什么时候搬走？"

"我已经找到房子了，随时都可以。"

6

进入冬季，我才见识到了雪城的真面目，搓棉扯絮的白雪下得让人喘不过气。一有暴风雪，学校就要停课，天寒地冻不算，漫漫雪季让人的意志也越来越消沉，只想躲在室内不出去。

我和两个韩国学生相处融洽，过着简单而充实的学生生活。时常会在学校碰到麦克，他还总是一个人，没有见他和别的女孩约会。他有一个表面谈笑风生，内心孤独的灵魂，有时也会谈到凯特，但几乎不去凯特之家参加他们的聚会了。我和同学在凯特的画廊办过两次展览，每次都会有猫偷偷溜进来。凯特见到我依然很亲切的样子，像对所有人一样。

他们在楼上跳舞的时候，会关起门，只有震耳欲聋的音乐倾泻而下。

《雪》 摄影 / 白藤晋平（Shimpei Shirafuji）

（本图由白藤晋平授权使用）

第七篇

艾玛：

挽歌

1

我 24 岁时，第一次在美国的大学里教书。当时，我在位于纽约州的雪城大学研读艺术硕士，有幸获得全系唯一的全额奖学金名额，在进行学业的同时，每学期教授一门影视制作选修课。上这门课既不用写论文，又能将课业成果分享至社交网络，因而，我的课在学生中颇受欢迎。

第一堂课上，我给学生们发放了一份问卷，请他们简述选修此课的目的，也借此了解他们的写作能力和兴趣想法。五花八门的答卷里，有的以拍摄 MV 为目标，有的想把科幻漫画拍成剧情短片，也有的想制作具有社会意义的纪录片。只有一份与众不同，该学生名叫艾玛，她的字体是娟秀而标准的英文连体字，这在时下的美国年轻人中十分罕见——多数人连规范的打字方法都不会，更不用说提笔书写了。艾玛这样写道："我生来就患有弱视，因而我的听觉、嗅觉和触觉都特别灵敏，对我来说，白雪也有着丰富的气味和触感，雪飘落在叶子上的声音、压在树枝上的声音、被车胎碾过的声音,真是千变万化。视觉以外的感官帮助我听到、闻到、感觉到这个世界,但我也想通过视觉,把我所知道的世界告诉别人。我不擅长写故事,我只是想用影像记录我的生活,并且分享给我周围的人。"

艾玛的字里行间充盈着丰富的感受力,绝非流行文化洗劫过后空空如也的大脑反馈。在一群衣着光鲜的学生之中,艾玛身穿棕色系的休闲服饰,显得极为低调。她是个纤瘦的印度裔女孩,一头利落的短发,翘着卷曲的鬓角,鼻翼上架着一副细边圆框眼镜,在课堂上专注地聆听,却没有参与发言。课后,当我反复阅读她的答卷时,脑中却搜索不到关于她特别清晰的印象。好在学生资料可以在网络教案中查询,艾玛的资料显示,她是环境学院一年级的研究生。如此说来,她很有可能与我同龄,不过,在鼓励开放式思维的美国大学校园里,这一点并不会影响我们之间的交流方式。

2

我布置的第一项作业,是用长镜头表现一个人物的状态,有的学生完成得张弛有度,比如拍摄校园内的滑板运动;有的则欠缺创意,比如拍摄自己驾车在城市里漫无目的地游荡。我引导学生就每部短片的优缺点展开讨论,试图激发他们的想象,在比较中学习新的概念与技巧。

艾玛最后一个放映作业,她抱歉地说,拍摄时光线太暗,并且由于手持摄像机,画面有些晃动。说完,她便开始在投影仪上放映影片。

画面伊始,是昏暗的房间一角,地上放着一双绒线拖鞋,陈旧得难以辨认颜色。艾玛的声音在画外响起:"外公,需要帮忙吗?"

一双青筋暴突、瘦骨嶙峋的脚进入画面,原来这双拖鞋放在一位老人横卧的床前,而老人正以几乎静止的速度缓缓坐起。

伴随镜头上移,一件看不出形状的毛衣遮住了同样看不出线条的形体,只见老人脖子上松松垮垮的皮肤像扯烂的棉絮,随着喉咙微微颤动着。他突出的颧骨好似两颗核桃,坑坑洼洼,而眼眶是深陷进去的核桃仁,又皱又干。

"外公?"艾玛的声音再次响起。此刻,镜头停在老人沧桑而空洞的脸上。

"我要尿尿。"老人微颤的喉咙终于发出可辨的声波。

"我知道你要尿尿,但是你得起床,去洗手间,这次不能再尿床上了。"艾玛的声音平静依旧,有着天气预报播音员一般的理性和权威。

"我——去洗手间。"老人直勾勾地盯住镜头,除非他是专业演员,否则便是真不明白。他双手撑住床沿,用尽全力,缓缓将自身重量撑了起来,一只脚踏进了拖鞋,另一只踩在拖鞋上。

镜头下移到了老人的脚背,如果脚也有表情,那么此刻它正无限茫然。

"外公,你要穿鞋,记得怎么穿鞋吗?把右脚抬起来,对,就这样,然后放下——不,不要放到底,再上来一点,好,然后往前伸,往前,不是往后,对了,很好,就这样,继续伸,伸到底——好了,拖鞋穿好了。"

两只脚都在拖鞋里的外公开心地笑了,像是成功叼来报纸的小狗。他不知所措地捏着床单,微笑却在布满皱纹的脸颊上层层展开。

"起床,外公,起床。"随着艾玛的指示,外公握住底部有轮子的拐杖,颤巍巍地站起身。这时,艾玛和外公换了位置,外公站在床前,面向门外的走廊,而艾玛坐在床头,手持摄像机对准外公。

拐杖像会走路的人,外公却像装着轮子的拐杖,一寸寸被拖着前行。艾玛的镜头一下拉到外公背后,虚焦了,再一下往回拉,把他框在像是时间本身的长廊里。

外公缓缓向前移动着,一点声音也没有,艾玛站了起来,举起摄像机跟上外公。晃动中,老人稀疏的白发像是蜘蛛网,只在某些角度的光线下才能看到。

随着艾玛脚步声的临近,外公终于抵达了走廊终点——卫生间门口。他站在那儿一动不动,等艾玛靠近时,侧过脸说:"亲爱的,今天我已经洗过澡了。"

画面黑屏,艾玛停止了放映,这几秒钟的黑暗像是所有人不约而同的长叹。

我打开灯,学生们个个面无表情,这是受了巨大震动之后的骇然。女生卡罗尔首先打破了沉默:"我看了很受震动,我爷爷也有阿尔茨海默病,已经去世了。他生前住在西海岸,我一年也见不了他一次,我只知道他记忆衰退,最后变得谁都不认识,但我从没和他这么近地相处过。我想问,你是怎么有勇气来拍摄他的,这不会让你和家人感到难受吗?"

艾玛翻开笔记本,架在并拢的双腿上,一手握着圆珠笔,一手托着下巴,慢条斯理地说:"我父母住在纽约郊区,外公外婆原本在皇后区,他们开了一家印度饭馆。外公病重以后,外婆没有办法既照顾他又照料生意,我父母就决定把外公接到家里,这已经是四五年前的事了。其实,我们全家人看着外公一点一点地丧失记忆,这已经成了我们生活的一部分。不过,最近他的情况每况愈下,大家都觉得或许他还有不到一年的时间,我也是上了这门课之后,才下定决心要记录他的状态。"

男生杰克用洪亮的声音说道:"我感到视觉和精神上都很压抑,光线很压抑,空间也很压抑,他花了好久才到达要去的地方,但是刚刚抵达,已经忘了自己为什么要去那里。同时,画面外总是有一个声音——假如我不认识艾玛,会觉得这个画外音有些冷漠,为什么她不帮助他呢?为什么她总是向他发号施令呢?"

"这些问题会不会让你特别想了解人物背后的故事?比如他

们家庭成员之间的关系,还有他在得病以前,是一个怎样的人?"我以启发式的方法提问。

"当然会。我还想到孤独、衰老、死亡这些问题。我不想探究艾玛的隐私,但不知道她是否计划拍摄更多的素材?"

大家都一致看向艾玛。

艾玛说:"我并不介意这些问题。我想,生老病死原本就是上天注定的。从我了解外公开始,他就是个和蔼的老人,可是外婆和母亲眼中的外公,却并非如此。外婆说,她17岁嫁给外公,那时他们还在印度,婚姻是父母指定的。外公年轻的时候是个胡作非为的小混混,后来他们移民来了美国,用外公父母给的钱开了一家餐馆。可是,外公整天吃喝嫖赌,把家里弄得鸡犬不宁。外婆生了5个孩子,其中两个早早夭折,而剩下的3个子女中,据说只有我母亲像外婆,能干而正派。外婆受不了外公,和他分居了,去她哥哥的面料店打工,但是外公老是去纠缠她们母女。在多年的分分合合中,外婆咬着牙供我母亲念完了大学,我母亲工作后,帮外婆把外公盘掉的餐馆又赎了回来。再后来,外公年纪大了,逐渐不再折腾,和家里的关系有所改善,但这个时候,他也被诊断出了阿尔茨海默病。所以,其实外公在家里并不是一个受欢迎的角色,但是出于责任,我父母一直在照顾他。外婆常说,外公得病的时候,她以为是他的报应,但是不久就发现,受惩罚的还是她自己。"

艾玛的讲述令其他学生都陷入了沉思。

3

在这所私立大学里，艾玛和其他学生一帆风顺的就学路径不同，她高中毕业后，先在学费低廉的社区学院上了两年课，然后凭借优异的成绩转学到雪大，并获得了全额奖学金的资助。她的父亲是一名工程师，母亲是一名中学教师，照顾老人的开销不小，而家里的经济条件并不宽裕。艾玛说她从中学开始就一直半工半读，现在虽然拿着奖学金，业余时间不是赶回家里帮母亲照顾外公，就是在外面打工。她说这些的时候，好像一个新闻记者汇报着事件经过，脸上毫无忧愁，但也没有快乐。

我很鼓励艾玛继续用镜头记录家庭生活，毕竟，她是全班唯一一个在一开始就找到了创作主题的学生。艾玛对镜头的掌控越来越娴熟，她拍摄了大量素材，因此剪辑时间也格外漫长。学院的剪辑室在临交作业前往往人满为患，而艾玛总是捷足先登地在那里专注地观看素材，被我撞见几次之后，她告诉我："剪辑室是一个令人放松的地方，这里没有窗，不知道外面的时间和天气，我感觉自己好像一个生活的旁观者，通过对影像素材的重新组织获得了新的观察体验。"

我对她说："客观事件如果缺乏主观理解，就不能触动人心，不能触动人心，就不会引发真正的共鸣。但要让一个悲伤的故事打动人,创作者自己就会经历更大的悲伤,这非常不容易,也很花时间。"

艾玛的睫毛密得像两把刷子,如果不戴眼镜,她应该具有引人注目的美。她的手指纤细修长,和她的身材一般,在键盘上灵敏地调节着素材的播放进度。

"我想给你看一段素材,我很难决定是否应该在课上播放。"艾玛说得谨慎而犹豫。我点点头,请她继续。

画面伊始是一段无声的黑屏。艾玛快进了七八分钟,伴随一阵手机铃声,灯亮了,摄像机正对着艾玛的床,她揉着双眼,拿起手机看了下时间。她的房间比普通学生宿舍更狭小,朴素的单人床四周都是书架,或许她不离开床就可以够到架子上的物品。

艾玛坐起身,按下手机的免提键接电话。

"外婆,现在是凌晨3点。"艾玛的声音低沉而朦胧。

"艾玛,我受不了,我必须告诉你。"老太太的声音因为口音浓重,显得含混不清。"但是外婆,我们已经聊过很多遍了,你要么忍受他,要么离开他。"艾玛一手抱着头,好像在遮挡射进眼里的灯光。

"我是不愿看你妈受苦,这太不公平了!你妈小的时候,他没有尽过一天父亲的责任,我们只有躲开他的时候才会感到温馨和快乐。现在可好,他老年痴呆了,一副无辜的模样,什么都不记得,整天吃和睡。如果真的只是这样也就算了,我只当照顾他是积德。但是他一会儿小便失禁,一会儿又哭又闹,不让人休息,简直要把我逼疯了。艾玛,我怎么会那么命苦?"老太太的声音像车辘轳在泥地里滚滚向前,泥浆飞溅,填进坑坑洼洼的小道,怎么也填不满。

"外婆,这些我都知道。但是你现在怪他是没用的,他小便失禁是因为无法自控,哭闹是因为害怕,他连镜子里的自己都不认识了,只知道一遍遍喊你的名字,可等你到了跟前,他又不知道为什么喊你。"

"但这对他来说不是太容易了吗?连一句道歉也没有,就什么都不知道了,剩下的痛苦都是我和你妈来承担。"

"妈妈把外公接来之前,就知道会面对什么,她是有心理准备的。"

"但是我没有心理准备,我的痛苦怎么办?我想回纽约的家,我不想管他了,我留下来,只是为了帮你妈减轻负担。"

"外婆,你不需要我们的许可去做你想做的事。如果你真的很累,受不了,你可以回纽约。"

"艾玛,你怎么能这么说呢?你觉得我是怕累吗?你知道我是怎么把你妈还有她两个兄弟拉扯大的吗?我付出的够多了,我只是恨他坐享其成,最后用生病开脱了自己,现在还让我们服侍。你觉得这公平吗?"

"对你来说是很不公平,但对妈妈来说,他是父亲,对我来说,他是外公。至少他对我和哥哥,从来没有不好。你总说他用生病解脱自己,但你看看他这副样子,他的惊恐、无助、孤独,你不觉得这已经是极大的惩罚了吗？"

"艾玛，我的外孙女，你怎么能对你外公这么慈悲，对我这么严厉？"

"对不起，外婆，你是坚强的，而外公很脆弱，他一直都是个脆弱的人，他没有足够的爱和自尊分给身边的人，现在，他连自己是谁都不知道了。医生说他时日无多，就算是对濒死动物的怜悯，你能再忍受一段时间吗？"

"什么时候他死了，我就解脱了。"说罢，外婆挂断了电话。

艾玛放下撑着额头的手，将手机放回床头柜上，关了灯。

影片结束。艾玛侧脸望着我，长睫毛下的眼神闪烁不定。

"艾玛，这很震撼。"我暂时找不到更合适的词汇，只能问一个显而易见的问题，"你是怎么拍到的？"

她吸了口气说："最近外婆老是在半夜三更打我电话，她说被外公吵得受不了。或许她觉得跟我说话可以减轻一点痛苦，所以我总是把手机开着，有时候怕她来电，一直等到后半夜也睡不着。从上周开始，我在睡前把摄像机放在床头柜上，插着电源，就这样一直录影。刚才给你看的只是其中录到的一段。"

"为什么你不想在班上放给其他人看呢？"

"我觉得自己有点在利用外婆的痛苦。虽然我同情她，也知道她和外公之间的历史，但它们就像外公上辈子做的错事一样，和现在的他一点关系都没有，因为他已经迷失了自我。我很矛盾，我觉得外公可怜，外婆也可怜，爸爸妈妈也可怜，但这些都只是生命的过程，我们每个人都不能逃离它，不是吗？"

"艾玛，你拍摄的题材既深刻又敏锐，而你自己就在故事中间。或许你现在不觉得它从情感上带给你的冲击，但这种影响可能是深远的，你觉得可以把握吗？"

"能不能把握，试过才知道，不是吗？"艾玛直直地盯着我，好像在看一面镜子。

4

学期过半的时候，艾玛已经完成了3部短片，其他学生对她十分佩服，身为篮球啦啦队队长的杰茜说："艾玛让我觉得自己太无病呻吟了。"但艾玛并不认为自己有什么特别之处，她也经常对其他学生的作品表示赞赏。

有一回，我让大家聊一聊对自己专业的想法，为什么会学这个专业，希望今后可以做些什么。环境保护专业的艾玛说道："我从小就喜欢照顾别人，凡是有生命的东西，都让我觉得亲近。物质社会让人与自然的距离越来越远，普通人对全球变暖这些问题视而不见，甚至不会愿意少买一双鞋子换取对环境污染的控制。我们可以想一想，每个季度买多少新衣服，扔掉多少没穿几次的旧衣服？这些衣服是谁制造的，从哪里来？扔掉的旧衣服，又到哪里去？即使送给慈善商店，衣服也多得无法处理，全美国大多数的捐赠服装都运到了海地,导致当地的服装制造业消亡了,因为二手衣服更便宜。我希望将来可以为环保组织工作,我也愿意投身教育,改变大家固有的错误想法。"

其他学生大多是生活优越的孩子,他们平时所关心的,不外乎谁去看了全明星球赛,谁去了科切拉音乐节,谁又去了夏威夷度假旅行。他们并非不能理解艾玛所说的环境和过度消费问题,但这些与他们生活圈的交集太小,就像我们去电影院看维权反战的纪录片,看的时候义愤填膺,回来以后还是继续自己的生活。尽管第一世界的日常生活方式可能恰恰影响了第三世界人们的生存问题。

期末的时候,艾玛完成了一部 30 分钟的纪录片,几乎完全是观察式的,其中她的父母和外婆在并非没有争执的齐心协力中,日复一日地照料着外公。艾玛将外公看似日常的起居生活表现出了临界死亡的无奈。

艾玛说,她会继续拍摄下去,直到外公生命的尽头。

5

学期结束,不少学生都得了 A,而艾玛得了 A+。艾玛问我,以后她拍了新的素材,还能不能请我观看。我说,这是自然的。

寒假过后,我收到一份艾玛的邮件,希望约我见面聊聊,我

《纽约》 摄影/蔡振杰

(本图由蔡振杰授权使用)

欣然前往。地点在雪城市中心的一家日式茶室,这里素雅的竹帘、榻榻米上的麻布坐垫、粗陶罐里生机勃勃的绿叶藤蔓营造出返璞归真的氛围。

艾玛戴着一顶暗紫色的绒线帽,只留出一寸来长的发梢,身穿全黑的户外运动夹克,没有任何饰物。"你好吗?"艾玛问。

"还不错,你呢?"

"我还好。"艾玛顿了一顿,短暂的沉默仿佛谜底揭晓前的焦灼等待,"我的外公去世了。"

我没有料到这一变故,也没有预见艾玛的开门见山。

"真遗憾听到这个消息。什么时候发生的?"我捕捉着艾玛的眼神,她的大眼睛平静得近乎空洞,没有意料之中或是意料之外的表情。

"请问,需要点些什么吗?"茶室的日本女老板亲切地过来接待,她胸前的白布褂令我想到急诊室的医生。

"一壶玄米茶。谢谢。"艾玛轻声答道。

"我也一样。"

"那么一壶玄米茶,两只杯子,对吗?"女老板的声音温柔而利落。

艾玛和我点点头,然后彼此沉默。

她终于说:"就在上周。其实我们从年初就有心理准备,只是没想到发生得这么快。外公去世前两天,还精神抖擞地说要吃羊肉咖喱。外婆亲手做了端给他,他吃着吃着就流泪了,含含糊

第七篇
艾玛：挽歌

糊嚷着说好吃。外婆也哭了，说刚结婚的时候，为了盼他回家，经常做他爱吃的咖喱，但外公往往到了下半夜才回来。他要是心情好，就是赌赢了钱，也不管外婆早就睡下，嚷着肚子饿要吃东西；要是心情不好，能把外婆拖起来逼着她热饭热菜，甚至拳打脚踢。外婆一边哭，一边说她定是上辈子欠了外公，这辈子来还债的，等外公离世了，她的债也就还完了。结果第二天，外公突然上吐下泻，浑身发烫。我们叫来了救护车，把他送到医院，当时他就大小便失禁，昏迷过去。我正好那几天都在家，拿着摄像机一路拍摄，也不管医院里别人的眼光，只觉得有一种朦胧的使命感，让我记录下去。到了第二天，外公一直没醒，我把摄像机放在病床前的桌子上，对着外公拍。下午的时候，他就过世了。外婆是外公过世以后才来医院的。我和妈妈一直陪在外公身边，直到最后。妈妈很伤心，但也有解脱的感觉。没想到的是，外婆哭得近乎崩溃，对着外公的遗体又摇又捶，说他就这样离开太不公平。我问外婆：'你就没有解脱的感觉吗？'外婆说：'闹了一辈子，现在他走了，我一个人，还能做什么呢？'原来她和外公也是相辅相依的，尽管充满了痛苦。料理完后事，外婆坚持要回纽约，她说现在不想把餐馆卖掉了，她要继续经营，直到自己干不动为止。"

艾玛掩饰不住伤感，渐渐垂下了眼帘。茶已经端上来，热气弥漫，清香扑鼻。我为她斟上一杯茶，烘焙过的黄褐色糙米在热水中缓缓泡开，毛茸茸地浮游着。

"艾玛,这些悲痛和烦恼都是很难面对的,但至少,时间会治愈它们。"

"面对死亡,我们都是无能为力的。但我愿意相信,外公到最后不是完全没有意识的,他应该也悔恨过。他经历了痛苦的折磨,最后能对生命放手,或许因为他知道——外婆早就原谅了他。"

"我也愿意这样相信。"我叹了口气,问道,"你看过拍摄的素材吗?我指最后的。"

"他去世后几天,我一直没有去碰摄像机。但是昨天,我把所有的带子都看了一遍,所以才那么急着想见你。我很想把纪录片做完,但我不知道自己有没有勇气……"

"不用着急,不是吗?你现在有很多要面对,你的父母也需要你帮助他们平复心情。为什么不等一段时间再说呢?"

"我报名参加了一个在肯尼亚的环保项目,不久就要动身。这个项目会持续一年,所以我在想,是不是应该在离开之前把纪录片做完。"

"艾玛,我很感谢你的信任。但我觉得这个问题不应该由我来回答。你应该问一下自己的内心,是否有力量承担这么多。恭喜你的新项目,这听上去很有意义,但我希望你不是因为逃避才——"

"这个项目我在很久之前就计划要参加了,只是现在时机不巧。"

我正在思考还能说些什么的时候,女老板端着一小盘点心过来,放在我们中间。"这是本店新品,抹茶泡芙,新鲜出炉,请两位免费品尝。"女老板的柔声细语仿佛早春的微风。

我和艾玛立即点头致谢。泡芙一看就是用心烘焙的,把老板温柔的呼吸也裹了进去。茶壶里,米香和茶香混合着,散发出让人放心的温暖,我们静静地坐着,彼此手里,握着同样的温度。

6

忙碌的学期又开始了,我记着艾玛提到的启程日期,心想,总是要在她走之前再见一面的,可是艾玛一直没有回复我的邮件。对此,我倒也并不十分放在心上,毕竟,她要处理的事务一定非常繁杂。

又过了两周,已进入春季的雪城再次普降大雪。一天,我在去学校的路上看见远处走来一个熟悉的身影。飞雪中,她穿着黑夹克,灰色的长围巾将脖子裹得严严实实,可是有些人的形象,即使被层层包裹,还是能通过体态辨认出来。但我也还有些疑惑——艾玛不是早该去了肯尼亚吗?

待靠近的时候,她大幅度朝我挥手。

"艾玛?"我快步走去,果然是她。艾玛拥抱了我,她的眼镜片上沾满了化成水的雪滴。

"真的是你。远远看着就像你。"艾玛说。

"你不是去了肯尼亚吗？"雪白的街道中，只有我们两人站在松软的雪地里。

"我没有去。我现在搬回父母家了。"艾玛说着，又觉得有必要解释，"外婆中风了，现在接到父母家，我就决定留下来帮忙照顾她。"这样的情况在美国家庭十分少见，一般人都会雇用看护，更不太会有年轻人放弃海外进修的机会，回家照顾老人。

"那你的功课呢？"我知道艾玛一直是优等生。

"我和教授商量过了，可以上一学期的自主课程，只要定期汇报就可以了。我现在在一家非营利机构实习，他们专门帮助发展中国家解决安全水源的问题，这虽然不是我原先研究的方向，但也可以学到很多东西。"

"真是难为你了。"我不知该说什么。

"不，是我自愿的。家里人没有要求我搬回去，他们甚至有些反对。老实说，我也不是没有私心，因为我想把纪录片继续拍下去。外公的故事虽然结束了，但他去世之后，我意识到，他和外婆是难以分割的，所以，现在我也在用镜头记录外婆的生活。这让我对自己的家庭有了更深的理解。"

"你真的是在纪录片创作的道路上越走越宽阔了。"我赞赏地说道。

"或许有一天我会用纪录片来探讨环境问题，但是研究自己和研究环境还是很有关系的，你认为呢？"飞雪一粒粒跳进艾玛的围巾里，她缩着脖子，有些哆哆嗦嗦地说道，但目光中充盈着沉着与自信，"帮助世界很重要，但如果需要帮助的家人就在身边，我不想舍近求远。"也许，艾玛认为有必要强调自己决定的合理性，其实她根本不需要。

7

后来，我和艾玛成了很好的朋友。她的深思熟虑与矜持谨慎，都是与我截然不同又能互相弥补的特质。春天的时候，我们一起去康奈尔大学听音乐会，从小学习长笛的艾玛拥有丰富的古典音乐知识，令人折服；秋天的时候，我们一起去雪城郊外摘苹果，她手把手教我做倒扣的苹果派，别具风味；冬天的时候，艾玛带我一起去她的父母家，虽然她自己吃素，但为父母亲手烹饪了烤火鸡，滋味醇美。艾玛的父母都是善良和蔼的长辈，我没有见到她的外婆，因为身体不适，老人一直躺在楼上休息。

我帮助艾玛一起剪辑了她的首部纪录长片，近两小时的影片聚焦艾玛外公生命的最后时期。影片末尾的镜头里，艾玛的母亲在床边为外婆擦身，中风以后的外婆，头脑是清醒的，说话却是含糊的，她"咿咿呀呀"地嘟囔着，仿佛还在抱怨外公种种荒唐的过去。母亲擦完后，将手轻轻按在外婆额头上，老人逐渐安静下来，沉沉睡去。

母亲转过头,对艾玛说:"等我老了,如果像外公外婆一样生病,我不希望你牺牲自己的时间精力来照顾我。你应该有你自己的生活。"

艾玛的声音一如往常般平静沉稳:"这就是我的生活。"

后记:我在雪城又待了两年,毕业之后,搬去了洛杉矶。艾玛一直留在纽约州,毕业以后,和同学合伙收购了一家小型农场,种植有机农作物。她每周都会回父母家帮忙照顾外婆,她目前为止还没有去过非洲,但她说将来有一天,等她能长时间离家的时候,一定会去。

第八篇

莎拉：

纽约传奇

1

2016年5月,我受纽约大学社会与文化研究系学者苏克迪夫①的邀请再次造访纽约,放映我的纪录片作品《乡绸》。这部作品的主人公是洛杉矶第一家华人真丝进口商店的店主黄先生,作为美国二代移民,他用满怀敬意的个人陈述,讲述了家族三代人的奋斗史与乡愁志。伦敦白教堂美术馆的策展人格里斯·埃文斯②在仅仅观看了这部影片的预告片之后,就立即推荐给了他的好友——远在美国纽约的苏克迪夫。

苏克迪夫是印度裔的英国人,在东伦敦出生长大,他小时候居住的肖迪奇区③充斥着三教九流,如果说伦敦西区的高尚生

---

① 苏克迪夫·桑德胡(Sukhdev Sandhu),英国人,知名作家,纽约大学英语、社会与文化研究系副教授。
② 格里斯·埃文斯(Gareth Evans),英国人,伦敦白教堂美术馆电影策展人,同时也是一位作家、编辑、演讲者、活动策划人、电影制作人。
③ 肖迪奇区(horeditch),位于伦敦东区的哈克尼自治市,曾经是犯罪率颇高的中下层阶级聚集区,历史上有大量来自印度和孟加拉的移民,在近20年的伦敦市区改造中,已经成为了潮人圣地,各种买手店、设计师精品店、手工咖啡馆、家居生活馆层出不穷,而原先的居民和店铺逐渐被商业化进程中疯涨的房价挤出该地区。

活是国家美术馆里供人观瞻的贵族游园骑射图,而伦敦东区的下层生活就是花圃下翻动黑泥的脏手、猎场上清理血污的血手。不过,最混乱的地方往往有最令人惊喜的发明,地下摇滚、锐舞派对①、涂鸦、艺术运动等,在东伦敦层出不穷。巧合的是,我在伦敦的第一所公寓就在肖迪奇,现在,这里是潮人圣地,各种令人血脉贲张的亚文化元素早已过了叛逆的地下时期,成为主流商业巧立名目的时尚标签、喧宾夺主的文化盛宴。

亚文化的出现,原本是反主流、反商业的自由主义运动,一旦被一定规模的人群拥护,自然就产生了可被量化的经济效益,继而与它的出发点背道而驰。《乡绸》的店主黄先生,虽然和年轻人的亚文化潮流沾不上边,但他执着于精致的手工艺、传统的价值观、人情高于商业价值的经营模式,在这个时代早就成为了逆主流而行的个人选择。苏克迪夫十分欣赏影片中对黄先生的塑造,他甚至说:"我知道这样讲不对,但我不希望他生意太好,不希望他获利颇丰。我认为现状是完美的。它捕捉了一种特定的感性,既不关于零售,也不关于移民,而是关于一个人怎样在衰败中不急不躁,怎样理解自身的限制,并且优雅地接受它。我很羡慕黄先生。"

---

① 锐舞派对(rave),20 世纪 80 年代英国兴起的年轻人自发组织的跳舞派对,通常在荒郊野外或是废弃的工厂楼房内,由组织者用自带的扩音系统播放电子音乐,参与者可由几百到几千人不等。到了 90 年代,锐舞派对成为欧洲标志性的亚文化现象之一,90 年代中期,商业公司开始规范化原本免费的锐舞派对,以夜店的方式将这种派对包装为极具商业价值的娱乐形式。

此次纽约之行以前，我只在伦敦短暂地与苏克迪夫见过一面，地点就在肖迪奇的一家咖啡馆。苏克迪夫出现的时候，惊讶地对我说，他就在这条街上长大，现在这里的变化简直让他难以辨认。

2

放映完影片，不少热心观众留下来与我交流。最后还剩下三两人的时候，一个消瘦的身影出现在我面前。我一时愣住，似曾相识的熟悉感让我竭力在脑中搜索这张面孔，特别是那双灰褐色的大眼睛，一定让我在何时仔细观察过。正当我踌躇之际，她笑着对我说："我是莎拉，你不记得了吗？"

"莎拉！当然！"如醍醐灌顶，我哑然失笑，立即上前拥抱了她。

大约6年前，我从雪城来纽约参加一个名为"创意时代峰会"①的活动。当时，坐在我后排的大眼睛女孩连问两个尖锐的问题，让我印象深刻。会议休息期间，众人排队拿取咖啡和点心，我特意绕到她身旁，向她表示欣赏。

"谢谢。我叫莎拉，你是？"女孩留着极利落简便的蘑菇头，

---

① 创意时代峰会（The Creative Time Summit）是一个位于纽约的非营利组织，每年邀请来自世界各地的艺术家、社会活动家、作家和策展人，就当前全球重大的问题提出新的思路和策略。该峰会的宗旨是鼓励艺术家用创造改善社会。

浓密的眉毛向上挑起,一副机敏善辩的样子,她的大眼睛被长穗般的睫毛拱成扇形,既有西方的直率,又有东方的婉转,令人过目不忘。

我和莎拉就这样认识了,并且在我逗留的3天里,度过了颇为难忘的时光。

此刻,6年后的莎拉还是留着蘑菇头,只不过头上绑了条拼色的针织宽发带,把一半的长刘海都箍在了海蓝与麦黄交织的发带里,多了一份成熟女性的柔美。

"我在纽约大学的新闻邮件里看到你要来放映的消息,所以就不请自来了。"

"对啊,你也是纽约大学的校友。好久不见,你好吗?"

自从6年前分别之后,莎拉和我只在脸书上时而交流,通过她简短的文字,我大致知道一些她的变故,一度唏嘘不已。

"说来话长。见到你很高兴。你现在有计划吗?没有的话,我们一起去喝一杯吧。"她挽起我的手臂,啊!突然感到就跟6年前我们一起外出的夜晚一样。

20分钟后,我和莎拉坐在纽约大学附近的一间地下室酒吧里。莎拉说,这家酒吧以中国白酒为原料的鸡尾酒很出名,我从没试过白酒调的鸡尾酒,颇感兴趣。

这间酒吧门面虽小,但纵深很远,穿过一幅日式门帘,防空洞一般的拱形内室里居然还有垂着黑丝绒幕布的舞台,好像一幕无人的哑剧,在幽黄的灯光下,深不可测地沉默着。

我们拣靠门帘的地方坐下。墙壁是粗粝的红砖，仿佛战火过后露出内芯的断壁残垣。幽明的烛火把莎拉的脸庞由下往上地照亮，这时我才发现，除了那对扇形的大眼睛是熟悉的，嘴角若隐若现的法令纹像两道平行的波纹，朝着尖瘦的下巴推衍进来。

我极力搜索着脑海中那张平滑得像橄榄油香皂的莎拉的脸，却发现它早已被粗粝的生活摩挲出了棱角与划痕。

3

6年前，在一间风格极为相似的布鲁克林的小酒吧里，莎拉和我相谈甚欢，虽是初次见面，但冥冥之中有太多巧合让我们觉得彼此相联。莎拉的母亲出生在上海市虹口区——我也出生在虹口区；她的父亲曾经在同济大学建筑系做过访问学者——而我毕业于同济大学；她在纽约大学学习社会学，其导师曾经在德国法兰克福——我留过学的学校当过客座教授。

纽约这个地方，汇集了全世界身份最复杂的人群，他们不能简单地用国家和民族来定义，于种种融合了地域历史和个人历史的复杂特性中，只有"纽约客"（New Yorker）这个称号是最恰当的。

莎拉就是一个很好的例子。

她的母亲，一位带有一半韩国血统的中国女子，在上海出生，童年的时候,以极富传奇的方式和父母一起离开中国,踏上了美国的土地。在大学里,她的母亲遇到一位来自西班牙的建筑系学生,两人不顾父母的反对,坠入爱河。

毕业以后,两人随即结婚,此时莎拉的母亲已怀有身孕,并和莎拉的父亲一起,搬去了他的家乡——巴塞罗那。那里,莎拉的父亲继承了莎拉爷爷的建筑事务所——一家行将倒闭的小公司。搬回巴塞罗那后不久,莎拉的父亲就做出一个出人意料的决定,他将刚刚继承的公司楼房转让,从资产阶层汇集的扩展区[①]搬到了当时充斥着三教九流的旧城区[②]。如今,旧城区已是巴塞罗那最热门的旅游景点,白天熙熙攘攘,车水马龙,午夜过后,更是五光徘徊,十色陆离。但莎拉父母刚刚搬去的时候,旧城区的空气里四处弥漫着低下与犯罪的气息,阴暗潮湿的胡同里,令人作呕的腥臭仿佛幽灵一般,不时袭向行色匆匆的路人,张开腐败变形的大嘴,发出令人警觉的信号。

莎拉的父亲对古物迷恋到痴狂,无论是古楼、古书、古瓦片、

[①] 扩展区,加泰罗尼亚语为 Eixample,是巴塞罗那的一个区,在19世纪和20世纪初兴建。这里的城市规划格局以长直的街道、宽广的大街、格形的布局、圆角的方块街区而闻名。加泰罗尼亚现代主义建筑大师安东尼·高迪的代表作之一"米拉之家"(Casa Milà)就坐落于扩建区的格拉西亚街(Passeig de Gràcia)上。加泰罗尼亚(Catalunya)是西班牙的自治区,而巴塞罗那是该自治区首府,当地第一母语是加泰罗尼亚语,与西班牙语同为西班牙的官方语言,二者明显不同,但同属于印欧语系拉丁语族。[来源:维基百科]

[②] 旧城区,加泰罗尼亚语 Ciutat Vella,是巴塞罗那10个区中的第六区,位于该市的南部,是巴塞罗那最古老的部分,也是城市中心。其中,加泰罗尼亚广场是整个加泰罗尼亚地区最热门的聚集地点。[来源:维基百科]

古陶瓷、古木材、古铁器,都可以让他抚摸研究上一整天。而旧城区最不缺的就是古物。莎拉出生的时候,父母已经把买下的古楼翻修得可以住人——按照他们的标准。莎拉的母亲是一个神经紧张、阴晴不定的人。她一生最大的理想就是成为一名伟大的画家。生完莎拉之后,她下定决心要实现自己的画家梦想,第一步,先从绘制墙壁开始。为了省钱,她找来码头一个给渔船刷船漆的油漆工,为房子上漆。古老的墙壁被锌白抹去了岁月的痕迹之后,她开始用廉价购得的过期颜料在墙上绘制起了浪漫主义的繁复金饰。这位在上海逼仄的弄堂里出生的前资产阶级后代,在纽约皇后区的教堂里受到了灵魂升华的感召,环绕圣母玛利亚的金色穹顶就是她目光所及的高尚所在。来到历史悠远的欧洲大陆,那些深入心中的与"神圣""高尚"沾边的视觉形象更是将她浸淫得不能自已。在一种虔诚而近乎于自我救赎的心理中,她日复一日地绘制着墙壁上仿照19世纪欧洲资产阶级趣味的金碧辉煌的装饰画。结果,她在没有能够完成这幅巨作之前,就极度厌倦了。而莎拉最早的记忆之一,就是刺鼻的颜料味无孔不入地把她包围在无助的紧张里。

相比之下,莎拉的父亲除了经常消失在他城堡一般的书房里,反复整理着他的古书、古瓷、古瓦、古木器之外,不失为一个温馨慈爱的家长。他和母亲把房子的一楼作为建筑工作室,二楼和三楼为住家所用。莎拉自己有一间大大的卧室——对一个孩子来说过于宽敞了。父亲从跳蚤市场还有二手商店为她收集来了木马、铁皮玩偶、小汽车、小轮船。除了小汽车本来就有轮子，其他玩具都由父亲亲手给装上了滑动的轮盘。他喜欢看着小莎拉牵动玩偶们在宽敞的地板上奔过来，跑过去。地板也是自己铺的，用淘来的地砖斜斜地拼出了指向窗户——阳光——的几何图形。

莎拉7岁之前，几乎没有出过家附近的范围。父母都喜欢长时间地待在家里，通常是在楼下的工作室里赶工。父亲赶上了政府整改旧城区的好时机，他擅长用现成材料，以低廉的价格改造古旧建筑，十分符合城市规划的需要。在事业蒸蒸日上的时候，他不再有时间为莎拉改装玩具，而母亲也认为莎拉早已超过了和玩具度日的年龄。在莎拉刚上小学的时候，母亲就说，她有良好的基因和条件，以后应该成为一名艺术家。

然而，莎拉幼小的心里，有一个难以启齿的愿望。她是整座学校里唯一一个中西混血儿，因为长得漂亮，没有像那些移民小孩一样受到欺负，但她也觉得自己太过特别了。她最要好的朋友——艾米莉亚，是同一条街上一家面料铺老板的女儿。艾米莉亚有着巧克力般醇厚丝滑的长发、焦糖色的眼睛、洁白的皮肤。而莎拉的头发和眼睛都介于灰褐之间的，肤色暗黄，和晒成小麦色的地中海人肤色明显不同。这还不是最困扰她的地方，因为她知道自己是美丽的。她经常去艾米莉亚家里玩，艾米莉亚有3个姐姐、1个妹妹，母亲的肚子依然大着，一家人围着不大的饭桌其乐融融，欢声笑语不断。艾米莉亚的母亲厨艺甚佳，也擅长缝纫，家里从窗帘到沙发套，都是她亲手从面料店里选来的配色，大花的，格子的，和这个家庭一样热闹非凡。莎拉经常幻想，自己也可以是这个家庭的女儿之一，穿着母亲亲手制作的碎花背带裙，那一定有时下最时髦的花案和款式，和姐妹们有说有笑地去上学。周末的时候，跟着全家一起去海边野餐，吃着母亲亲手做的美食，父亲用相机把全家照在一起，有着跟面料铺一样鲜艳活泼的色彩。

莎拉的母亲讨厌这些繁琐的家事，她也装饰住宅，但他们的宅子太大太旧了，处处透着发酵的气味，母亲会用大理石像、深绿色的丝绒窗帘、棕黑的枯萎的干花，把家里装扮得富有"严肃的艺术气息"，因为这样才适于"艺术家的思考"。她给莎拉穿藏蓝拼白条的套裙，因为这样既不容易脏也显得有教养。莎拉的小书包每天早晚都要经过母亲检查，因为漂亮的女孩子更容易招惹是非。父亲从来不干涉这些事，他认为莎拉近乎完美，因为那是他的女儿。他总是友好地向艾米莉亚的父母打招呼，但一次也没有鼓励妻子邀请对方来家里做客，而莎拉的母亲则以自己不会说当地语言，而当地人的英语不好为由，也从来没有主动和邻居结交。她的朋友，都是在巴塞罗那的美国人，有大学老师、作家，也有艺术家。

莎拉7岁这年，远在纽约的外祖父去世。她第一次跟随父母出国，来到听过无数次的美国纽约。到达纽约的第一个感觉，就是自己显得很平凡，这令莎拉惊喜——纽约的机场、地铁和街道上到处都是各种肤色与打扮的人群，她看到一个跟她一样，穿了一身黑裙的犹太小女孩,大大的眼睛里浮现出忧伤的快乐,莎拉能够一眼看穿,因为这和她每天照镜子时看到的眼神一模一样。在纽约短暂逗留了一个礼拜,就要回巴塞罗那了。莎拉第一次见到母亲的家人,他们都和母亲一样,有着弯弯的扇形的眼眶,长而细的眼角。母亲的家人仿佛都很沉默——或许是出于悲痛,他们好奇的眼神让莎拉感到离他们很远。这一家人都是虔诚的天主教徒,都做着再普通不过的职业,莎拉发现,他们看母亲的眼神也同样充满了好奇。

回到巴塞罗那之后,虽然还是一样长大,但长大的意义完全不同了。原先,莎拉总是担心着怎样可以变得更普通,现在,她不需要变得普通,而只需要去一个让她显得普通的地方。

18岁那年,莎拉考进了纽约大学,她的父母都很高兴,愿意为她负担高昂的学费。就这样,她来到了似乎早就该来的纽约,成为了一名社会学系的大学生。

4

我和莎拉第一次相遇的时候,她正处在热恋中。

当时,她把我带到那家布鲁克林的小酒吧里,说这里离她男友家很近。她给男友发了短信,叫他有空的话一起下来喝一杯。

莎拉的男友有一头钢丝鬈发,好似漫不经心地堆在头上。他身材不高，可以算是瘦小，眼神凌厉，一看就是不说废话的那种类型。

他坐下的时候，莎拉已经把她半生的故事都告诉我了。

"你好！我叫安德鲁。"

"你好！我叫 Echo。"

彼此打过招呼，安德鲁点了一扎啤酒。我们3人并排坐在吧台。这里的啤酒很便宜，除此之外毫无特别之处，一看就是适合学生聚会的地方。

"莎拉告诉我，你们今天第一次见面，但我发现你们有很多类似的经历。"安德鲁的美式口语非常地道，如果莎拉不说，完全听不出他来自南美。

"也谈不上经历吧，就是一些跟身份有关的特质，比如出生地点、毕业学校这些。"

"你来自上海，对吗？我还没有去过中国，但去过印度尼西亚、斯里兰卡、还有柬埔寨。"

"你去的地方都很特别，是旅游吗？"

"不是旅游，是工作。我是一个记者，特别关注战乱时期人的生存问题。你刚才说这些国家很特别，你对它们的历史了解吗？"

"老实说，谈不上有多少了解。"我实话实说。

"莎拉说，你们是在'创意时代峰会'上认识的？那样的活动虽然有益，但在我看来，太局限于左派学者之间的互相追捧了。我们这个时代最大的危机之一，就是自己人跟自己人讲话，讲到最后觉得世界大同,可以高枕无忧了,但是如果你们这些学者呀,艺术家呀,离开自己的圈子,去真正残酷的前线看看,就会发现,人类的高度文明和原始的动物性之间,既没有被隔开几十万年,也没有被隔开一个世界。我们正是我们所批判的——这是我的观点。"

我竟无法辩驳,安德鲁的话既出自经验也符合理论,但人类短暂的一生里,大部分时间不都是在寻找认同,并以此解释自己存在的意义与价值吗?

"安德鲁,你这个人就是批判性思考过度,难道除了批判,就不允许志趣相投的人聚在一起,互相鼓励,激发一下灵感吗?"莎拉勾住安德鲁的肩膀,以战友式的口吻说道。

"这不就是我们现在的状态吗?"安德鲁笑说。

两杯啤酒下肚,安德鲁告诉我,他来自哥伦比亚,出生以后,国家处于长期的武装动乱[①]中,他的父亲曾是一名新闻记者,在报道动乱的过程中被流弹所伤,导致终身残疾。他很早就立志要当一名记者。他在哥伦比亚大学[②]念完新闻硕士之后,为《纽约

[①] 哥伦比亚的武装动乱由一系列复杂的经济、政治和社会原因共同形造成,在早期阶段(1974—1982),诸如"人民革命武装军"和"国家自由军"之类的游击队以宣扬平等的共产主义为口号,受到了当地群众的拥护。然而,到了20世纪80年代中期,哥伦比亚各地区政府获得了更大的政治与财政自主权,在1985年,"人民革命武装军"协助成立了"爱国联盟"这一左翼政党。最终,右翼的准军事部队杀害了大量该党派成员,就此形成了更为广泛的全国范围的武装动乱。

[②] 纽约市哥伦比亚大学,是一所坐落于纽约市曼哈顿上城晨边高地的私立研究型大学,常春藤联盟成员学校之一。它是全美历史第五悠久及纽约州最古老的高等教育机构,也是9所美国独立宣言发表前成立的殖民地学院之一。

时报》《华盛顿邮报》等美国最有声望的报纸供稿。最近这段时间,他往返了叙利亚两次,很多迹象表明,叙利亚内战①即将爆发。安德鲁说,一旦内战爆发,他很有可能会作为战地记者再次前往叙利亚。

安德鲁介绍得很轻松,正如开脑颅是外科医生的日常工作,驻扎在战争前线自然也是战地记者的日常工作。当时,叙利亚在我听来,只是一个遥远的国度,耳边的叙述给眼前这个貌不惊人的年轻人增加了一层传奇的色彩,但我没有意识到,传奇本身也是某些人的日常生活。

那夜的聊天十分畅快,莎拉和安德鲁既像普通的年轻情侣,又完全不同于普通的年轻情侣。现在想来,是因为他们之间的精神交流极为深刻的缘故。他们不时会用一两句西班牙语交流,莎拉小时候,加泰罗尼亚语、西班牙语和英语都是混着说的,而西班牙语也是安德鲁的母语,但同一种语言在两个地区的发音和用法颇为不同,他们彼此之间说着说着就会争论般地嬉笑起来。

第二天,我和莎拉又在峰会上遇见了,不过这次是约好的。我们一起在东村②的日式料理店吃了午间套餐,莎拉告诉我,她的母亲最讨厌吃生食,连生的葱姜都讨厌,而莎拉就最喜欢吃生鱼片、生姜、生葱、生蒜。她完全辜负了母亲的期望,不仅对绘

---

① 叙利亚内战是指从 2011 年年初爆发的叙利亚政府与叙利亚反对派之间的冲突。
② 东村(East Village)是纽约市曼哈顿区的一片街区,深受艺术家群体的欢迎,有很多亚洲美食。

画毫无兴趣，对古典音乐和雕塑也置若罔闻，但她热爱布鲁克林的地下派对，她说："那些音乐在我母亲听来全是低级下等的噪音。"莎拉那天穿着高腰紧身的牛仔裤和半旧的牛皮球鞋，上身一件掐着金丝的拼色马海毛毛衣，一看就是某个复古集市上淘来的，一根皱巴巴的黑白波点丝巾挂在脖子上，这是东村的嬉皮潮人最典型的装束，如果她再戴上一副圆形的玳瑁太阳眼镜，就更像生活杂志上的街拍模特了。不过，那天下着淅淅沥沥的牛毛细雨，即使潮人也不会戴着太阳眼镜出门。

第三天，活动已经结束，莎拉说她白天学校有课，晚上可以和我见面，因为这是我在纽约的最后一晚。我在 MOMA PS1①逛了半天，又去威廉斯堡②走走停停，不觉已经到了晚上。

莎拉和我约在绿点③的一家哥伦比亚餐厅，这是一家典型的家庭饭馆，从厨师到洗碗工都是一家人。莎拉说，他们主要做外卖生意，饭菜可口，价格便宜，在当地颇受欢迎。不大的餐厅里，四墙都被刷成了明亮的黄色，明明只有一扇窗，也在对称的地方装上了花布窗帘，假装有一排窗户。不用说，这里一定是莎拉和安德鲁经常光顾的地方。老板娘很热情地招呼了我们，莎拉也用西班牙语和她聊了两句家常。

---

① MOMA PS1 是纽约现代美术馆位于皇后区的联合展馆。

② 威廉斯堡（Williamsburg）位于纽约布鲁克林区，现在是著名的潮人区，和伦敦的肖迪奇区异曲同工。

③ 绿点（Greenpoint）是威廉斯堡北侧的一片住宅区，因受威廉斯堡时尚化的影响，也逐渐诞生了许多潮人小店、咖啡馆、餐馆，但同时亦保留着社区原本的风貌。

点菜的事我完全交给莎拉。前一天在日本料理店,莎拉已经显出了她对美食的热爱。美味并不一定都价格昂贵,比如这家小饭馆,菜单只有一页,主食有米饭、烤玉米和黄豆,菜类有烤全鱼、香肠、肉饼和煎蛋,另外就是新鲜的番茄酱、牛油果和蔬菜色拉,除了点菜,也可以自己搭配套餐,各色食物装一大盆,价格也不会超过7美金,这是典型的工人和学生的菜单。

莎拉匆匆看了一眼菜单,直接和老板娘聊了起来。我听不懂她的西班牙语,等上菜的时候,看到并非菜单上罗列的,而是滋滋作响的烤鱿鱼卷,足足有我半个手腕这么粗,鲜嫩多汁,还有一种炸得金黄酥脆的玉米饼,香气四溢。老板娘给我们开了两瓶哥伦比亚啤酒,端出一碟自制的青椒辣酱,还附赠了一盘新鲜出炉的烤香蕉片。我们两人不愿辜负这热气腾腾的美味,聚精会神地吃完一桌之后,才靠在木制长凳的椅背上聊起天来。

"Echo,我觉得你这个人很神秘。"

"我吗?我有什么神秘的?你应该觉得我是一览无余的。"

"就是因为你的经历听上去都很顺利,从上海到法兰克福,从法兰克福到纽约,好像可以随心所欲的样子。"

"你不是也从巴塞罗那到纽约,很随心所欲吗?"

"我可是经过了很多斗争,才能进现在的大学学社会学。你呢?你的父母一直很支持你学艺术吗?"

"他们应该是放弃对我的纠正了吧,能做好一件事,总比痛苦地勉强着做一件不擅长的事要合理。"

"也是,其实如果你做我母亲的女儿,恐怕她会比较欣慰。"

"我才不要——哦,我是说,你的母亲听上去比我的还严厉。"

"哈哈,她对我最大的批评就是我不会感恩。她说她年轻的时候,身为亚裔受到了很大的歧视,她的父母也没有钱供她念什么名校,家里子女多,她受不到任何重视,所有人都认为她只是一个思想有点古怪、喜欢一个人待着画画的小孩。" 莎拉说。

"但是独生子女有独生子女的压力,因为没有 plan B① 了嘛。"

"就是啊,太多父母把自己没有完成的理想强加在子女身上,也不想想,自己做不到的事,带有自己基因的子女就应该做到吗?好在我父亲是一个沉浸在自己世界里的人,他对我的一切都很满意,因为我是他世界里的一个居民。而我母亲,其实一辈子都很在意别人的眼光,她那么努力地把自己装扮成一个知识分子式的沙龙女主人,但她感兴趣的并非知识和艺术本身,而是它们能为她带来的光环,虽然她也并不成功。"

"这么说自己的母亲,总觉得有些刻薄。"

---

① 备用计划,这里指所有的希望都寄在了一个孩子身上。

"我觉得你能理解东亚文化里面那种从儒家以来根深蒂固的、不可反抗的长尊幼卑,所以才跟你说的。"

"我离开中国的一个主要原因,就是想在一个刻板印象较为模糊的地方,按照我自己的理解,选择自己的生活,这包括我想做的事、想结交的人、以何种方式结交。我认为长尊幼卑也有它的好处,比如,美国社会就太迷恋年轻,讨厌年老,已经到了几乎变态的程度,这就是美国的刻板印象。可见每个地方的文化都有自己执迷不悟的地方。"

"这是一个有趣的观点,安德鲁常说,常人无法跳出时代的限制,只有天才可以,但他们往往被常人扼杀。从社会学的角度来说,大多数人都拼命想成为'正常'范围里'标准式'的人物,其实这是一种角色扮演,比如一个大学教授应该有怎样的政治观点,住在哪个社区,去什么超市购物,业余进行怎样的休闲活动,都在一个八九不离十的范围之内,这样才符合社会对'大学教授'这个身份的定义。同样的,公司职员、商场保安、出租车司机、华尔街投行经理,每个人都有符合自己身份的服装、道具、场景、台词,只有极少数的人可以打破这些刻板印象,同时扮演多种角色,或者在不同角色间自由出入。即使是艺术家,比如像我母亲向往成为的那种艺术家,也有着明显的身份特征,甚至还分你是哪个阶层的艺术家,就伴有相应的身份特征。"

"被你这样一分析,'身份'就和'角色'一样,99%都是塑造出来的,真实的自我有没有1%呢?"我问。

"人本来就是环境塑造和自我塑造的产物嘛。"

"所以你这么特别,是因为你的环境和基因已经很特别。"

"我觉得我在纽约特别平凡,我享受这种平凡。"

我和莎拉在这样持续的谈话中,从哥伦比亚饭馆结了账出来,顺着德里格斯街[①]一路往西南方向走着,不知不觉已经来到了威廉斯堡大桥[②]上。

我10岁左右的时候,在上海市虹口区的一家文具店里看到一种泛黄的信笺,上面印着一幅令我感到全然陌生的画面——浓重的雾气中,高耸入云的钢筋铁桥宛如一块巨大的舞台背景,历史般岿然不动,一排戴着礼帽披着大衣的男子剪影从红砖砌起的仓库一头走向镜中倒影般的另一头,仓库外墙的防火梯层层往上,通向仿佛并不存在的楼顶。当时是小学生的我,并不觉得这幅画面同自己有任何干系,或许它虚构的历史沉重感唤起了我对某种未知情感的好奇,我买下了这套标价为2.5元人民币的信笺,放置了很多年都没有用。上初中以后,我才知道这幅画面来自电影

[①] 德里格斯街(Driggs Ave.),纽约布鲁克林的一条街道。
[②] 威廉斯堡大桥,是位于美国纽约州纽约市横跨东河的悬索桥,连接曼哈顿的下东城与布鲁克林的威廉斯堡,在曼哈顿与地兰西街交汇,在布鲁克林与布鲁克林-皇后区快速公路和百老汇交会点附近交汇。

《美国往事》①，那种和自己没有切身关系、但仿佛可以相通的情感叫作 nostalgia②，而占据了画面四分之三的巨型铁桥，就是威廉斯堡大桥。

这样想来，威廉斯堡大桥是我对遥远的美国第一次产生朦胧向往的视觉灵感。

曼哈顿下城的万家灯火与威廉斯堡渐行渐远的夜幕遥相呼应，我和莎拉站在桥正中，脚下疾驶而过的 Z 号列车③载着都市夜归人即将沉睡的回忆，波澜不惊地掠过东河上空，滚滚向前。

"你想过有一天回上海吗？"莎拉目视远方，脸上莹莹地映着河水的波光。

"我从没觉得自己离开了上海，反而因为空间的距离，而对那些特别的时刻有了更深的印象。"

"你和我一样，觉得时间不是一条直线，空间也不是平行的，对吗？"

"当然不是。与其缺乏自我意识地在同一个地方日复一日地生活，不如用短暂而深刻的感受，真正了解自己和一个地方的关

---

① 《美国往事》为意大利导演赛尔乔·莱翁内于 1984 年制作的犯罪剧情片，由罗伯特·德尼罗、詹姆斯·伍兹、伊丽莎白·麦戈文主演。剧本改编自哈利·格雷的小说《小混混》(The Hoods)，讲述了美国纽约市犹太人聚集区的几个青少年逐步成长为黑帮大佬的故事，展示出 20 世纪 20 年代至 60 年代美国都市生活的缩影。

② 怀旧，乡愁。

③ 威廉斯堡大桥上层有人行道和自行车道，下层是通地铁 J/M/Z 三条线的轨道。

系。了解过后,即便离开,那种深刻的感受也是不会被忘却的。"

"说得真好。告诉你,我一直向往去上海,但又怕去,因为我对它充满了想象,甚至沉醉于这种想象,以至于自己是不是真的身临其境已经不重要了。"

"所谓的'迷恋',就是沉醉于自己对人、事物的想象中吧。"

如果不是莎拉收到了安德鲁发来的一条短信,可能我们还会站在桥上聊很久。安德鲁说,威廉斯堡的一家废弃仓库里有一场锐舞派对即将开始,是一个来自德国柏林的DJ。莎拉蠢蠢欲动,问我要不要去。我当时就住在曼哈顿下城的翠贝卡[①],多走几步就到。于是别了莎拉,一个人朝长长的桥尽头走去。

如果那天我跟随莎拉一起回到威廉斯堡,就能再见安德鲁一面。

5

2011年到2013年之间,我和莎拉经常在脸书上聊天。其间还在纽约重逢过两回,但渐渐地联系就减少了。莎拉对谈得投机的陌生人仿佛很能敞开心扉,但稍一深入了解,就会碰到一面隐形的屏障。她很执迷于强调自己和母亲的不合,处处都想

---

① 翠贝卡(Tribeca),曼哈顿的一个区。

第八篇

莎拉：纽约传奇

证明自己的不同之处，但她越是强调，就越像是批评自己的某种特质。

2013年年底，毕业不久的莎拉在脸书上发了一张怀抱新生婴儿的自拍照。照片旁伴有一串长长的说明文字，清楚地写道，孩子是她和安德鲁的女儿，比预计早了两周出生，母女平安。安德鲁人在叙利亚北部的阿勒颇①参与战事报道，没有能够及时赶回来，但孩子的出生为他和每天在战火中见证死亡的同事带来了无比的希望。莎拉说，她希望这个孩子能够成为像她父亲那样正义勇敢的人，在她长大以后，这个世界能够少一些战乱，多一些和平。

我颇受震动，虽然和莎拉交往不深，但她对我敞开心扉的故事一直萦绕在我心头。莎拉的文字令我感动，我不免想象她选择在此时生下孩子的决心，激动地写下一条长长的信息表达祝贺与祝福。莎拉很快就回复了我，简单地表示了感谢。网页上，她的照片获得了200多个点赞和几十条祝福的留言，出于好奇，我仔细浏览了一遍，没有看到她家人的留言。我记得莎拉说过，她的父母都不使用社交网络，但在美国的亲戚一个也没有吗？我陷入了沉思。

这次以后，很久都没有看到莎拉的更新。我想过主动联系她，

---

① 阿勒颇又译作阿勒坡，是叙利亚北部城市，阿勒颇省的首府。叙利亚内战前，阿勒颇拥有逾200万人口，是叙利亚的第一大城市。从历史上看，阿勒颇是人类最古老的定居点之一，考古学发现在公元前5000年时这里就有人居住。古希腊人称这座城市为"贝罗埃亚"。奥斯曼帝国统治时期这里称为哈勒普。

但冥冥之中，一种不详的预感让我不愿触碰那个可能是悲剧的按钮。

日子以正常的速度向前翻滚着。到了 2014 年中旬，突然看到莎拉在脸书上上传了一张孩子小手的照片，照片的权限设置为了"编辑"，即只有莎拉选择的好友可以看到。

因为被"选中"，我突感某种责任，必须要和莎拉重新对话。在之后的交流中，我了解到，安德鲁在孩子出生后回到纽约，一家人十分幸福地团聚了一段时间，但不久，安德鲁决定再次返回叙利亚。这时，大批西方记者已经从叙利亚撤回，因为内战愈打愈烈，每天都有成百上千的无辜群众在轰炸中丧身，炸弹不长眼睛，根本不会顾及谁在场，谁不在场。一直支持安德鲁的莎拉此时也无法坚定立场了，看着刚出生不久的女儿，她恳求安德鲁不要冒这个巨大的风险。莎拉说，她当时不能理解为什么安德鲁最终会撇下她和女儿，但安德鲁出事以后，她才知道，安德鲁其实不仅一直在向西方媒体传送报道，而且还和当地的反抗组织一起拍摄记录了大量战争中无辜受伤、死亡人群的影像。他冒着生命危险回到阿勒颇，因为他早就把自己视为反抗组织的一员。"他小时候在哥伦比亚经历了类似的战乱，而且幸存下来，所以他没法离开那些需要帮助的可怜的人们，即使这意味着牺牲自己和家庭。"

安德鲁首先失踪了 3 天，莎拉无法联系到他，这本来并非第一次，但他没有出现在约定好的营地，其他记者和政治活动家都开始找他。1 周以后，安德鲁的尸体在一处被流弹扫射过的居民区附近被找到。那里有一片临时搭建的儿童医院,安德鲁不久前曾和反抗组织的成员一起去探望里面的受伤儿童。没人知道他为什么独自返回此处,并不幸被流弹击中。安德鲁的随身物品里只有一台小型摄影机和一个笔记本。除此以外,他的钱包里装着一张莎拉和新生女儿的照片,就是莎拉发在脸书上的那张自拍像。

莎拉没有告诉我,安德鲁的摄影机里留下了怎样的素材。她谢绝了所有媒体的采访,虽然这或许会对安德鲁所投身的事业有所帮助,让更多人了解到战争现场惨绝人寰的杀戮。莎拉说,拒绝采访是她对安德鲁的报复,这听上去很自私,但她没有办法强迫自己假装具有同样坚定的信仰——她很怀疑自己是否完全了解安德鲁内心的出发点。莎拉的心理医生告诉她,把痛苦的经历分享出来,会有助于她走出悲痛的阴影,而且会帮助她重新了解到安德鲁事业的意义——而这很可能是凌驾于个人幸福之上的。莎拉说,痛苦是唯一能提醒她爱过安德鲁的证明了,她还没有准备好要从痛苦里走出来。她向身边的很多人,包括她的父母,分享了一切,她的母亲也从巴塞罗那赶来纽约照顾她和孩子。但她还没有准备好把这个故事告诉全世界。

听了莎拉的叙述,我疯狂地在网上搜索有关安德鲁的报道,其实有不少,从美国全国公共广播电视台(NPR)到英国广播公司(BBC),都可以找到简单而不详尽的报道。我为自己的后知后觉感到可耻。但生活在安全世界的我们,如果没有切身体会,怎么可能把战争中的难民视如自己的同胞呢?

6

2016 年，莎拉突然出现在我面前。那些复杂的回忆像海浪一样，一波一波地涌起，拍打在我记忆的海滩上。

"其实这些年我一直关注你在脸书上的动向，看到你持续不断地创作，又去了很多新的地方，很为你高兴。"莎拉喝着加了冰的波本酒，看着我说。

"谢谢你。你呢？我知道你经历了很多，不知从何问起。对不起，我不是一个很好的朋友。"不知为什么，我突然感到一种道歉的必要，难道是同情心作祟？

"没有必要道歉，你什么都没做啊。"

的确，我什么都没做，原来这才是我感到愧疚的原因。

"我和母亲倒是和好了，这恐怕是意料之外的结果。"莎拉平静地说道，甚至带有一丝自嘲。她的若无其事让我从心底感到佩服。

"你的父亲呢？还在西班牙吗？女儿呢？她——已经 3 岁了吧？"有太多问题，简直不知如何开口。

"他还在西班牙，对了，他们离婚了，这你不知道吧？他再婚了,和小他十几岁的女助理在一起了。我母亲倒是没有太难受,她说她一直很思念纽约,回到这里总算落叶归根了。女儿也很好,我母亲在家照看她。"

我发现莎拉提到父亲的时候只用"他"这个字,而一口一个母亲。

"这些年,你太不容易了。"痛苦、折磨、悲伤都到了头的时候,我们反而只能说一句"不容易"。

"还好不是我一个人走过来,如果当初没有生下女儿,不知道我会变成怎样。她比我坚强得多,你相信吗?"

"因为她的人生生来是空白的,还没有写满悲伤。"

"我不这么认为,我现在终于明白,为什么母亲会把这么多没完成的希望寄予在我身上,就像我把希望寄予在我女儿身上一样。"

"是为什么呢?"我不解道。

"因为她是我们生命的延续啊。她不是一个和谁都没有关系的个体,她和她父母的基因,他们的经历,她的成长环境,她周围的人、甚至物,都有着千丝万缕的联系。甚至,她不光是我和安德鲁生命的延续,也是整个人类生命的延续,一些人死去了,一些新的人出生了,他们饱含了人类的希望。"

我并不完全同意,但也没有反驳。

沉默中,莎拉将杯中余酒一饮而尽。

"你准备一直一个人吗？"我问她。

"我现在还没有完全走出来。安德鲁过世以后，我去过一次哥伦比亚，他的家乡。他的父母都是很好的人，但是你知道吗？他们竟然不知道我们已经有了孩子。他是出于怎样的心理瞒着自己的父母，我已经无从得知了。有时候，回想起来，或许是我爱他多于他爱我吧。"

"我一直不明白的是，你是怎么在上大学的时候怀孕，并决定把孩子生下来的？这是一个意外吗？"这是我长久以来的一个疑问。

"老实说，我那时已经预感到会失去他，这种感觉很难以形容，但我一想到会失去他，就悲伤得像发了疯。我希望用一个孩子留住他，当然这是一个极端自私的想法。"

"所以他并不知道你准备怀孕？"

"不，他那时候一心要去叙利亚。"

我竟无言以对，莎拉做错了吗？战火中的人们，不也是在担惊受怕中继续繁衍着下一代，尽管他们的成长环境注定危机四伏？

"有一段时间，我和所有人切断了联系，因为我很自责，好像一切都是我的错，这就像一个怎么也走不出来的迷宫，循环无解。直到去年，父母离婚的时候，母亲从巴塞罗那搬回纽约，她像别的华人老太太那样，去中国城买鱼买菜，去梅西百货[①]挑选

---

①梅西百货，美国一家大型连锁百货公司。

打折的婴儿用品，还陪我去看心理医生，整天忙碌着，甚至婴儿房间里的卡通壁画也是她亲手画的。要知道，我小时候都没有受过这样的待遇。我总觉得，她在内心并没有完全否定我的选择，虽然表面上也会叹气说，为什么我只继承了她感情用事的缺点。人在绝望的时候，有一个你最亲近的人从心底理解你的选择，而不是一味地可怜你，是足以支撑你艰难地活下去的。反正，我现在已经接受了这样一个现实，安德鲁是不会回来了，我可能会永远带着伤痛生活，就好像一个有偏头痛或是关节炎的人，不时会被病痛折磨一番，但我毕竟还活着；孩子是我自己决定要的，她给了我很多力量；还有母亲，我一度以为她是不会改变的，但是我错了。她现在年纪大了，对以前执着的很多东西都看开了。我们还是会经常拌嘴，这点倒是没变。"

我分不清莎拉眼角闪烁的是泪光还是灯光的反射，倒是自己，控制不住地泪流满面。

7

第二天，受莎拉之邀，我来到她位于绿点的家。这是幢两层的砖结构小楼，莎拉住在装着大玻璃窗的二楼，从窗台可以看到我们曾经吃过晚饭的那家哥伦比亚餐馆。这套两室一厅的公寓不大，但明亮温馨。地板是老式的拼接木地板，上面叠铺着两条花色的羊毛地毯，孩子就坐在地上玩耍。一只长毛的三花猫偎在窗边的藤椅上，它特别会挑地方，这把藤椅的坐垫是厚厚的驼毛毯，和它黄、白、褐的三色皮毛融为一体，像是一只滚圆的庞然大物。

长条形的客厅一半是孩子的游戏房，一半是开放式的厨房。几只高脚凳围在厨房中岛①外围，这就是聚餐和会客的地方，不过莎拉的生活中应该很少有访客。

想象中，莎拉的母亲应该是一位高挑苗条、气质优雅的迟暮美人。然而她本人并不起眼，身材娇小，比莎拉矮了整整一个头，利落的短发有卷烫过度变得僵直的迹象，服帖地收拢在头顶，乍一看，像是一位普通的华人老太太。她穿着一件墨绿色钩花的针织上衣，领口和袖口有白色的细巧滚边，下身是宽松的亚麻长裤，确实像是我在巴塞罗那度假时看到的中年妇女们气质姣好的装束。

莎拉的母亲为我们做了一桌喷香的海鲜饭。莎拉自己现在只吃素食，但她母亲和女儿都吃鱼虾。莎拉的女儿有着一头卷曲的棕发，棕黑的亮晶晶的眼眸，比莎拉微深的肤色，这些看着都像安德鲁的遗传，而小巧的鼻尖和嘴形则很像莎拉。她略微有些害羞，不时歪着头迅速地瞟我两眼，但始终自顾自用塑料小勺舀着饭粒在吃。

"宝贝，吃点虾。"莎拉的母亲剥了两颗大虾，用餐刀切成

---

① 厨房中岛（kitchen island），炉灶等布置在中央部位的厨房，即岛式厨房。

小粒,放在孩子面前的卡通塑料小盘里。女孩伸出左手,拿了一粒虾仁,整个地塞进嘴里,慢慢咀嚼起来。她右手拿着的勺子一下被松开,几颗饭粒掉在桌上。

"她一点都不挑食,比莎拉小时候好带多了。"莎拉的母亲迅速拾起掉下的饭粒,扔在一旁放虾壳的盘里。从我进门开始,她就好像认识我一样,没有任何多余的客套。

"我记得我小时候是非常安静的。"莎拉辩解道。她的眼神一刻不离孩子,但耳朵一直竖着听我们的对话。

"你小时候有严重的哮喘,发作起来咳得话都说不了,而且特别挑剔环境,稍微闻到一点花粉都不行。你记得小时候家里只有干花吗?我是特别喜欢花的,可是一支鲜花都摆不了。"

"外婆,什么是哮喘?"女孩问道。虽然只有3岁,但她的表达和咬字都十分清楚。

"哮喘啊?哮喘就是——"莎拉母亲放下叉子,两手握在嘴前哈着气,出其不意地伸过去挠女孩的胳肢窝。女孩笑得像秋天的风铃,清脆悦耳。

"说了多少次,吃饭的时候不要逗她,"莎拉放下叉子,一脸严肃地说,"笑得呛着了怎么办?"

莎拉母亲朝外孙女吐吐舌头,做出闷头吃饭的样子。女孩依旧咧嘴笑着,不经意间还瞥了我一眼,看到我正在注意她,便把笑容收拢了,低头继续吃饭。

我没想到莎拉母亲是这样有童心的人,难以想象莎拉小时候她曾是位严母。

吃完饭,莎拉带孩子在地上玩起了积木。女孩的玩具很多,三面墙上都立着宜家的格形橱柜,用糖果色的方盒作抽屉,里面堆满了各色玩偶。此刻,莎拉正和女儿用乐高积木搭着火车,她的手机插在地上的小音箱里,播放着活泼的西班牙语流行歌曲,不知是不是莎拉小时候爱听的。

莎拉母亲在水龙头下洗着碗碟,我站在一旁帮她擦干,她和莎拉都没有坚持不需要我帮忙。这个家让人感觉不拘礼节,也省去了许多虚假的客套。

莎拉一边和女儿搭积木,一边小声哼唱着歌曲,听得出她心情颇为轻松。

莎拉母亲小声对我说:"你觉得她变化大吗?"

"莎拉?"我侧头往后瞄了莎拉一眼,低声说道,"上次见到她已经是很多年前,年龄大了,总会有些变化吧。"

"唔,"莎拉母亲轻轻叹气,又问,"你见过安德鲁,是吗?"

"是的。"

"唔。"她点点头,没有再问什么。

过了一会儿,莎拉把女儿抱去隔壁卧室睡午觉了。

等她回到客厅,一壶桑茶泡好了。这是我特地去中国城买了带来的,记得莎拉昨天说,她经常失眠,不能喝含咖啡因的饮料。

我们3人静静地在午后的阳光里喝茶,缓缓腾起的热气在阳光的映射里,照出无数颗飘浮的灰尘,据说浮游生物的生命只有短短的几分钟，刚刚完成繁衍就会被其他动物吃掉，但它们也是存在过的生命形式，无论如何微弱。三花猫突然从藤椅上跃下，足尖跳舞般地朝莎拉一路小跑过来，用头来回蹭她搭在椅子横杠上的脚背。"它是要吃的。"莎拉说着，就起身去拿猫食。猫咪兴奋地"唔"了一声，尾巴扫过麻绳编制的坐垫，扬起更多灰尘混入飘着茶香的热气里。

"别给它喂太多。"莎拉母亲呷了一口热茶，转过头向莎拉说道。

第九篇

乡绅：
比弗利山庄的中国真丝大王[①]

[①] 说明：本故事中关于黄先生父母家庭背景的段落，由于年代久远。且黄家家庭成员说法不一，故作者根据对黄先生的采访加入了文学创作的成分，故有关段落不具备史料性质。

小时候

乡愁是一枚小小的邮票

我在这头

母亲在那头

长大后

乡愁是一张窄窄的船票

我在这头

新娘在那头

——摘自《乡愁》,余光中

1

  生活在洛杉矶，时间常常在不知不觉的"行驶"中溜走。步行的时候，我们的视线和移动速度同步，身旁的一草一木都在悠闲地和视线打招呼；跑步的时候，视线跳跃，在动态中随机选择着眼点；而开车的时候，视线在下意识中具有更强的选择性，抵达目的地之后，我们通常可以记得行程中的路标、拐角、特殊的建筑及街景，至于这些地点之间有什么，常常只有一个大致的印象。

  一天，我开车经过比弗利大道。这里精品店林立，名车云集，逛街的型男靓女们仿佛都有着相同的小麦色皮肤的基因，在阳光下显得光彩熠熠、柔滑紧致，身上轻柔的T恤在微风拂动下恰到好处地勾勒出他们每周至少3次慢跑、四次普拉提练就的曼妙身姿，一口钻石般的皓齿令被墨镜遮挡的半张笑靥依旧春光明媚。洛城人喜爱浅色着装，比弗利山庄的潮人们更是偏爱纯白配裸粉，亚麻配浅金，这种清爽的配色也就成了"富人色"。每次经过这些街道，我都会以为自己误入了时尚大片的摄影棚。事实上，这些型男靓女的日常生活和精心打造的拍摄场景也并无差别。

就在视线东扫西晃时，一块巨大而陈旧的店招忽然映入我的眼帘，招牌上，全世界中式快餐店通用的菜刀状字体齐齐排开："ORIENTAL SILK"（东方丝绸）。这是什么？中国真丝？为什么会开在这条精品街上？这招牌看上去年代久远，店是否已经倒闭？这一连串问题逐一蹦出的时候，我早已开过3条街，但按捺不住内心的好奇，又拐了回来，把车停在与丝绸店毗邻的咖啡馆一旁，经过坐在沿街遮阳伞下一边吸着10美金的果昔一边闲聊的男女们，来到了"东方丝绸"的门口。

乍一看，虽然玻璃门上贴着"营业中"的招牌，但这手写的字体显然已经褪了不止一层颜色。玻璃门旁有一排宽敞的橱窗，却被晒成蜜黄的白色百叶窗遮得密密实实，看不出内中究竟。迟疑之际，我还是伸手推了推玻璃门，竟然一下就推开了。迎面而来的不是里三层外三层的琳琅货品，而是一股陈年老店所特有的醇厚气味。这股气味既不芳香，也不醉人，如果放在旧货店，就是铁锈斑驳、灰尘满布的老中医的医疗箱；如果放在二手书店，就是书虫嚼烂、书线酥脱的黄纸片；而放在这间低调得仿佛不愿见人的丝绸店，则是老太太搁在阁楼深处，藏满了锦缎珠翠的陪嫁樟木箱，不到万一，不会拿出来。

这样既厚又潮的气味，简直不是在终年干燥少雨的洛杉矶可以闻到的，一时竟把我的记忆拉回到20世纪90年代的上海。那时,我跟着母亲去南京西路"真丝大王"国营老店,看她挑选面料,找裁缝老师傅量身定做。老师傅皱纹苍苍的双手捏着软皮卷尺在母亲身上精准移动着,而我坐在靠背椅上晃着双脚,眼睛瞟来瞟去地看着缤纷多彩的硬绸软缎,心里暗暗思量着哪个好看、哪个更好看。那时的我还不懂什么叫抽象画,什么是图案设计,纯粹凭借内心对色彩、构图、明暗、比例的直觉,想象着什么样的花纹适合做连衣裙,什么样的花纹就只能做窗帘或桌布。

一位60开外的华人老先生应门而来。老先生中等身材,戴着金边方眼镜,头顶半谢,发丝不苟,眼角和嘴角都微微下垂,有着伏案多年、思考多于言谈的人所特有的沉稳。他从暗处走来,身上洗得失去弹性的短袖Polo衫在阳光下才显出一点本色。

"你好,请问有什么需要的吗?"老先生一口纯正的加州美语,语音低沉柔和。

"谢谢,我随便看看。"我一眼便觉他是土生土长的美国华人,而非成年以后移民过来,和中国城里为生活奔波、眼神疲惫的"第一代"劳工移民截然不同。

"好的,请随意。"说着,他便退向柜台后去做自己的事了。

走进店铺,才发现它比我想象中大很多。老先生的柜台靠近大门,后面整齐摆放了上下3层各色织锦缎,龙腾虎跃,花团锦簇,争奇斗艳。这组柜台对面,还有两组自成一圈的大玻璃柜台,每一圈内都可从容站下三四位营业员。此外,店铺四墙从上到下全是货柜,货柜之间,凡有空地,不是成排的纽扣架、服饰配件架,就是挂着样衣的衣架,甚至天花板上也都吊满了手绘丝绸做成的各色动物风筝,十二生肖,应有尽有。

我一时只觉得眼花缭乱,不知先看哪里,再看哪里,于是便问老先生:"请问您这家店是什么时候开的?感觉很有历史啊。"

老先生放下手中的簿册,绕过柜台,向我走近,慢条斯理地说道:"这家店,是我父母在20世纪70年代初开的,今年我们就要进入第42个年头了。"

"那真是年代久远。我来洛杉矶这段时间,从没见过中国真丝商店,在中国城也没见过。"

"那可不奇怪。中国城以前有几家丝绸店,后来不是转行就是关门,全洛杉矶仅剩我们'东方丝绸'一家。本店是'二战'以后美国西海岸最早从中国进口真丝的供应商。"

"70年代初的时候,中国不是还在'文革'吗?那时候,你们是怎么做进出口贸易的呢?"

"这就说来话长了。你如果不赶时间的话,我可以慢慢说给你听。"老先生不紧不慢,如同在讲台上讲课一般,一手搁在玻璃柜台上,一手扶了扶眼镜架。

我当然要听,只是想起车只能停20分钟,于是告诉老先生,我去给停车咪表加点硬币就回来。老先生说:"这地方停车难,你就把车停在我店后面吧,那里有片小菜园,还有辆灰色的丰田面包车,那是我的,你停在旁边就行,然后你从后门进来,我给你开门。"

那自然好。我出门把车开到丝绸店后方,在一辆灰色的丰田面包车旁停好。老先生已站在后门的铁闸旁等我,我紧随其后,穿过绿茵茵的小菜园,就进到丝绸店的后门。这是一间小小的储藏室,地上竖满了成排的空纸轴,是面料抽完后剩下的内芯;密密麻麻的五彩锦盒从地上堆到天花板,不知是空的还是满的;杂物中,还有一台布满灰尘的老式传真机,像是刚从时间机器里穿越过来似的。

十几分钟前,我还在阳光灿烂的精品街上驾车看着时装模特般的过路行人。现在,我已身处一家"时空胶囊"①般的店铺里,聆听一位全身好像只有一套行头的朴素老人给我讲故事。

2

"我的父亲出生在广东台山的一个农民家庭,家中子女众多。他小学只上到六年级,就不得不辍学了,所以说起来,父亲的学历还不到小学毕业,但他后来能说多国语言,精通木工、机械等各种手工劳动以及服装进出口,乃至股票投资,都是他好学用功的结果。

"父亲12岁时就被遣往香港的叔叔家打工。当时,他在叔叔的

---

① 英文为 time capsule,意为没有经历时间变化、对过去保留完好的某种存在形式。

《东方真丝商店》（图片由肯尼斯·黄授权使用）

干果铺里当学徒,什么脏活累活都要干,每月的薪水,除去生活必需,全部要寄回老家。听说我祖母是个特别吝啬的妇人,尽其所能地克扣父亲的薪水,让他做牛做马,成为全家的苦劳力。不过在这几年中,父亲察言观色,也学会了一些社会上做事的套路,且能说一些简单的日常英语,这为他后来移民美国打下了基础。

"父亲18岁的时候,回乡找姑娘结婚。那个年代的乡下,婚姻大事当然都是父母之命。但父亲早就留意到村子里有一位姑娘,虽然也是农家的孩子,却生得娇俏动人,令人一见难忘。父亲思来想去,从祖父的旧家什里找来了一支竹笛,无处拜师,就自己在四下无人处摸索着,居然慢慢吹出了调子。于是,在某个明月当空的夜晚,父亲用一曲想必虽不婉转但还着调的竹笛曲向那位姑娘传情达意。姑娘原来对父亲久有耳闻,她虽然不能以山歌对应竹笛,但心中已然翩翩起舞,便和父亲眉目传情起来。之后,他们便正式成婚。当然,那位姑娘就是我的母亲。

"结婚以后,父亲在家乡当了一段时间农民,具体多久我不太清楚,因为那离我出生还有好几年的时间。我的大姐是在家乡出生的,她也是我们6个兄弟姐妹中唯一一个在中国出生的。那时的农村,比父亲小时候还要糟糕,战火的硝烟已然不远,村里的农民食不果腹,能出去打工挣钱的全都出去了,剩下的只有老弱病残。大姐出生以后,父母整天为全家的吃喝犯难。这时,父亲看到年龄相当的同乡有好几个都偷渡去了美国,都说美国的钱好赚,这让年富力强的他也跃跃欲试。

"说起来,父亲并不是我家第一个远渡重洋的。我曾祖父年轻的时候,是村里第一批去美国打工的。那时也不叫打工,其实是做苦力,在广东叫作'卖猪仔',要签卖身契,很多都是被拐骗去的,遭到各种非人待遇,'猪仔'大多有去无回。我曾祖父和其他大批'猪仔'一起,像货物一样被运到美国旧金山,他先在旧金山参与建铁路,后来又去挖金矿。中国苦力工作的路段都是最艰险的,当时的安全条件极其恶劣,每修一公里就要死好多人。不过曾祖父福大命大,做了几年苦力之后,不仅四肢健全,还攒了一点小钱,就以此为本,一路赌钱赌到了墨西哥。曾祖父在华工中乃是赌博高手,眼见几个赌技不如他的同乡都去墨西哥赌钱翻了本,曾祖父当然不免眼热心跳。也不知他在墨西哥待了多久,终于有一天,曾祖父找不到开门营业的赌场了,因为当地所有赌场只要远远看到曾祖父的身影靠近,就立即紧锁大门,无论他怎么敲门也不开,生怕又被'赌神'清场。于是,曾祖父称了称已经装满金子的木柜,有两只,左右一看,决定衣锦还乡了。

衣锦还乡的曾祖父觉得自己光宗耀祖了,在美国做了多年的苦力,不仅没缺胳膊少腿,居然还带了两箱金子顺利返乡,下半辈子可以高枕无忧了吧。可是再想想,乡下连年灾祸不断,就算自己下半辈子有了保障,也难保儿孙一辈子吃喝不愁。他看看这两箱金子,曾经以为重如泰山,其实也不过有钱人一年的零花钱。不行,一定要再接再厉,把两箱变成四箱,四箱变成八箱……

主意既定,曾祖父不着急置办房产、地产,而是把所有金子全数投入赌场。墨西哥'赌神'——我的曾祖父,就这样在短短两个月内把两箱子金子——他生平拥有过的最大财富,迅速败光了。这也是父亲读到小学六年级后不能继续学业的原因。"

"那再说说,你父亲是如何去的美国呢?"我听得津津有味,也不觉得站得吃力,请黄先生继续往下说。

"我父亲不想走曾祖父的老路,去美国当苦力,九死一生,就算赚了钱,最终还是要回到家乡继续当农民。父亲想在美国定居。当时的中国农村,生存条件太差,他不愿意自己的孩子再过那样的生活。

"想归想,但是一个中国农民,怎么能去美国打工赚钱养家呢?其实,当时有个机会:由于1906年旧金山的一场大火,移民局的档案馆给烧毁了,很多已经拿到美国身份的华工资料丢失了,聪明的华人就在福建广东等地兜售这些华工的移民证件。买去的人,便冒充证件上的人,在坐船抵达旧金山的时候告诉移民局的官员,自己的资料在大火中遗失了,那么只要通过了移民局的盘问,就可以直接登岸,过起美国华人的生活。父亲的同乡也在这其中做起兜售华工证件的生意。父亲左思右想,与其在家乡坐吃等死,不如倾其所有,去美国搏上一搏。母亲与父亲自婚后就一直同心,她愿意带着女儿在家乡等我父亲。就这样,父亲变卖了所能变卖的家产,购得移民证件,就此踏上了他的'美国梦'征途。

"1941年,父亲在太平洋上漂流了几星期之后,终于抵达了洛杉矶港口。美国的移民局官员也不是吃素的,他们对每个持有美国证件的华人百般盘问,家在何处,墙上几扇窗,门口几棵树,悉数问来。父亲因为有所准备,临危不乱,对答如流,终于成功通过盘问,而不必像不能过关的华人那样,被关押进天使岛[1]的移民监狱里,坐等被遣返的命运。

"到达美国最初的几个月父亲是怎么度过的,我已经无从知晓,因为这些故事都是从母亲那里听来的,而现在,两位老人都已过世。不过想来,必定也是在同乡的帮助下,在中国城一类允许华工工作的地方打工挣钱。美国在珍珠港遇袭之后,正式加入'二战',立即在全国范围内招兵买马,父亲作为持有美国护照的壮年劳力,像被拉壮丁一样地入伍了。来美国的时候,他只是为了能够打工挣钱,养家糊口,根本没料到还要被派到前线去打仗。可是战争年代,国家利益大于一切,连日裔美国人都要被拉去前线打仗,更何况华人呢?记得小时候,我听父亲说,珍珠港事件[2]爆发以后,住在美国西海岸的日裔美国人像欧洲的犹太人那样,财产被没收,全家被关进荒郊野外的集中营,被饿死冻死或被折磨致死。他们中很多都是二代移民,在美国出生长大,不会说日语,但是战争打起来了,只要你有日本血统,就难逃噩运。所以父亲在那时就意识到,一纸证件并不是护身符,危机四伏的

---

[1] 天使岛(Angel Island)位于美国加利福尼亚州旧金山湾,曾经被用作军事要塞和移民等待被遣返的处理站,现在是州立公园。

[2] 珍珠港事件,又称珍珠港事变。指1941年12月7日,日本联合舰队对美军发动突袭之事件。这次袭击正式将美国卷入第二次世界大战。

年代,只能顺应时势而为。这样一想,父亲也就决定努力当好一名军人。"

"实在是太传奇了!真没想到,你父亲还作为美军参加过'二战'!我根本就不知道这段历史,美国华裔参加'二战'?"

"而且有几千甚至上万之多,这可能是当时华裔美国人口的五分之一,其中有将近一半是没有美国国籍的。"黄先生的谈兴渐浓。于是,我请他继续往下讲。

3

"父亲被送往欧洲前线,这一去,就是3年。当时的书信有多不发达!母亲就像黑暗中的矿工一样,带着我大姐苦苦挣扎。父亲离开中国那年,仗已经打起来了,母亲带着我大姐东躲西藏,又要躲避日军的炮火,又要逃开土匪的洗劫,日子别说多难过了。她说,曾经无数次看到道路两旁堆起来的死尸残肢,不知道下一秒钟里面会不会有自己。但是,为了孩子和远方的丈夫,她竟然熬了过来。为了生存,她冒着生命危险贩过私盐,把破棉袄里层的棉絮弄湿了,沾上盐水,靠这样的方式一点点往村子外贩盐。母亲后来说,正是战争时期的极端条件,让她懂得一草一木皆有所用,别人做不到的事情,你做到了,就有商机。

"再说我父亲,3年之间,他在德国解放过纳粹集中营,在意大利参与过西西里登陆,在法国参与过诺曼底登陆,直到1945年战争结束,才回到美国。我父亲这个人的经历,真可谓九死一生,他想到远在中国的妻儿,太想活下去了,就削尖脑袋,想法子成为了军队里的伙夫,他的烧菜技术当然好过大多数的美国大兵,于是就成了军队里不可或缺的一员,深受欢迎。而且,他居然还在这3年中学会了德语、法语、意大利语。我曾经问过父亲,他只有小学六年级不到的中国乡村教育水平,怎么能够自学这么多门外语?他说,语言就是听、说、讲,哪怕不会读写,只要每天找小孩子讲话,也能说得了儿童水平的口语。很可惜,他的语言天赋一点也没有遗传给我。"

"所以,您会说中文吗?"我忍不住打断道。

"我只会一点家乡话,因为小时候在家时,父母亲之间是讲家乡话的。"

"那请继续吧。"

"好的。你站着累不累?累的话,我给你搬把椅子。我常年在店里工作,习惯了站一整天。你们年轻人整天坐着,恐怕不习惯站很久吧?"

"没关系,我车开久了,站着活动活动筋骨,也挺好的。"

"那我就继续往下说,刚才说到哪儿了?"

黄先生正回忆着,门上的铃铛响了。这时我才想起,正是营业时间,而我们站着讲了半天话,这会儿才来了一位客人。"喔,不好意思,我去看看。"黄先生说着,便离开柜台,走向门口。

| 第九篇
乡绸：比弗利山庄的中国真丝大王

进来的是一位金发中年男子，一看便知精于保养、生活优越。他身着玫红色调的拉尔夫·劳伦格子衬衣，下穿金麦色的马球短裤，半旧而显得柔软舒适的白色牛皮乐福鞋，有着意大利手工编织的小巧镂空纹样，如此精美合脚的鞋子，让我忍不住多看了两眼。

"黄先生，你好吗？好久不见！"金发男子一见到黄先生，就亲切地打起招呼。如果黄先生不显得那么老沉持重，对方会扑上来紧紧拥抱一下也不一定。

"老样子，老样子。先生，你好吗？真是好久不见啊。这一下，真有两年没见了吧？"黄先生的眼角随着微笑而更往下垂了。

"可不是吗？我这一回，算是周游了大半个地球。上周五，我还在开普敦[①]看国际游艇展，周六早起去出海，不知怎么，就想念起马里布[②]海滩了，这不，周日就飞回了洛杉矶。说来，我的时差还没倒过来呢。"男子说起话来柔声细语的，更听不出年龄，但细瞧，还是可以发现他的颈纹和眼角纹，以及鬓角微微的白霜。

"喔，你还年轻，可以多走走。"黄先生像望着一位远道而

[①] 开普敦是南非人口排名第二的大城市，也是开普敦都会城区组成部分、西开普省省会。开普敦为南非立法首都，因此国会及很多政府部门亦坐落于该市。开普敦以其美丽的自然景观及码头闻名，知名的地标有被誉为"上帝之餐桌"的桌山，以及印度洋和大西洋的交汇点好望角。

[②] 马里布是美国加利福尼亚州洛杉矶县的一座富裕城市。最早原是美国原住民"丘马希族"的居住地，现在是众多富人和好莱坞明星钟爱的居住地。

来的老朋友那样。

"其实也不年轻了,只是原先以为自己离退休还早呢,应该再干个 10 年。可是第一次环游世界回来,突然发现怎么才离开了一年,以前的客户都不在了,退休的退休,破产的破产,还有以前合作的公司也不在了,要么转型,要么倒闭。我没有想做的项目,也没有想服务的客户,更没有可以合作的伙伴,我不退休,还能怎样呢?"男子的口气颇为无奈。

"唉,没办法。世道不同了,一个人,能扭得过世道吗?想当年你还在当学徒的时候,经常和古斯塔夫①一起来店里找面料。古斯塔夫这个人不简单哪,别看他是世界闻名的设计师,对你真是手把手地细心教导,连我每次站在旁边,都学到了那么多关于丝绸面料和服装设计的知识,至今想来都觉得获益匪浅。"

"是啊,恩师一辈子都精益求精,追求完美,永远都不愿意在任何一个细节上偷懒,所以他的作品才能历久弥新,成为永恒的经典。"

"那你现在有什么打算呢?"

"本来,我也想过从头再来,做一个既能迎合当下潮流,又能让我有所发挥的女装定制品牌,可是想来想去,很难在两者之间有所妥协。这样一拖再拖,我都已经环游世界两圈了,可能就

---

① 古斯塔夫·塔塞尔(Gustave Tassell),美国著名时装设计师,曾为美国第一夫人杰奎琳·肯尼迪、好莱坞明星及摩纳哥王妃格蕾丝·凯利设计过脍炙人口的著名礼服。

这样趁走得动，再多走走吧。你呢？店里的生意近来怎样？"

"你都看到了，我以前的好多顾客都是像古斯塔夫和你这样做女装定制的，现在大家都买成衣了，以前比弗利山庄那些需要定制的老顾客也都不在了，再加上经济危机以后，很多设计师品牌都倒闭了，连好莱坞大片都去加州以外的地方拍摄，当然是为了省钱，所以我的生意自然也是一落千丈。"

"对啊，说起来，你以前有很多好莱坞服装道具的生意吧？我记得《泰坦尼克号》《星际迷航》这些，都在你这里买过面料呢。"

"是啊，我们在八九十年代的时候，生意特别红火，好莱坞的大牌设计师都知道"东方丝绸"。我记得《星际迷航》的服装设计师来我店里好几回，后来我特别留意看电影里的服装设计，但是很难认出我的面料，因为设计师都会重新进行染色等处理，有时还要做旧，等到了大荧幕上，就跟原来的样子完全不同了。不过我还是认出了其中一幅面料。你猜猜是什么？"

黄先生他们一个站在柜台里头，一个站在柜台外头，一来一去，聊得好不热闹。我靠在另一头的玻璃柜台上静静地听着，时而也把头转向身边挂得层层叠叠的布料样品，它们像一盆盆巨大的热带花朵，吐出艳丽奔放而随心所欲的花蕊。

"我拿给你看。"黄先生没等对方回答，就绕过柜台，走向另一边的柜子，从中间抽出一层奶黄色的厚实布料，指给男子看，"这是生丝织成的、带有龙图腾的料子，很厚实吧？《星际迷航》的设计师把这块料子买了去，然后给里面的'火神和尚'做了袍子，不过他先把面料水洗了一番，这样由于经纬丝缩水程度不同，上面的龙图腾就更加立体突出了。你看，我左边这块是水洗前的效果，右边这块是水洗后的，是不是很立体？像有三维效果一样？"

黄先生说得兴趣盎然，男子也频频点头，这时，门铃又响了，进来一位满头银发、戴着一顶小红帽的老太太。

"你好，请问有什么需要的吗？"黄先生朝老太太的方向望去。

"你好，先生。我孙女在纽约时装学院学习服装设计，她告诉我，这家店里有一种手工刺绣的缎带，特别好看，我过来看看能不能淘到点什么，回去缝在灯罩上也好。"

"喔，对不起先生，我去招呼一下。"黄先生向男子点点头，从柜台之间窄小的走道里侧着身向老太太走去，边走边说，"不知道您说的是不是这种？"

黄先生来到另一头的柜台，从里三层外三层的各色货品中取出一盒排列着精致纹样的刺绣缎带，每一条都有一寸多宽，蝶舞鱼游，花团锦簇，孩童嬉戏，精巧细腻，让人看着爱不释手。

"对对，我孙女说的就是这样的缎带。这可真好看哪。这都是手工刺绣的吧？"老太太的双手在缎带之间游走，拿了这个，又瞧瞧那个。

"当然，这些都是全真丝、全手绣，连丝线都是真丝的。我给你看看这些是怎么做出来的吧。"黄先生兴致真好，又从柜台里抽出一幅黑底绣花料子，大约有一张单人床单这么大，上面密密麻麻地绣满了图案。仔细观察，原来是一群儿童在古色古香的花园中玩耍，从八角亭前捉迷藏，到荷花池边戏金鱼，一幅幅图景仿佛连环画一般，生动刻画着这群孩子无忧无虑的童年生活。

"你看，绣娘把图案绣到一整块真丝料子上，在其背后上浆，这样面料就挺刮了，然后再裁成一条条的，把两边缝进去，就是缎带的成品了。"黄先生仔仔细细地向老太太讲述着这些缎带的制作过程，好像一位用心的博物馆讲解员。

"真是细致呀。现在哪里找得到这么精巧的饰品？走进商店，全是工厂大规模生产的。我父亲以前是专门修复古建筑的，我记得小时候最喜欢趴在桌上看他画图纸，那些门楣呀，石柱呀，雕刻呀，那么多的细节和工艺，仔细想想，都是把生命耗费在上面做出来的。"

"唉，世道不同了，现代人喜欢的是快速消费，追逐潮流，很少有人还有那种工匠精神了。"

"所以这家店还能开到现在真是不容易。请问你开了多久了？"

"噢，这家店是我父母在20世纪70年代开的，到现在已经40多年了。"

"太不容易了。真好看。"老太太手里摩挲着缎带，简直爱不释手，不过她并没有购买，挨着看了好一会儿，就心满意足地离开了。

设计师男子也在店里逛了一圈，或许每个角落都可以引起他对往昔的追忆，因为连每件商品的价格标签都是黄先生的父亲亲手书写的，工整的斜体连笔字本身就好像真丝上的刺绣一样，精心得不允许一丝败笔。不过，这些精美的标签早已在时间的打磨中褪了色，像墙上的老照片，模模糊糊地提醒着历史的存在。

男子向黄先生亲切地告别之后，黄先生告诉我，这位男子曾经师从美国著名高级女装设计师古斯塔夫。他们师徒二人，以前是"东方丝绸"的常客，不过师傅10年前已经不再出现了。听徒弟说，师傅在两年前寿终正寝。而此后，徒弟的事业也渐走下坡路。终于，这师徒俩的传奇都成了历史。

4

"1945年，'二战'终于结束了，父亲也回到了美国。那个时候，作为'二战'退伍老兵，父亲受到了军方的特别照顾，允许他把远在中国的妻女接到美国。于是，在分别6年之后，母亲带着我大姐第一次踏上了美利坚的土地。她们那个时候也坐轮船过来，在大海上漂了好几个星期，一家人总算苦尽甘来，阖家团圆了。

"战争结束了，父亲作为华人，在社会中低人一等的身份却并未改变。那时候，美国的华人如果想自己做点小生意，要么开中餐馆，要么开洗衣店，没有别的可以干。父亲很早就有经济头脑，他认为大可不必和所有人一样，在中国城做生意，和所有的中国人竞争。于是，他把洗衣店开到了我们现在所在的这条街，店的原址就是我们隔壁的国王咖啡馆。

"那时，父母必须一周6天，一天十几个小时连续不停地干活，才能养活全家。父母没有钱另租房子，就在洗衣店的后门搭起床铺，每天就在这小小的空间里像蜜蜂一样劳碌。而我们家，也很快有了一个个新成员。而我是家里第一个在美国出生的孩子。

"日子过得很快，父母省吃俭用，渐渐地有了一些积蓄，就想给全家买一处房子，那时，这里一整块都是犹太人的地盘。父亲的老顾客里有一位地产经纪人，父亲把他当作朋友，向他吐露心声，想在附近寻一处住房。那位地产经纪人听后，对父亲说，虽然我很想帮你，但如果我的顾客知道我把房子卖给中国人，那么我就别想在这里继续混下去了！

"一向温和的父亲听后火冒三丈，因为他曾经在德国解放过犹太集中营，他可以忍受美国信基督教的白人对他冷眼相待，但是难以忍受犹太人的冷嘲热讽。不过后来，父亲还是想办法在另一个区给我们全家买了房子。"

黄先生说到这里，不禁沉默了一阵，轻叹一声，才接着说了下去。

"我们全家的生活逐渐改善。其实在我的记忆中，并不觉得小时候家里很穷，因为父母总是尽力为我们营造舒适的环境。搬进新家以后，所有的装修都是父亲一人完成的。他自学了木工、水泥工，甚至电工。我记得有一段时间，每周，父亲会从洗衣店抽出一天时间,在院子里用漂亮的花岗岩砌金鱼池,一路砌到家门口,将新家的院子收拾得跟街道上的白人家庭没有差别。就在这个家里,我们每个孩子都受到了良好的教育,每个人都顺利读到了大学毕业。

"孩子大了以后,父母渐渐觉得身体大不如前,他们辛劳了几十年,从小饥寒交迫,青壮年的时候又经历了战争的折磨,而后就是长期强度巨大的体力劳动,于是便想早早退休。但是辛苦了一辈子,二老都不是闲得下来的人,所以,那时候他们就在打听,有没有什么劳动强度不太大,盈利又好的生意。

"恰好,父母的同乡里,有一位也是洗衣店的老板,他的女儿是一位电影演员,叫黄柳霜[①]。"

"黄柳霜?我知道黄柳霜。她不是好莱坞第一位华人女影星吗?原来她也是洗衣店老板的女儿。"

"可不是吗?她也是命途多舛,一辈子都因为出身而受到排挤。那个时候,她经常会去我父母的洗衣店里坐坐,就跟我父母讲,自从朝鲜战争以后,美国就没有从中国进口真丝的商店,我们离好莱坞和比弗利山庄这么近,如果可以从中国进口到高级真丝,一定会大有收益。我父亲当时就记下了她的话。

"不过你想,我父母都是中国贫苦农民出生,一辈子没穿过

[①] 黄柳霜(Anna May Wong),第一位美籍华人好莱坞影星,同时也是第一个获得国际声誉的亚裔美籍女演员。她的职业生涯漫长且丰富,演艺事业跨越了默片、有声片、电视剧、舞台剧以及广播剧。黄柳霜在好莱坞星光大道占有一席位置,是李小龙、成龙以外的3位华人之一,更是唯一的华人女性。

什么好衣服，根本不懂什么绫罗绸缎，一点这方面的知识也没有。好在我的父亲好学，他从来不被自己不懂的东西吓倒，既然不懂，他就去社区图书馆里把所有有关真丝的、能借的书都借了一遍。这样，他就慢慢学会了真丝的分类、用途、制造工艺等等。"

"那时候是70年代？那他们是怎么从中国进口的呢？"我的问题接连不断。

"也是很巧，你记得我告诉过你，我父亲去香港学做生意的时候，有一位表兄吗？那位表兄，后来读书很好，做了清华大学的教授，桃李满天下。通过他的关系，我父母可以联系上中国的几位官员，他们非常支持我父母从中国进口真丝的想法。于是，在离开中国20多年后，父母第一次一起回国。他们去了广东的丝绸博览会，采购了大批的真丝面料，其实，那个时候从中国进货还没有问题，问题是把货品带回美国的时候，因为中美之间没有官方的贸易往来，所以他们就要申报是从香港进口的。而且中国的海关也没有在他们的护照上盖章。"

"原来如此，中国人总是有办法灵活变通。那后来呢？"

"后来，我父母把洗衣店改装成了真丝商店，这张照片就是店铺开张时候的样子。"黄先生指着相册里一张泛黄的相片说。上面的店招"ORIENTAL SILK"和现在的一模一样，店门口停着的蓝色雪弗莱汽车也和复古明信片里的一模一样。

5

我去了黄先生店里两三次之后,已经听了好多有趣的故事。每次我都会对他的商品有一些新发现,它们就像那种在密密麻麻的插图中找图案的游戏,满眼都是繁杂的色彩和纹理,需要聚精会神才能挑到其中属于自己的宝贝。

一天,正和黄先生聊着天,我突然问他,能不能让我为他的店拍摄一部纪录片。

黄先生想了想,摇头道:"我想我并没有很有意思的地方需要被搬上荧幕吧。"

"可是你给我讲的所有的故事都很有意思,很多是我闻所未闻的。而你这家店,就像一座博物馆,既有不同年代的真丝面料、手工刺绣,又有在中国都很难看到的精致工艺品,如果拍出来,就可以让更多人知道这家店的故事,不好吗?"

"让我想一想吧。"黄先生不置可否。

就这样过了半年,我突然收到一封黄先生的邮件,他在邮件里说,考虑了很久,最后还是他的女儿说服他,让影像记录下他父母的故事,起码也是这个家庭一份流动的记忆吧。

我很高兴,就带着摄像机,再次去拜访了黄先生。

6

拍摄纪录片对我来说,不是客观的记录,因为客观信息只有被主观理解过滤之后才会呈现出层次分明的结构,就好像花盆对植物的生长理解、鱼缸对热带鱼的生存理解那样。

有时候,我会整天泡在黄先生的丝绸店里,与他闲聊,看他招待顾客,不忙的时候——也就是大多数的时候,黄先生会靠在柜台后面的高脚凳上,静静地翻看杂志。他看的杂志类别基本也就两种:工程技术和经济管理。

有一回,我问黄先生,为什么这么喜欢看工程方面的杂志,他这样答道:

"我在大学念的是计算机工程。我们那个时候,都相信航天是人类的未来,我又一直很喜欢科幻小说。"

"你喜欢科幻小说?那我怎么从没见你读过呢?"

"噢,那是因为我接手这家店以后总是非常忙碌,如果看小说,就会怠慢了客人,所以我只好放弃这个爱好了。"

"对不起,刚才打断了你,请继续说吧。"

"我在加州大学洛杉矶分校念的是计算机工程,大学毕业以后,我就考上了本校的博士生。那时候,我很想成为一位大学老师。但是我念着念着就发现，在当时，作为一个中国人，想和美国白人拥有同等的机会，成为大学教授，是很困难的。所以，我读到硕士毕业，就没有继续学业，而是成为了一名工程师。

"在我事业刚刚起步的时候，我父亲就跟我说，工程师这样的职业，年纪越大薪水就越高，如果行业不景气，是很容易被新人取代的，因为一个老师傅的薪水要抵两个大学毕业生的薪水。可我那个时候心高气傲，我对父亲说，只要技术好，不怕没饭吃。不过我还是太天真了，果然，几年之后，美国航天业大幅缩水，我一共经历了3次失业，可见父亲的预见是正确的。

"到了20世纪80年代，父母亲真的要退休了，那个时候，他们就在考虑，家里可以找谁继承这家店呢？他们先去问了我的几个兄弟、姐姐，因为他们的收入没我那么稳定，可是没人有兴趣。每个人都有自己的工作和家庭生活，他们都知道经营真丝店需要花费的心力。那时候，也有别的商人表示有兴趣把店铺盘下来，但父亲很怕别人只是看重这块黄金地段，会把铺子再次转手。所以，想来想去，他还是来问了我。

"我对父亲说，我不知道自己能不能干这个，我学的是工程学，不是经营管理。父亲说，你就试试看嘛，大不了就是关门大吉，反正你的几个兄弟姐姐没人愿意接手，也是要关门的。我这样一听，想到父母对店铺投入的心血，真是不舍得就这样放弃家庭的产业。于是，我就接手了。

"我的父亲在生活中是一个沉默寡言的人，但是在店里，他总是和顾客亲切交谈，因为我们这种小规模的商店，做的就是靠口碑积攒起来的生意。有一次，我和父亲一起在看店，进来一位特别神气的先生，戴着礼帽，穿着笔挺的西装，皮鞋擦得锃亮。父亲对待所有的顾客都是一视同仁，无论你是王公贵族还是平民百姓。当时，店里有好几位客人正在排队，那位先生趾高气昂地走过来对父亲说：'你知道我是谁吗？我是红纽扣先生。'你肯定不知道红纽扣先生是谁，他当时是好莱坞小有名气的一位喜剧演员呢。父亲抬头看了看他，说道：'你好，红纽扣先生，我姓黄。'呵呵，别说这位喜剧演员了，70年代的时候，还有位伊朗王子远道而来，父亲还是一样请他排队，结果，那位王子因为父亲不卑不亢的态度，反而很欣赏他，可惜的是，后来那位王子在1979年伊朗政局变动的时候被暗杀了。

"在父亲的训练中，我就慢慢对店里的生意上手了，而父亲也逐渐淡出了日常营业。开始的几年，我们生意还是很好，我也非常忙碌，其实那个时候，谁都没有注意到父亲的身体大不如前，因为他是一个有头疼脑热也不会说出来的人。

"父亲后来是得癌症去世的。他去世前，捐了好多钱给广东家乡，帮他们建学校、修马路。现在家乡就有两所小学都是以父亲的名字命名的呢。

"父亲去世以后，母亲也日渐苍老下去。我年轻的时候，并不懂这些，后来细细想来，父母亲的感情真是极好的。他们就像一个人的左手和右手，十指相握的时候，一点缝隙也没有。他们太了解对方的优缺点了,工作时互相弥补,他们去世多年以后,我都再也没有看到过另一对如此默契的夫妻。你知道,中国传统家庭里语言交流不多,父母之间从来也不会说我爱你,对孩子也不会那么说,但是父亲走了之后,母亲每每想起他,都要忍不住落泪,我才明白他们之间的感情有多深。"

黄先生说着说着,眼睛也湿润了,长长地叹了一口气,伸手抹去眼角的泪水。他又接着说道:

"我母亲虽然一辈子也没学会说英语,出门在外全靠父亲交流,但她其实也是位十分聪慧的女子。开了这家店以后,也有旺季和淡季。在淡季的时候,一天没有几笔生意,母亲先是在店后面开垦了一小块菜园,种上果树菜蔬,经常能给家里带回点新鲜瓜果蔬菜。然后,又靠听中文电台、读报纸,和父亲一起学会了炒股票,而且居然还赚了不少钱。我儿子要上初中的时候,因为我们住的那个区没有好学校,要换一个学区才有好学校,我跟父亲说了,父亲就给我一笔钱,帮助我买了学区房。这笔钱,就是父母亲炒股票赚来的。

"父亲走了之后,每天白天,母亲就坐在店后头,读读中文报纸。如果我在前面忙不过来,她就会出来帮忙。不忙的时候,她如果读到什么有意思的新闻,也一定要走出来,念给我听。现在,你看到的一切,几乎都维持了原样。有时候,我一个人在这里,还是能感觉母亲就坐在后头,还在读报纸,说不定,她就会走出来,用家乡话念报纸给我听……"

黄先生说到这里,再也说不下去了。

7

我前前后后在黄先生那里拍摄了几个月的时间。洛杉矶的天气几乎没有变化，而黄先生也总是把两套旧旧的 T 恤穿过来穿过去，所以从素材上，简直看不出时间流逝的痕迹。

有几次，店里也出现了与往日不同的人物。有一位年轻设计师，进店来买真丝绸缎做男式衬衣，惊叹于天花板上吊着的一只只精巧绝伦的手工风筝，告诉黄先生，他在一家室内设计店里看到过，价格是黄先生店里的 5 倍。黄先生听了，笑笑说："喔，是吗？"还有一次，两个墨西哥面料商经人介绍来到这里，表示要把黄先生所有的面料全部买下，但是只愿意付一成不到的价格。黄先生说，这怎么可能呢？我这里的都是真丝啊。墨西哥人说，我不管你是真丝还是假丝，我只管收购要倒闭的面料店，所有面料我都会运去墨西哥的服装加工厂。黄先生有些不高兴了，说："谁要倒闭了？就算倒闭，我也不会以一成不到的价格贱卖，那我还不如捐了呢，捐了做慈善，或者给设计学校当面料，多好！"墨西哥人挑挑眉毛说："那祝您好运吧！"

另有一次，一位灯具商来到店里，在一排七彩的轻薄绉纱前挑选做灯罩的面料。他一边挑，一边赞叹道："这些颜色真是好看，既鲜艳又柔和，饱和度又好，太难得了。"

黄先生听了很高兴，点头道："这些颜色全是我父亲当年用自己研究的染料配方，让中国的丝绸厂照着方子给染的，所以我们的绉纱颜色又全又好，当年多少人都争相购买呢。"

灯具商说："难怪和那些大路货不一样，这一种绿色您还有多少？我全要了。"

黄先生翻翻货品单说："这种绿色我只有最后一轴了，我给您量一量，可能要花10多分钟。您如果不赶时间的话，可以在店里等一等，或者您先去忙别的，再回来，也是一样的。"

灯具商看了看那卷绿色的绉纱，说："没事，我就在这里等吧。"

"好的，那我这就给您量。"黄先生话音未落，已经把料子搬到他的专用测量桌上。这张桌子好似老人的脸庞，刻满了岁月的痕迹，但粘贴在一侧的量尺仍然刻度分明。

黄先生把面料外层陈旧得像蒙了灰似的塑料纸小心撕开，将整轴面料横躺在桌子一侧，然后顺滑地往外扯料子。他的手势轻盈潇洒，如指挥家一般胸有成竹，薄荷绿的丝绸在空中形成了连绵不断的优雅弧线，伴随着光滑的嘶嘶声，原本闷在塑料套子里的真丝像活过来了一样，前赴后继地飞向桌子的另一头。

这样不紧不慢地扯了六七分钟之后，这卷真丝才被全部扯完。然后，黄先生从堆满真丝的那头，择起面料的一端，轻轻靠在桌边的量尺上一次次地丈量。

店里安静得只能听到丝绸在黄先生手中滑过、飘起、坠下的嘶嘶声。黄先生边量边轻声数数，我和灯具商都不敢插话，生怕让他分心。就这样又过了六七分钟，一整堆真丝从桌子的那一头又回到了这一头。

黄先生想都没想，就向灯具商报出了这匹面料的长度。灯具商点点头，就准备付款。

黄先生又小心地捧起薄荷绿的丝绸，把它们堆到了对面的玻璃柜台上。接着拿来扫帚，把柜台前的地面扫干净。丝绸自然地垂到地上，他又把原来的筒芯拿过来，放在柜台上的丝绸中间，带有节奏地前推后移筒芯，渐渐地就一整匹丝绸又仿佛原封不动地卷回到筒芯上了。

这一连串动作一气呵成，有如仪式般，或许这是黄先生接手店铺时父亲教给他的基本功吧。他做着这些既简单又不简单的动作，专注而从容，好像我们都不存在，店铺外的花花世界也不存在，只有他的内心，以及这些面料所承载的他对父母的追忆，静静地在那里延展与收缩，飘动与坠落。

8

在影片拍摄完成的时候，我也要和黄先生告别了。这时，我即将搬离洛杉矶，远赴英国伦敦定居。

黄先生赠送给我非常珍贵的两幅刺绣作品，一幅曾经被麦当娜的设计师用来制作睡衣，上面绣满了形态各异的一百个儿童，还有一幅飞满了梦幻般的一百只彩蝶。

黄先生很感慨地说，他的子女恐怕对继承这家店兴趣不大，因为他们都有自己的生活。他只能开一年是一年，开一天是一天，或许有一天，人们会重新发现"东方丝绸"的独特魅力，再像从前那样蜂拥而至。

我很想对黄先生说，虽然他有高质量的货品和传奇的故事，但他需要迎合时代的包装，也需要开发新的产品，不然怎么和日益成熟开放的中国市场竞争呢？但是，我早就发现，对于黄先生来说，营利不是最重要的，守住这家店铺，就是守住一份情怀，哪怕这份情怀仅仅属于他自己，和别人都没有关系。

9

在伦敦，我完成了《乡绸》这部影片的两个版本，其中一个版本，是30分钟从头看到尾的纪录片，另一个版本，是60分钟两个屏幕同时播放的内容不同的影像装置。这两部作品都在全世界各地进行了展出，每到一处，黄先生的故事就会激起不同人群的反响。

在中国上海，震旦博物馆的赖馆长在影片首映之后对我说：

"黄先生的故事就像一面镜子,每个人都可以在其中折射出不同的自己。"

在美国普罗维登斯,罗德岛设计学院的助理教授(现为华盛顿大学讲师)苏瑞丽对我说:"《乡绸》讲的不仅是黄先生一家人的故事,还是整整三代美国华人移民的奋斗史。"

在美国纽约,纽约大学亚太研究所的主任苏克迪夫对我说:"当我们很细微地去观看,就会感受到亲密,《乡绸》无论是主题还是视觉上,都具有诗意的美。"

在英国伦敦,白教堂美术馆的电影策展人格里斯这样写道:"《乡绸》这部作品既尖锐又合时宜,不仅因为它不容置疑地提供了有益的见证和阐述,同时从一个软着陆点极富洞察力地反映了全球化持续进行中的那些事儿。更有意思的是,这些有益的见证和富有洞察力的反馈,恰恰都来自同一家店铺的柜台和同一个人的日常生活。"

英国威斯敏斯特大学中国研究学者王苍柏副教授这样评论:"《乡绸》的精彩之处,就在于它通过讲述一家华人丝绸店的小故事,以细腻的手法和张弛有度的节奏,揭示了'移民世界'里人与物的复杂关系。它所展现给观众的不仅仅是东方丝绸的缤纷色彩和华美图案,而是这些物件后面与流动性、身体和认同有关的象征意义。作为第二代中国移民,店主黄先生苦心经营父母留下来的丝绸店。这些来自遥远中国的丝绸,已经不是简单和外在的商品。他们承载着主人公对故乡、父母和青春割舍不去的情感,因而成为他内心世界的一部分。正是在日复一日的整理、丈量和裁剪丝绸的身体力行的过程中，他找到了一种表达内在情感的媒介、建构记忆的方式和探寻自我归属感的可能。"

我把这些评论与反馈都和黄先生分享了。"真没想到我家庭的故事可以引起这么多人的共鸣，真希望我的父母还健在，能够看到这部影片。"他这样说道。

> 乡愁
> 亦是一轴美丽的丝绸
> 我们在这头
> 历史在那头

跋

朱晓闻的《环游世界，遇见有趣的人》集合了作者10多年海外生活的精辟见闻，以实事虚写的方式，展现了众多精彩纷呈、高潮迭起的人物故事。这些人物中，既有洛杉矶家财万贯的慈善家，也有加州沙漠里安贫乐道的隐居艺术家；既有在马里布海滩大宴宾客的中东富豪，也有新墨西哥荒漠里潜心修行的禅宗居士；既有比弗利山庄的中国真丝大王，也有从巴塞罗那到纽约寻找心灵家园的中西混血女子……这些人物文化背景多元。性格特点迥异。表面看来，唯一能将他们联系起来的，就是作者本人极为丰富的阅历、极富洞察的理解、极其深刻的探究。但细细体味这些有趣的故事，不难发现，尽管跨越了不同种族、文化、年龄与身份，这些人物都在内心尽情追求某种接近生命本质的意义——无论这是利用财富造福社会，远离社会自我修行，离开家园追寻梦想，子承父业继承传统，还是为了爱情奋不顾身或是为了自由放弃爱情，都是每一个生命个体独立于"社会角色"赋予的设定之外、自我意识绽放的个性选择——虽然这并不代表他们一定成功。相反，"失败""孤独""迷茫受挫""痛失所爱"出现在很多人物的故事里。然而，作者并没有停留在某一个单一的生命片段，而是极为流畅地将生命的过程（包括生老病死、男欢女爱、求而不得、得而复失、有失有得）通过时间与空间的转合，反射出来让读者领略。

对于生命的快乐，朱晓闻写得幽默有趣，也故意用了浪漫化的语言，强调快乐对精神世界的迷幻作用；对于生命的沉痛，朱晓闻写得理智克制，但依旧充满了悲天悯人的情怀；除了恰如其分的描写，她也很擅长用警句、诗句的形式，从文学、哲学和美学三种层面出发，在精神世界里与形形色色的人物对话、探讨，传达出一种心灵镜像，从而达到彼此理解。在此不一一举例，读者可以在作者充满灵气的字里行间细细体会。

朱晓闻是一位独具天赋的创作者，她创作的媒介不仅限于文学，她更是一位具有国际影响力的艺术家、纪录片导演，她的代表作之一——创作于2015年的纪录片《乡绸》及其主人公黄先生也在本书中被着以较多的笔墨。如果大家有机会可以观赏到这部纪录片作品，不妨拿来与本书中的描写作一番比较。文学与影像的传播是怎样共存互补的，在此可见一斑。

作为"世界公民"的朱晓闻，在上海、纽约、洛杉矶、伦敦、柏林等地旅居多年，加之她在艺术世界游刃有余地创作与实践，令她有机会接触到如此众多的有趣人物，实在是创作的丰富源泉。如若本书能出版续集亦令人期待。

闫青华

2022年6月1日于上海

图书在版编目（CIP）数据

环游世界，遇见有趣的人 / 朱晓闻著.— 上海：上海教育出版社，2022.11
ISBN 978-7-5720-1535-9

Ⅰ.①环… Ⅱ.①朱… Ⅲ.①游记-作品集-中国-当代 Ⅳ.①I267.4

中国版本图书馆CIP数据核字(2022)第200699号

选题策划	闫青华
责任编辑	朱宇清
特约编辑	曹婷婷　张 弋
封面插画	王清氤
装帧设计	 设计 夏玮玮 吴天喆 yansheng_sh@126.com

环游世界，遇见有趣的人
HUANYOU SHIJIE YUJIAN YOUQU DE REN
朱晓闻　著

出版发行	上海教育出版社有限公司
官　　网	www.seph.com.cn
地　　址	上海市闵行区号景路159弄C座
邮　　编	201101
印　　刷	上海盛通时代印刷有限公司
开　　本	890×1240　1/32　印张 10
字　　数	260 千字
版　　次	2022年11月第1版
印　　次	2022年11月第1次印刷
书　　号	ISBN 978-7-5720-1535-9/I·0121
定　　价	45.00 元

如发现质量问题，读者可向本社调换　电话：021-64373213

读者回函表 Readers WIPUB BOOKS

姓名：_____ 性别：___ 年龄：___ 职业：____ 教育程度：____

邮寄地址：_____ 邮编：_____
E-mail：_____ 电话：_____

您所购买的书籍名称：《环游世界，遇见有趣的人》

您对本书的评价：

书名：　□满意　□一般　□不满意　　书籍内容：□满意　□一般　□不满意
纸张：　□满意　□一般　□不满意　　书籍设计：□满意　□一般　□不满意
价格：　□便宜　□正好　□贵了　　　印刷质量：□满意　□一般　□不满意

您的购书渠道（多选）：□实体书店　□网上书店　□抖音　□电子书　□其他 ____
您是如何得知一本新书的（多选）：□别人介绍　□逛书店偶然看到　□网络信息
□杂志与报纸新闻　□广播节目　□抖音/小红书　□其他 _____

购买新书时您会注意以下哪些地方？
□装帧设计　□书名　□出版社　□封面文字　□前言后记　□名家推荐　□目录
□其他 _____

您喜欢的书籍类型：
□文学　□人物传记　□经管　□艺术　□旅游　□历史　□军事　□教育/心理
□成功/励志　□生活　□科技　□其他 ____

请列出3本您最近想买的书：_____、_____、_____

请您提出对本书的宝贵建议：_____
_____

★感谢您购买本书，请将本表填好后，拍照并发电子邮件至 wipub_sh@126.com，您的意见对我们很珍贵。谢谢！

编辑邀请函
WIPUB BOOKS

亲爱的读者朋友：

也许您热爱阅读，拥有极强的文字编辑或写作能力，并以此为乐；

也许您是一位平面设计师，希望有机会设计出装帧精美、赏心悦目的图书封面。

那么，请赶快联系我们吧！我们热忱地邀请您加入"编书匠"的队伍中来，与我们建立长期的合作关系，或许您可以利用您的闲暇时间，成为一名兼职图书编辑或兼职封面设计师，成为拥有多重职业的斜杠青年，享受不同的生活趣味。

期待您的来信，并请发送简历至 wipub_sh@126.com，别忘记随信附上您的得意之作哦！

译者邀请函
WIPUB BOOKS

为进一步提高我们引进版图书的译文质量，也为翻译爱好者搭建一个展示自己的舞台，现面向全国诚征外文书籍的翻译者。如果您对此感兴趣，也具备翻译外文书籍的能力，就请赶快联系我们吧！

您是否有过图书翻译的经验：
□有（译作举例：_____） □没有

您擅长的语种：
□英语 □法语 □日语 □德语

您希望翻译的书籍类型：
□文学 □心理 □哲学 □历史 □经济 □育儿

请将上述问题填写好，扫描或拍照后发至 wipub_sh@126.com，同时请将您的应征简历添加至附件，简历中请着重说明您的外语水平。